btb

Aus Freude am Lesen

btb

Buch

Vor 16 Jahren hat der frühere Lehrer Kikutani seine Frau aus Eifersucht erstochen und das Haus seines Nebenbuhlers niedergebrannt. Nun wird er wegen guter Führung und weil er seine Tat zu bereuen scheint auf Bewährung aus dem Gefängnis entlassen. Ganz langsam, fürsorglich begleitet von seinen Bewährungshelfern, kehrt er ins Alltagsleben zurück, lernt nur langsam zu begreifen und zu genießen, daß er wieder frei ist. Er nimmt sich eine eigene Wohnung und arbeitet tagsüber auf einer Hühnerfarm außerhalb Tokios. Nach langem Zögern heiratet er wieder, auf Anraten seiner wohlmeinenden Bewährungshelfer, gleichsam als Teil seiner Resozialisierung. Seine zweite Frau Toyoko, attraktiv und selbstbewußt, will, dass Kikutani begnadigt wird, damit er sich wirklich frei bewegen und ohne Auflagen reisen kann. Dafür aber muß er Reue zeigen und die Toten um Verzeihung bitten, und Kikutani kennt keine wirkliche, aufrichtige Reue. Haß, Verstörung und Scham sind immer noch übermächtig, es kommt zur neuerlichen Katastrophe.

Autor

Akira Yoshimura, 1927 geboren, hat zahlreiche Romane und Erzählungen veröffentlicht. Sein Roman »Schiffbruch«, der 1998 auf Deutsch erschien (Rowohlt Berlin), wurde ein internationaler Erfolg.

Akira Yoshimura

Unauslöschlich

Roman

Aus dem Japanischen
von Sabine Mangold

btb

Umwelthinweis:
Alle bedruckten Materialien dieses Taschenbuches sind chlorfrei und umweltschonend.

Der btb-Verlag ist ein Unternehmen der Verlagsgruppe Random House.

2. Auflage
Genehmigte Taschenbuchausgabe Juli 2004
Titel der Originalausgabe:
KARI-SHAKUHO by Akira Yoshimura

Original Japanese edition published by Shincho-cha Co., Ltd.
German translation rights arranged with Akira Yoshimura through Japan Foreign Rights Centre

Umschlaggestaltung: Design Team München
Umschlagfoto: CORBIS/Elena Segatini Bloom
Satz: IBV Satz- und Datentechnik GmbH, Berlin
SR · Herstellung: Augustin Wiesbeck
Made in Germany
ISBN 3-442-73192-5
www.btb-verlag.de

1

Die Luft an der Haut fühlte sich fremd und beunruhigend an. Obwohl die Fensterläden und die Glasschiebetür zum Korridor geschlossen waren, hatte er den Eindruck, daß es aus allen Ecken zog. Es war lange her, daß er in einem Tatami-Zimmer auf einem Futon gelegen hatte. Er genoß den muffigen Geruch des alten Strohs, wurde jedoch das Gefühl nicht los, daß der Wind auch unter den Matten hindurchfegte.

Der Raum, in dem er bis zu diesem Morgen gelebt hatte, maß weniger als sechs Quadratmeter und bestand lediglich aus drei nackten Betonwänden sowie einer Front abgeblätterter grauer Gitterstäbe, die den Blick auf den Gang freigaben. Dort hätte es eigentlich zugig sein müssen, doch man merkte nichts dergleichen, so als wäre das Gitter durch eine Plexiglasplatte abgedichtet. Die Luft stand still. Nur wenn er sich bewegte, gab es einen leichten Windhauch. Irgendwann im Laufe der vielen Jahre, die er dort zugebracht hatte, war Shirô Kikutani bewußt geworden, daß dieser Ort ihm Frieden schenkte. Egal, ob er sich in der Kolonne mit den anderen Insassen zur Werkstatt begab oder Hofgang hatte oder sich im Waschraum aufhielt, er hatte immer das gleiche Gefühl: in einer hermetisch abgeschlossenen Welt zu sein, umgeben von hohen Mauern aus Stahlbeton.

Schon seit einer geraumen Weile verspürte er einen starken Harndrang, machte jedoch keine Anstalten aufzustehen. Bis gestern nacht brauchte er sich nur von seiner Pritsche zu erheben, um zum Klobecken in der Ecke seiner Zelle zu gelangen. Doch jetzt graute ihm bei der Vorstellung, auf den Korridor hinauszumüssen, an dessen Ende sich die Tür mit dem ›WC‹-Holzschild befand. Er fürchtete sich regelrecht davor, die Glastür eigenmächtig aufzuschieben und ohne Begleitung eines Wärters zur Toilette zu gehen.

Auch die bleierne Dunkelheit war ihm unheimlich. Es war zwar nicht stockfinster, da die Deckenbeleuchtung im Flur durch die Milchglasscheiben schimmerte, doch auf Kikutani wirkte diese Dunkelheit undurchdringlich. Die Zelle, in der er bis gestern die Nächte zugebracht hatte, war immer hell gewesen, beleuchtet durch die Neonröhren im Gang, die die Schatten der Gitterstäbe auf sein Bett warfen. Das Licht diente natürlich nur den Wärtern auf ihren Kontrollgängen durch die Korridore, aber Kikutani hatte diese Helligkeit immer als beruhigend empfunden; er konnte dadurch besser einschlafen.

Obwohl er völlig erschöpft war und sich fiebrig fühlte, war er innerlich derart aufgewühlt, daß er kein Auge zumachen konnte. Die Finsternis erstickte ihn fast, und er fixierte das hellschimmernde Milchglas wie eine lichthungrige Motte.

Das Lachen einer Frau drang zu ihm herauf. Er lauschte. Vermutlich lief sie gerade unten am Haus vorbei. Ihre Stimme klang betrunken. Sie schien in Begleitung eines Mannes zu sein, denn kurz darauf lallte sie schrill: »Was denn ...?«

Er wurde sich plötzlich aller möglichen Geräusche gewahr, die, seitdem er das Licht gelöscht hatte, durch die Dunkelheit in sein Zimmer fluteten: vorbeibrausende Autos, Stimmen von Passanten, ein Klingelsignal auf dem Bahnsteig der nächsten Station. Für ihn war es ein regelrechter Ansturm von Geräuschen, verglichen mit der eintönigen nächtlichen Akustik im Gefängnis, wo nur die Schritte der patrouillierenden Wärter hallten.

Als er sich auf die andere Seite wälzte, spürte er einen stechenden Schmerz im Unterleib. Er konnte den Harn kaum noch zurückhalten.

»Sie sollten zusehen, daß Sie sich so schnell wie möglich wieder in die Gesellschaft eingliedern.« Die anspornenden Worte seines Bewährungshelfers Kiyoura kamen ihm in den Sinn. Wie töricht von ihm, hier zu liegen und sich zu quälen. Schließlich war er jetzt ein freier Mann und benötigte von niemandem die Erlaubnis, aufs Klo zu gehen, beschwor er sich selbst.

Er kroch aus dem Bett, lief über die Tatamis durchs Zimmer und schob die Glastür auf. Sein eigenmächtiges Handeln erschreckte ihn, denn bisher war seine Zelle stets von den Wärtern aufgeschlossen worden. Er reckte sich und schritt aufrecht durch den Flur. Sämtliche Glastüren zu den anderen Zimmern waren geschlossen. Von beiden Seiten vernahm er die ruhigen Atemzüge der Schlafenden.

Er ging zur Toilette, öffnete die Holztür und stellte sich vor das Becken. Als der Harnstrahl herausschoß, ließ das Stechen im Unterleib nach. Sein Blick war auf die rot-blaue Neonreklame fixiert, die durch das Mattglasfenster vor ihm hindurchschimmerte. Die Stadt toste noch immer, obwohl es bereits spät in der Nacht war. Sie schien nicht zur Ruhe zu kommen.

Es gibt nichts zu befürchten, beruhigte er sich selbst, den Blick auf die Scheiben gerichtet.

Er hatte es irgendwie geahnt. Seit zwei Jahren dachte er kaum noch an etwas anderes, versuchte in den Mienen der Vollzugsbeamten und des Personals zu lesen, wann seine Hoffnungen sich endlich erfüllten.

Laut § 28 des Strafgesetzbuches darf ein Gefangener nach Ablauf eines Drittels seiner Strafzeit einen Antrag auf Bewährung stellen. In der Praxis kann dem jedoch erst stattgegeben werden, wenn er mindestens zwei Drittel seiner Strafe verbüßt hat. Für einen zu »lebenslänglich« Verurteilten wie Kikutani hieß das, daß er nach zwölf bis dreizehn Jahren für eine vorzeitige Entlassung in Betracht kam. Dies hing natürlich in erster Linie von einer tadellosen Führung ab.

In den ersten Haftjahren war Kikutani noch ganz im Strudel der Ereignisse gefangen: sein Verbrechen, die Festnahme und die darauf folgenden Verhöre bei der Polizei sowie die Gerichtsverhandlung. Er war zu »lebenslänglich« verurteilt worden, empfand jedoch keine Reue, da er glaubte, seine Tat sei eine unvermeidliche Folge bestimmter Umstände gewesen. Im Gegenteil: Er hatte sogar das Gefühl, jahrelang zu Unrecht eingesperrt worden zu sein, und wurde darüber lethargisch.

Doch als sein achtes Jahr anbrach, wandelte sich seine passive Haltung. Die Veränderungen in seiner Umgebung stimulierten ihn. Es brachte ihn jedesmal aus der Fassung, wenn er die freudige Miene eines auf Bewährung entlassenen Langzeitinsassen sah. Auf dem Hin- und Rückweg zur Werkstatt oder während des Hofgangs betrachtete er die hohen Mauern stets mit dem Gedanken, daß es dahinter ein Leben in Freiheit gab. Und wenn die Flugzeuge nach dem Start oder vor der Landung auf dem nahegelegenen Flughafen über ihn hinwegflogen, wurde ihm schmerzlich bewußt, daß dort Menschen an Bord saßen, die nach Herzenslust herumreisen konnten.

»Lebenslängliche Freiheitsstrafe« – dieser Urteilsspruch lastete schwer auf ihm. Aber »lebenslänglich« bedeutete nicht zwangsläufig für immer und ewig, und so klammerte er sich an die Hoffnung einer vorzeitigen Entlassung. Als sich einmal eine Fliege, die sich in seine Zelle verirrt hatte, auf seinen Fuß setzte, empfand er regelrecht Eifersucht auf dieses kleine Insekt, das frei durch die Gegend fliegen konnte.

Die Aussetzung des Strafrestes erfolgte spätestens nach zwanzig, in manchen Fällen jedoch bereits nach fünfzehn Jahren Haft. Dies hing ganz von den Leistungen und dem Verhalten des Gefangenen ab. Benahm er sich vorbildlich, dann schickte der zuständige Vollzugsbeamte einen Bericht an den Leiter der Vollzugsanstalt, der daraufhin einen Antrag auf Strafaussetzung beim Landesamt für Bewährung stellte. Seitdem Kikutani über dieses Procedere Bescheid wußte, war er darum bemüht, einen guten Eindruck auf die Wärter zu machen. Er achtete, die Blicke des Vollzugsbeamten im Augen behaltend, auf sein Benehmen und hielt sich strikt an die Regeln.

Aufgrund seiner früheren Stellung als Japanischlehrer an einem Gymnasium war er der Druckerei zugeteilt worden. Er war für das Korrekturlesen zuständig und besaß einen eigenen Schreibtisch. In seiner Abteilung arbeiteten vorrangig Häftlinge, die früher als Drucker beschäftigt gewesen waren, aber auch ehemalige Beamte, Handelskaufleute sowie Angestellte aus Elektronikfirmen und Verlagen. Ein Strafgefangener konnte seine Haftbedingungen verbessern, indem er sich bei guter Führung von Rang vier auf Rang eins hocharbeitete. Der oberste Rang, den Kikutani inzwischen erreicht hatte, erlaubte ihm, eine Einzelzelle zu beziehen und nach dem Abendessen, das im Anschluß an die offizielle Dienstzeit eingenommen wurde, in der Zelle weiterzuarbeiten. Kikutani saß also auch am späten Abend emsig über seinen Korrekturen, bis das Licht gelöscht wurde.

Im Herbst seines zwölften Jahres gab es das erste Anzeichen. Ein Beamter mittleren Alters kam in die Druckerei und führte Kikutani in eines der Verwaltungsbüros. Hinter dem Schreibtisch saß ein kleiner, älterer Herr im dunklen Anzug. Der Beamte stellte ihn als Inspektor des Landesamtes für Bewährung vor. Kikutani glühte am ganzen Körper.

Der Besuch des Inspektors bedeutete, daß ein Antrag auf Aussetzung des Strafrestes vom Leiter der Vollzugsanstalt bei der Behörde eingereicht und dort berücksichtigt worden war. Und dieses Gespräch war der Auftakt des Verfahrens.

»Laut Bericht haben Sie sich keine Ordnungswidrigkeiten zuschulden kommen lassen. Mich würde interessieren, wie Sie das Leben in der Vollzugsanstalt finden?«

Sein Ton war ausgesprochen höflich.

»Ja«, erwiderte Kikutani. Mehr brachte er nicht heraus. Er saß da wie versteinert.

»Ich habe gehört, daß Sie hin und wieder Besuch von Ihrem Bruder bekommen. Worüber sprechen Sie mit ihm?«

Kikutani versuchte zu antworten, doch ihm schwirrte der Kopf.

»Über Verschiedenes«, preßte er hervor.

Sein Gegenüber wartete schweigend, ohne ihn zu einer konkreten Antwort zu drängen. Schließlich erhob er sich.

»Passen Sie auf sich auf«, sagte er, nickte dem Beamten auf seine Verbeugung hin zu und verließ, seine schwarze Aktentasche in der Hand, den Raum.

In die Werkstatt zurückgekehrt, bereute Kikutani seine Verstocktheit. Hätte er doch nur manierlich geantwortet, um den Inspektor für sich einzunehmen. Die Vorstellung, einen schlechten Eindruck bei ihm hinterlassen zu haben, bedrückte ihn.

Im Herbst des darauffolgenden Jahres erhielt er erneuten Besuch vom Inspektor. Kikutani hatte sich im voraus zurechtgelegt, was er sagen wollte, doch eingeschüchtert durch den Blick seines Gegenübers, fielen seine Antworten wieder nur einsilbig aus. Hinzu kam, daß der Mann lauter belanglose Fragen stellte – »Haben Sie einen guten Appetit?« oder »Finden Sie Ihre Arbeit interessant?« –, die nicht auf eine vorzeitige Entlassung hindeuteten. Danach erfolgten keine weiteren Besuche, und Kikutani fragte sich, ob das Verfahren in Verzug geraten oder sogar gänzlich eingestellt worden war. Er verbrachte die Zeit in ruheloser Ungewißheit, hin und her gerissen zwischen Angst und Hoffnung.

Es vergingen zwei weitere Jahre, bis dann im letzten Sommer, gerade als die starke Hitzeperiode einsetzte, ein Mann in den Vierzigern namens Kiyoura ihn aufsuchte. Er stellte sich als Bewährungshelfer vor, was Kikutani in helle Aufregung versetzte. Um eine vorzeitige Entlassung in die Wege zu leiten, schickt der Gefängnisdirektor dem Leiter des Bewährungsamtes einen Bericht über den Strafgefangenen. Daraufhin wird ein Bewährungshelfer gestellt, der sich um die verschiedenen Belange des

Entlassenen kümmert, wie zum Beispiel einen Bürgen zu finden oder dessen Unterbringung zu organisieren. Das Erscheinen eines solchen Bewährungshelfers ließ darauf schließen, daß das Verfahren seiner Strafaussetzung im Gange war.

Kiyoura gab an, ein buddhistischer Mönch zu sein, doch mit seinem ungeschorenen Haarschopf und dem schicken Anzug sah er gar nicht danach aus. Anders als der Inspektor hatte er einen freundlichen Blick und redete ganz ungezwungen.

»Ihr Bruder ist ein liebenswürdiger Mensch, nicht wahr?« sagte er und beobachtete Kikutanis Miene. Seiner Bemerkung war zu entnehmen, daß Kiyoura seinen Bruder getroffen hatte.

»Ja«, erwiderte Kikutani. Sein Bruder besuchte ihn mehrmals im Jahr, um ihm Bücher und Kleidung vorbeizubringen, und jedesmal, wenn die Besuchszeit abgelaufen war, stand er mit traurig schimmernden Augen da und verabschiedete sich mit einem »Mach's gut!«.

Kiyoura forderte ihn auf, Platz zu nehmen. Kikutani blickte den Vollzugsbeamten zögernd an.

»Bitte setzen Sie sich«, sagte dieser daraufhin, und Kikutani dankte ihm mit einer Verbeugung, bevor er Platz nahm.

Der Betreuer stellte ihm eine Reihe von Fragen: Wie es um seine Gesundheit bestellt sei; was für eine Art von Arbeit er verrichten würde; welche Dinge ihm Freude und welche ihm Verdruß bereitet hätten; was er von dem letzten Frühlingssportfest in der Vollzugsanstalt halte. Kikutani gab knappe Antworten, auf die Kiyoura mit einem Nicken oder Lächeln reagierte. Nach zwanzig Minuten war das Gespräch beendet.

»Sorgen Sie für ausreichend Bewegung, damit Sie gesund bleiben. In einem knappen Monat werden Sie fünfzig. Ich besuche Sie wieder«, verabschiedete sich Kiyoura.

Kikutani erhob sich, verneigte sich höflich und verließ mit dem Beamten den Raum.

Zurück in der Werkstatt, versuchte er sich auf die vor ihm ausgebreiteten Korrekturfahnen zu konzentrieren, doch seine

Gedanken schweiften immer wieder ab. Kiyouras Fragen waren belanglos gewesen, und nichts von dem, was er gesagt hatte, deutete auf eine Strafaussetzung hin. Vielleicht durfte der Bewährungshelfer keine falschen Hoffnungen wecken, oder falls eine vorzeitige Entlassung tatsächlich in Aussicht stand, lag diese noch in ferner Zukunft. Zumindest aber konnte er aus der Tatsache, daß Kiyoura seinen Bruder aufgesucht hatte, schließen, daß das Verfahren, wenn auch schleppend, vonstatten ging.

Kikutani überlegte sich, seinen Bruder herzubestellen, um ihn danach zu fragen, wie die Dinge standen. Er schrieb ihm eine kurze Nachricht mit der Bitte, ihn zu besuchen, und übergab die Postkarte dem Vollzugsbeamten.

Zwei Wochen später war es dann soweit. Doch als Kikutani in den Besuchsraum trat, erblickte er zu seinem Schrecken Kiyoura hinter seinem Bruder. Der Bewährungshelfer hatte ihm vermutlich eingebleut, jede Nachricht, die er von Kikutani erhielt, unbedingt an ihn weiterzuleiten. Demnach wußte Kiyoura auch über diese Postkarte Bescheid. Anders als bei ihrer ersten Begegnung wirkte der Bewährungshelfer diesmal ganz förmlich. Kikutani registrierte es mit Besorgnis.

Sein Bruder erkundigte sich wie üblich nach seiner gesundheitlichen Verfassung und kam anschließend auf die Familie zu sprechen. Ihr Vater hatte bereits vor dem Vorfall das Zeitliche gesegnet, und die Mutter war zwei Jahre später gestorben. Kikutanis Familie bestand also nur noch aus seinem Bruder, dessen Frau und zwei Töchtern. Die größere Nichte, erfuhr er nun, habe im Frühjahr das College abgeschlossen und daraufhin eine Stelle in einem Kaufhaus gefunden, das in einer größeren Stadt lag, etwa eine Stunde Bahnfahrt entfernt. Sie habe sich inzwischen gut eingearbeitet.

An der Stelle versiegte das Gespräch; die beiden Brüder verstummten. Als die Besuchszeit abgelaufen war, erhob sich Kikutani und verließ nach einer Verbeugung zu Kiyoura den Raum.

In dieser Nacht wälzte er sich unruhig auf seiner Pritsche und grübelte – mal seufzend, mal mit der Zunge schnalzend – vor sich hin. Er wußte, daß der Antrag auf Bewährung eine langwierige Prozedur nach sich zog, da er juristisch sorgfältig erwogen werden mußte. Wahrscheinlich war man auch vorsichtig, um dem Strafgefangenen keine falschen Hoffnungen zu machen.

Kiyoura mußte seine Absicht durchschaut haben und hatte vermutlich deshalb seinen Bruder begleitetet, um zu verhindern, daß Kikutani ihn danach ausfragte. Seine Entlassung hing mit Sicherheit auch von dem Eindruck ab, den er auf Kiyoura machte, und ihm wurde bewußt, daß die Postkarte an seinen Bruder ein leichtsinniger Schnitzer gewesen war.

Die folgende Zeit verbrachte Kikutani in niedergeschlagener Stimmung, doch als der Bewährungshelfer ihn nach drei Monaten wieder besuchte, verspürte er eine gewisse Erleichterung. Kiyouras Blick war genauso sanftmütig wie bei ihrer ersten Begegnung, und seine Stimme klang freundlich, als er ihn aufforderte, Platz zu nehmen. Kikutani forschte verstohlen in seinem Gesicht, ob ihn die Sache mit der Postkarte verstimmt haben konnte, doch ihm war nichts dergleichen anzumerken.

Kiyoura sprach mit ihm über die Familie des Bruders. Nach dem Vorfall hatte dieser seine Lehrerstelle an der Realschule gekündigt und daraufhin in der Baufirma eines Freundes eine Arbeit gefunden, wo er in der Buchhaltung tätig war. Es war eine sichere Anstellung, und durch den Verkauf des elterlichen Hauses konnte er sich ein bescheidenes Heim außerhalb der Stadt bauen. In seiner Freizeit ging er gerne angeln.

»Ihre Schwägerin scheint ja eine ganz tüchtige Frau zu sein«, bemerkte Kiyoura mit einem leichten Stirnrunzeln. Die Frau seines Bruders war die Tochter eines Lehrerkollegen von Kikutani, und er selbst hatte die beiden zusammengebracht. Sie war eine gewissenhafte Person. Seit der Heirat war es ihr sehnlichster Wunsch gewesen, ein eigenes Haus zu besitzen, und sie hatte emsig dafür gespart. Sie war der Inbegriff einer zuverlässigen Frau, und trotzdem meinte Kikutani, einen kritischen Unterton in Kiyouras Bemerkung herausgehört zu haben. Er konnte sich schon denken, welchen Eindruck der Bewährungshelfer von ihr hatte. Die Tatsache, daß sie ihn weder im Gefängnis besucht noch geschrieben hatte, sagte alles. Sie haßte ihren Schwager zutiefst dafür, daß er ein solches Verbrechen begangen hatte und nun im Zuchthaus saß. Wenn es nach ihr ginge, hätte sie alle Verbindungen zu ihm abgebrochen. Um ihre Gefühle nicht zu mißachten, verheimlichte sein Bruder ihr gegenüber seine Besuche und die Geschenke, die er ihm mitbrachte. Kikutanis Tat war stark haftengeblieben im Gedächtnis der Einwohner dieser alten Residenzstadt, und es war sicher nicht leicht für die Familie, mit dieser Schande zu leben. Er konnte also durchaus nachvollziehen, daß seine Schwägerin sich von ihm distanzierte.

Kikutani entnahm Kiyouras Miene, daß seine Schwägerin ein Hindernis für die Gewährung seiner Strafaussetzung darstellte. Dem Bewährungshelfer war offensichtlich klar, daß, selbst wenn sein Bruder sich als Bürge bereit erklären würde, seine Frau es niemals zuließe.

»Mögen Sie eigentlich Hühner?« fragte Kiyoura zu ihm aufblickend. »Oder vielleicht sollte ich besser fragen: Haben Sie eine Abneigung dagegen?«

Ohne den Sinn der Frage zu verstehen, antwortete Kikutani: »Nein, ich habe nichts gegen Hühner.«

Kiyoura nickte und schaute nachdenklich aus dem Fenster. Dann wechselte er das Thema.

Kikutani ließ jedoch die Frage, wie Kiyoura plötzlich auf Hühner gekommen sein mochte, keine Ruhe. Nachts oder in seinen Arbeitspausen, wenn er auf der Pritsche lag, grübelte er darüber nach, fand jedoch keine plausible Erklärung.

Damals, kurz nach seiner Einschulung, hatte seine Mutter hinten im Hof ein paar Hühner gehalten, um seinen kränkelnden Vater mit frischen Eiern zu stärken. Es war Kikutanis Aufgabe gewesen, die Eier aus dem Hühnerstall in ein Körbchen zu lesen und sie dem Vater zu bringen. Der Vater nahm dann eins nach dem anderen der frischgelegten, noch warmen Eier in die Hand, pikte mit einer dicken Nadel ein Loch in das Kopfende und führte es an den Mund, um es auszuschlürfen. Doch schon bald mußte das Federvieh wieder abgeschafft werden, da sich die Nachbarn über das schlafstörende frühmorgendliche Gegacker beschwert hatten. Dennoch verspürte Kikutani weiterhin so etwas wie Zuneigung für die Hühner. Vielleicht hatte Kiyoura es ganz ohne Hintergedanken erwähnt, weil sein Bruder in seinem neuen Heim am Rande der Stadt kürzlich einen Hühnerstall eingerichtet hatte – als Reminiszenz an seine Kindheit.

Ein halbes Jahr später jedoch, als Kiyoura ihm einen weiteren Besuch abstattete, erfuhr Kikutani, welch bedeutende Rolle Hühner für seine Entlassung spielten.

»Der Zeitpunkt ist noch ungewiß«, begann Kiyoura, seine Worte vorsichtig abwägend, »aber könnten Sie sich vorstellen, nach Ihrer Rückkehr in die Gesellschaft auf einer Hühnerfarm zu arbeiten?«

Die Worte »Rückkehr in die Gesellschaft« brachten Kikutani schier aus der Fassung; er vermochte nichts darauf zu sagen.

»Der Chef Ihres Bruders hat einen Bekannten, der eine Hühnerzucht betreibt. Sie haben über Ihren Fall gesprochen, und der Mann wäre damit einverstanden, daß Sie bei ihm arbeiten. Ich habe ihn übrigens kennengelernt – ein feiner Mensch«, sagte Kiyoura ruhig. Kikutanis Herz pochte wild; er war völlig benommen. Ihm war klar, daß er jetzt irgend etwas sagen mußte, und er erklärte stockend, er habe sich als Junge um die Hühner bei sich zu Hause gekümmert.

»Ich mag Hühner. Ich mag sie sogar sehr«, stieß er hervor.

Doch seine Worte klangen übertrieben, als würde er sich bei Kiyoura einschmeicheln wollen. Er errötete vor Scham.

Nachts auf seiner Pritsche konnte er die Tränen nicht mehr

zurückhalten und schluchzte ins Kissen. Kiyoura hatte zum ersten Mal etwas geäußert, das auf seine Bewährung schließen ließ. Und sie schien überdies nicht mehr in weiter Ferne zu liegen. Es bestand keine Aussicht, daß sein Bruder als Bürge eintrat. Statt dessen hatte man offenbar den Betreiber der Hühnerfarm dafür gewinnen können, diese Bedingung zu erfüllen.

Kiyoura hatte bestimmt oftmals seinen Bruder aufgesucht und darüber hinaus andere Verbindungen aufgenommen. Kikutani empfand ihm gegenüber eine tiefe Dankbarkeit, daß er um seinetwillen soviel Zeit und Mühe aufgebracht hatte.

Von diesem Tag an nahen er eine deutliche Veränderung im Verhalten der Wärter wahr. Sie blickten ihn jetzt freundlicher an, schienen ihm manchmal sogar zuzulächeln. Wahrscheinlich wußten sie über seine vorzeitige Entlassung Bescheid und freuten sich darüber.

Fünf Tage zuvor war Kikutani, als er sich nach dem Frühstück in die Kolonne zur Werkstatt einreihte, von seinem Aufseher aus der Schlange geholt worden. Ein Ausdruck von Milde lag in den Augen des Beamten, der ihn daraufhin durch die Korridore des Amtsgebäudes zur Prüfungsstelle brachte, die für die Aufnahme der Personalien und Durchführung der Freilassung zuständig war.

Hinter dem großen Schreibtisch vor der Wand saß, flankiert von seinen Angestellten, der weißhaarige Abteilungsleiter. Die Blicke sämtlicher Anwesenden waren auf Kikutani gerichtet, als er eintrat.

Der Chef nahm ein Schreiben vom Tisch und erhob sich.

»Gratuliere. Der Bescheid Ihres Entlassungsbeschlusses vom Landesamt für Bewährung ist gekommen. Am 25. Mai, also in fünf Tagen, sind Sie auf freiem Fuß. Ab heute beginnen die Vorbereitungen für Ihre Freilassung. Folgen Sie bitte den Anweisungen. Ihren Bruder haben wir per Eilbrief benachrichtigt«, sagte er.

Ein warmes Gefühl durchströmte Kikutanis Brust und machte sein Herz weit. Die Knie wurden ihm weich, als müßte er gleich zu Boden sacken. Er verneigte sich wortlos und schlurfte aus dem Zimmer. Tränen strömten ihm übers Gesicht.

»Wie schön für Sie«, hörte er den Aufseher hinter sich sagen.

»Ja«, erwiderte er mit zittriger Stimme und ging mit schwingenden Armen davon.

An diesem Tag wurde er in eine Sonderzelle für Bewährungskandidaten verlegt, die mit einem Fernsehgerät und Teegeschirr ausgestattet war. Sogar ein Spiegel hing an der Wand. Er schaltete den Fernseher ein, konnte sich jedoch nicht darauf konzentrieren, was auf dem Bildschirm lief. Er stand kurz vor einem Kollaps. Ihm war, als wäre er seiner leiblichen Existenz enthoben, als würde er schweben, federleicht. Elementare Körperfunktionen wie Nahrungsaufnahme, Verdauung und Ausscheidung erschienen ihm als rein abstrakte Naturphänomene, die bloß mit seiner Physis zu tun hatten.

Er war nun von der Arbeit entbunden, und es war ihm gestattet, zumindest innerhalb des eingeschränkten Bereichs, sich frei im Gefängnis zu bewegen. Sobald er in seine Zelle zurückkehrte, brach er ohne besonderen Grund in Tränen aus oder lief ruhelos auf und ab.

Aus dem Bedürfnis heraus, einem Außenstehenden von seiner bevorstehenden Freilassung zu berichten, beschrieb er in klitzekleiner Schrift zwei Postkarten: eine an seinen Bruder und die andere an den Bewährungshelfer Kiyoura. Er nahm an, daß sie informiert waren. Inhaltlich schrieb er beiden das gleiche: seine Dankbarkeit gegenüber den Aufsehern und dem Gefängnispersonal, die ihn so lange betreut hatten. An Kiyoura fügte er jedoch hinzu, wie glücklich er sei, daß er dank seines freundlichen Engagements nun seiner Entlassung entgegensehen könne. Anschließend prüfte er aus der langjährigen Gewohnheit des Korrekturlesens Wort für Wort, ob er auch alles richtig geschrieben hatte.

Vom Aufseher bekam er die Anweisung, seine persönlichen

Dinge zu ordnen, und erhielt zu diesem Zweck zwei kleine Pappkartons, in denen er seine Habseligkeiten verstauen konnte. Von seiner Büchersammlung, die etwa dreißig Bände umfaßte, behielt er lediglich die japanischen und englischen Wörterbücher, eine Grammatik für Altjapanisch und eine geschichtliche Zeittafel. Den Rest brachte er eigenhändig in die Bibliothek und übergab sie dem diensthabenden Häftling mit der Bemerkung, daß er sie dem Gefängnis vermachen wolle.

Drei Tage nach seiner Verlegung in die provisorische Zelle erhielt er am späten Nachmittag Besuch von seinem Bruder.

Er freue sich für ihn, sagte er durch den Maschendraht, worauf Kikutani mit zugeschnürter Kehle nur nicken konnte.

Vor diesem Besuch hatte sein Bruder einen Beamten in der Prüfungsstelle aufgesucht, um zu regeln, was Kikutani am Tag seiner Entlassung anziehen solle. Der Anzug und die Schuhe, die er bei seiner Inhaftierung abgeben mußte, waren zwar in Ölpapier aufbewahrt worden, doch nach der langen Zeit von fünfzehn Jahren und sieben Monaten war das Zeug nicht mehr tragbar. Der Anzugstoff war inzwischen völlig mürbe und das Schuhleder hart und ausgetrocknet. Man hatte deshalb den Bruder gebeten, in der Stadt einen neuen Anzug zu besorgen. Die Auslagen für die Schuhe, die aus der Gefängnisschusterei beschafft werden sollten, zahlte er im voraus.

Gerührt über die Fürsorge seines Bruders, wischte sich Kikutani die Tränen aus dem Gesicht.

Am nächsten Morgen kam ein Beamter von der Prüfungsstelle und brachte ihm ein Paar schwarze Halbschuhe und einen flachen, in Kaufhauspapier verpackten Karton. Nachdem Kikutani das Papier sorgfältig entfernt hatte, öffnete er die Schachtel und fand darin außer einem dunkelblauen Anzug zwei Oberhemden, eine dunkelblaue gepunktete Krawatte, einen Gürtel und ein paar Socken. In der Brusttasche des Jacketts steckte ein Plastiktütchen mit einem passenden Stoffflicken. Er legte die Kleidung neben die Schuhe an der Wand und betrachtete seine neuen Besitztümer wie Zierat.

Der Gedanke, in diesen Sachen frei herumlaufen zu können, machte ihm die bevorstehende Entlassung als etwas Reales bewußt. Er nahm die Schuhe und probierte sie an. Sie hatten seine registrierte Größe und saßen perfekt, doch er wunderte sich über ihre Schwere. Abgesehen davon, daß die aus der Gefängniswerkstatt stammenden Schuhe alle aus dickem Leder gefertigt waren, erschienen sie ihm vor allem deshalb so schwer, weil er als Häftling jahrelang nur Stoffschuhe getragen hatte.

Er fragte sich besorgt, ob er überhaupt in der Lage sein würde, in solch schweren Schuhen herumzulaufen. Als er sich dann aber ausmalte, wie er damit auf die gepflasterten Gehsteige oder auf blanken Boden treten würde, fand er das Gewicht angenehm und schlenderte, den Blick auf die Füße geheftet, in der Zelle auf und ab.

An diesem Nachmittag kam ein Mann mit Brille von der Zahlstelle zu ihm und händigte ihm einige Bogen Papier aus, auf denen sein Tageslohn für die Arbeit in der Druckerei detailliert aufgeführt war.

»Eine schöne Stange Geld. Es ist mit der höchste Betrag, der jemals einem Entlassenen ausgezahlt wurde«, sagte er mit einem Blick zum Aufseher und ging wieder fort. Kikutani überflog die Zahlenkolonnen, bis er am Ende den Gesamtbetrag erblickte: Es waren 1 027 525 Yen. Vor seiner Inhaftierung belief sich sein monatliches Einkommen nach Abzug der Steuern und der Verbandskosten für gegenseitige Hilfe auf 53 000 Yen. Er hatte demnach eine Summe von mehr als zwanzig Monatsgehältern gespart – wie der Mann von der Zahlstelle gesagt hatte: eine schöne Stange Geld. Aus dem Fernsehen wußte Kikutani, daß die Preise und dementsprechend auch die Löhne inzwischen gestiegen waren, so daß sein Vermögen nicht den vermeintlichen Wert besaß, wenn er in die Gesellschaft zurückkehrte.

Doch immerhin war es ein beachtlicher Betrag, der ihm sicher war – genug Geld, um vorübergehend über die Runden zu kommen, bis er sich draußen zurechtgefunden hatte. Als er von den niedrigen Löhnen in der Gefängniswerkstatt erfuhr, war er zunächst schockiert gewesen, doch er konnte die Arbeit schlecht boykottieren, und sein Fleiß hatte sich nun doch gelohnt.

In den ersten Jahren hatte er weniger als 1000 Yen im Monat verdient, aber mit dem steten Aufstieg auf der Privilegienleiter erhöhte sich dann auch schrittweise der Wert seiner Arbeitskraft. Als er die höchste Stufe erreicht hatte, durfte er nach Dienstschluß sogar Arbeit mit in seine Zelle nehmen, so daß er zehnmal soviel verdienen konnte wie die Häftlinge auf der untersten vierten Stufe. Es gab zwar genug Gelegenheiten, sich allerhand Dinge für das leibliche Wohl anzuschaffen, doch Kikutani führte ein spartanisches Leben und gab nur wenig Geld aus. Trotzdem war er jetzt erstaunt, daß sein Lohn mehr als 1 Million Yen betrug, und er rechnete mehrmals nach, ob die Summe wirklich stimmte.

In dieser Nacht lag er, nachdem das Licht ausgeschaltet worden war, noch lange wach, ganz aufgeregt wegen der bevorstehenden Entlassung. Lautlos, das Gesicht ins Kissen gepreßt, lachte und weinte er abwechselnd. Schließlich drehte er sich auf die Seite und betrachtete die neuen Kleidungsstücke, die aufgereiht vor der Wand lagen.

Am nächsten Morgen stand er früh auf, wusch sich das Gesicht und schrubbte sorgfältig seine Zelle, bis kein einziges Staubkörnchen mehr zu finden war.

Nach dem Frühstück setzte er sich in den Schneidersitz und lauschte dem Appell der Häftlinge, deren Stimmen von weitem aus den Zellen durch die Korridore hallten. Daraufhin vernahm er die sich entfernenden Schritte der Kolonne zur Werkstatt, bis endlich tiefe Stille im Gefängnis herrschte. Mit halbgeschlossenen Lidern blieb er reglos sitzen.

Nach etwa einer Stunde näherten sich Schritte, und der zuständige Aufseher erschien mit einem Sachbearbeiter aus der Prüfungsstelle vor seiner Zelle.

Der Wärter schloß die Tür auf. »Nehmen Sie Ihre Sachen, und treten Sie heraus«, sagte er. Kikutani erhob sich und nahm die neu verpackte Schachtel und die Schuhe. Der Aufseher kam in die Zelle, um die anderen beiden Kartons zu holen, und Kikutani trat nach draußen.

Seine Beinen drohten ihm zu versagen. Mit taumelnden Schritten folgte er den beiden durch den Korridor.

Er wurde in einen Raum im Verwaltungstrakt geführt, wo man ihn aufforderte, auf einem Stuhl an der Wand Platz zu nehmen. Er setzte sich und hielt den Blick gesenkt.

Als er hörte, wie die Tür aufging, hob er den Kopf und sah einen älteren Mitinsassen, den er vom Sehen her kannte, verunsichert ins Zimmer treten. Der Mann war etwa Mitte Sechzig, von kleiner Statur und hatte weißes, schütteres Haar; seine Haut wirkte fast durchsichtig. Kikutani wußte, daß er seit fünfzehn Jahren saß und in der Schreinerei tätig war. Für seine kunstvoll gearbeiteten Teeschränke sollte er sogar eine Auszeichnung erhalten haben. Ihm fiel auf, daß der junge Wärter hinter ihm zwei Kartons trug; demnach kam der Alte offensichtlich ebenfalls heute frei.

Der Mitinsasse verneigte sich mehrmals vor den anwesenden Beamten und setzte sich dann auf den Stuhl neben Kikutani. Beide saßen schweigend, den Blick nach vorn gerichtet.

Dreißig Minuten später verließen sie in Begleitung der Aufseher und Beamten den Raum. Sie liefen durch die Flure des Verwaltungstraktes und durchquerten dann über einen Verbindungskorridor den Innenhof.

Man geleitete sie zur Kapelle hinter dem Bürogebäude. Als die schwere Tür aufging, sah Kikutani neben der Kanzel an der Stirnseite eine große Gruppe von Männern stehen, die ihnen entgegenblickten. Vor der Kanzel stand ein hochgewachsener Mann im Anzug, vermutlich der Gefängnisdirektor. Unter den Anwesenden, die ihn flankierten, entdeckte Kikutani auch Kiyoura, und hinter ihm befand sich eine kleine, pummelige weibliche Gestalt im Kimono, offensichtlich die Frau des Mitinsassen. Die Vollzugsbeamten, die sie hierhergeführt hatten, verneigten sich vor der Versammlung, und Kikutani und der Alte taten es ihnen gleich. Die Beamten bezogen Stellung an der Tür, die sich hinter ihnen geschlossen hatte.

»Um die feierliche Übergabe des Bescheides der genehmigten Strafaussetzung zu vollziehen, treten Sie bitte vor den Gefängnisdirektor«, wandte sich einer der Beamten an Kikutani.

Dem Mitinsassen folgend, ging er daraufhin gemessenen Schrittes den Gang zwischen den Stuhlreihen entlang. Etwa fünf Meter vor der Kanzel blieb er stehen, machte eine Verbeugung und nahm eine stramme Haltung ein.

Der Direktor schaute auf das Papier in seiner Hand und verlas ihre Namen.

»Ist das richtig?« vergewisserte er sich. Die beiden Häftlinge bestätigten es ihm, und Kikutani erfuhr bei der Gelegenheit, daß der Alte mit Familiennamen Igarashi hieß.

»Seit Ihrer Inhaftierung haben Sie sich keine Verstöße gegen die Vorschriften zuschulden kommen lassen, und Sie haben ordentliche Arbeit in der Werkstatt geleistet. Sie haben über die lange Zeit viel Ausdauer bewiesen. Ihre vorzeitige Entlassung wurde vom Landesamt für Bewährung genehmigt, und der entsprechende Bescheid, der Ihre Resozialisierung ermöglicht, ist nun eingetroffen. Meinen herzlichen Glückwunsch. Von nun an gilt es, sich im täglichen Leben dort draußen zurechtzufinden, was sicher nicht immer einfach sein wird. Aber ich bin überzeugt, daß Sie alle Schwierigkeiten meistern und den Rest Ihres Lebens als wertvolle Mitglieder der Gesellschaft verbringen werden.«

Kikutani spürte, wie ihm vor Anspannung und Ergriffenheit Tränen in die Augen schossen.

»Sie sind sich bestimmt darüber im klaren, welche Mühen Ihr Bewährungshelfer, Herr Kiyoura, trotz seiner zahlreichen anderen Verpflichtungen für Ihre vorzeitige Entlassung auf sich genommen hat. Dank seines Engagements konnten glücklicherweise Ihre Bürgen und Ihre zukünftige Unterbringung sichergestellt werden. Auch wir sind Herrn Kiyoura für seinen Einsatz zu tiefstem Dank verpflichtet.«

Der Direktor verneigte sich höflich in Kiyouras Richtung, was der Bewährungshelfer mit einer Verbeugung erwiderte.

Kikutani entnahm der Ansprache, daß Kiyoura sich ebenso um die Formalitäten von Igarashis Freilassung gekümmert hatte.

Der Leiter der Prüfungsstelle ging auf den Direktor zu und nannte Igarashis Namen, während er ihm eine Urkunde aushändigte.

Daraufhin trat der Direktor vor Igarashi und überreichte ihm das Dokument mit den Worten: »Hiermit übergebe ich Ihnen den Bescheid über Ihre Strafaussetzung auf Bewährung.«

Wie ein kleiner Schuljunge, der eine Auszeichnung erhält, nahm Igarashi die Urkunde in Empfang und verneigte sich.

»Ihre werte Gattin ist ebenfalls anwesend. Denken Sie immer daran, wieviel Kummer Sie ihr bereitet haben, und seien Sie ihr dankbar ergeben. Mögen Sie beide ein friedliches Leben miteinander verbringen. Falls Schwierigkeiten auftauchen, machen Sie es nicht mit sich alleine aus, sondern besprechen Sie es mit Ihrer Frau oder ziehen Sie Ihren Bewährungshelfer zu Rate. Haben Sie verstanden?«

»Ja«, parierte Igarashi.

Der Direktor wandte sich nun Kikutani zu und überreichte ihm ebenfalls seine Urkunde.

»Als ehemaliger Lehrer verfügen Sie über ausreichend Verstand. Lassen Sie sich nie wieder von Ihren Gefühlen hinreißen, sondern die Vernunft walten, und schwören Sie, in Zukunft keine fahrlässigen Handlungen zu begehen. Haben Sie verstanden?« sagte er in mildem Ton.

»Ich schwöre es«, erwiderte Kikutani laut und deutlich.

Nachdem der Direktor zum Podium zurückgekehrt war, sagte der Leiter der Prüfungsstelle: »Damit ist die feierliche

Übergabe der Urkunden für die Strafaussetzung auf Bewährung abgeschlossen.«

Die Anwesenden verneigten sich, worauf sich der Direktor mit einem neuerlichen Dankeswort von Kiyoura verabschiedete und in Begleitung der Beamten zum Ausgang schritt. Kikutani und Igarashi wurden von Kiyoura und dem restlichen Personal in den Warteraum der Kapelle geleitet. Hier waren derweil ihre Kartons abgestellt worden, und man wies sie an, ihre Häftlingsuniformen gegen die Anzüge zu tauschen.

Kikutani zog die Schuhe aus und schlüpfte barfuß aus der hellblauen Uniform, die er fein säuberlich gefaltet auf die Theke legte. Die Stoffschuhe stellte er mit den Sohlen nach oben daneben. Er zog die Hose und das Oberhemd an und legte sich die Krawatte um, wobei er sich das Binden des Knotens ins Gedächtnis rufen mußte. Dann schlüpfte er ins Jackett. Der Anzug saß vom Gefühl her tadellos, doch die Hemdsärmel reichten ihm bis über die Handteller, während der zu enge Kragen seinen Hals einschnürte.

Igarashi zog ebenfalls seine neuen Sachen an: eine dunkelblaue Hose und ein braunes Jackett aus leichtem Stoff. Als beide mit dem Ankleiden fertig waren, wurden sie angewiesen, vor einen älteren Beamten zu treten, der ihnen Verhaltensmaßregeln für das bevorstehende Leben in der Freiheit gab. Während der langjährigen Haftzeit hätten sich die sozialen Verhältnisse gewaltig verändert, und jeder entlassene Häftling fohle sich zwangsläufig desorientiert. Um dem abzuhelfen, habe man zur Überbrückung ein Rehabilitationsprogramm entwickelt. Außerdem gebe es Vereine für Bewährungshilfe, die für die Reintegration Sorge tragen würden. Wohltäter, die sich für entlassene Häftlinge engagierten, hätten ihr Privatvermögen für Grundstücke oder Häuser zur Verfügung gestellt. Kiyoura würde eines dieser Heime leiten.

Es sei den entlassenen Strafgefangenen freigestellt, ob sie von diesen Einrichtungen Gebrauch machen wollten, fuhr der Beamte fort. Er habe jedoch erfahren, daß Kikutani und

Igarashi um Aufnahme in diesem Heim gebeten hätten. Sie könnten dort eine Zeitlang leben, und nachdem sie sich in der Gesellschaft eingewöhnt hätten, würden sie nach Hause zurückkehren beziehungsweise bei dem Bürgen untergebracht werden. Für Kikutani, der kein Zuhause und außer Kiyoura niemanden hatte, dem er sich anvertrauen konnte, war der Fall klar. Aber auch Igarashi, der immerhin von seiner Frau abgeholt wurde, hatte sich vermutlich aus Angst vor der unvermittelten Rückkehr in die Gesellschaft dazu entschlossen.

Der Beamte wandte sich daraufhin im amtlichen Tonfall an den Bewährungshelfer: »Wir hoffen nun auf Ihre werte Unterstützung, Herr Kiyoura.«

Kikutani und Igarashi nahmen ihre Kartons und verließen die Kapelle. Die Schuhe kamen ihm jetzt noch schwerer vor als gestern beim Anprobieren in der Zelle. Jeder Schritt hallte ungewöhnlich laut. Die Knöchel taten ihm weh, und seine Oberschenkel verkrampften sich, als er durch den Innenhof schritt. Der Beamte vor ihm teilte Kiyoura mit, daß er sich bereits mit der Bewährungsstelle in Verbindung gesetzt habe, wo die beiden Männer dann die nötigen Formalitäten zu erledigen hätten.

Ein kleiner grüner Van parkte unter der ausladenden Krone eines Keyakibaums. Auf Kiyouras Geheiß verstauten die beiden Häftlinge ihre Kartons im Laderaum. Der zuständige Aufseher trat zu Kikutani und sagte: »Machen Sie's gut, und bleiben Sie gesund.«

Kikutani nahm Haltung an. »Ich danke Ihnen für Ihre Mühe. Auch Ihnen alles Gute«, wünschte er ihm und verbeugte sich.

Kiyoura verabschiedete sich von den Beamten und setzte sich hinters Steuer, während Kikutani, Igarashi und seine Frau auf den Rücksitz kletterten. Der Van folgte einem kleinen vorausfahrenden Wagen, der von einem Beamten chauffiert wurde. Als sie das Gittertor erreichten, streckte der Fahrer den

Kopf aus dem Wagenfenster. Der junge Wächter verneigte sich, und das Tor ging auf.

Der Van folgte dem Wagen nach draußen und erhöhte dann langsam seine Geschwindigkeit. Am Verwaltungsgebäude vorbei bogen sie schließlich nach rechts ab und erreichten ein weiträumiges Gelände mit Blumenrabatten. Vor der Kampfsportarena auf der linken Seite stand ein Spalier von Kirschbäumen, deren Blütezeit jedoch noch bevorstand. Lediglich die Zweige schimmerten bereits rötlich.

Das riesige Eisengittertor kam in Sicht. Der Wagen verlangsamte sein Tempo und hielt neben dem Wärterhäuschen.

Der Fahrer vor ihnen bedeutete Kikutani und Igarashi, auszusteigen und vor dem Kabuff zu warten. Der Beamte ging hinein, legte ein paar Dokumente vor und sprach sich kurz ab. Nach einer gegenseitigen Verbeugung kam er wieder heraus. Auf seine Anweisung stiegen die beiden Häftlinge in den Wagen.

Das Tor ging auf; und der Van fuhr los. Kiyoura erwiderte den Gruß des Wächters und des Beamten mit einem Nicken und bog, nachdem sie das Tor passiert hatten, nach links ab.

Der Wagen beschleunigte abrupt. Kikutani erinnerte sich an das Knirschen der Reifen des Gefangenentransporters auf dem Kies am Tage seiner Einlieferung. Inzwischen war die Straße verbreitert und asphaltiert.

»Nun, was ist das für ein Gefühl, draußen zu sein?« fragte Kiyoura, ohne den Blick von der Straße zu wenden. Kikutani wußte nicht so recht, was er darauf antworten sollte, und Igarashi blieb ebenfalls stumm.

Nachdem sie an dicht gebauten, identischen Reihenhäusern vorbeigefahren waren, wo seinerzeit Brachland gewesen war, gelangten sie zu einem langgezogenen Industriezaun. Vermutlich ein sogenannter Gewerbepark mit Fabriken, Lagerhallen und Lkws. Schließlich kam die Autobahn in Sicht, und Kiyoura fuhr auf die Auffahrt. Der Van passierte die Mautstelle und fädelte sich in die Spur ein. Vor seiner Inhaftierung war Kikutani noch nie auf einer Autobahn gefahren, er kannte sie nur aus dem Fernsehen. In Wirklichkeit waren sie jedoch viel breiter, als es den Anschein auf dem Bildschirm hatte, und die Autos rasten schneller als erwartet. Bei dem hohen Tempo würde der kleinste Zusammenstoß zu einer katastrophalen Massenkarambolage führen, überlegte er sich. Starr vor Angst klammerte er sich an den Haltegriff über der Tür.

Die Autobahn führte über einen Fluß, dessen Ufergelände offenbar in einen Golfplatz umfunktioniert worden war, denn auf dem Rasen liefen Männer mit weißen Schirmmützen und Frauen in roten Uniformen umher. Auf dem Wasser befanden sich vereinzelte Ruderboote. Zwischen den Wohnblocks auf beiden Seiten der Autobahn ragten stellenweise Hochhäuser auf, gefolgt von einem riesigen hellbraunen Luxusapartmentkomplex. In Richtung Stadtrand wurden die Wohnblöcke durch Betonklötze abgelöst. An einem Gebäude – offensichtlich ein Kaufhaus – hingen lange Transparente herab, und über dem Dach schwebte ein rotweißer Werbeballon. Kikutani schaute zu ihm hoch, wie er vor dem klaren, blauen Himmel verharrte.

Von beiden Seiten fädelten sich die Autos in ihre Spur ein. Als sie sich einer Abzweigung näherten, verlangsamte Kiyoura das Tempo. Schließlich fuhren sie Stoßstange an Stoßstange, und der Kleinbus kroch nur noch etappenweise vorwärts. Kikutanis Anspannung ließ nach. Ihm wurde schummerig vor Augen, und er mußte unentwegt gähnen. Er fühlte sich ziemlich elend und schämte sich wegen seiner unvorhergesehenen Übelkeit vom Autofahren. Sie fuhren durch Straßenschluchten mit erstaunlich hohen Betonbauten, doch Kikutani, der vor Schüttelfrost zitterte, nahm nichts davon wahr. Eiskalter Schweiß brach ihm aus den Poren, und er hatte das Gefühl, sich gleich übergeben zu müssen. Mit gesenktem Kopf, die Augen abwechselnd geöffnet und geschlossen, betete er, daß sie bald ihr Ziel erreichten, damit er aussteigen könne. Ein wenig später scherten sie aus dem stockenden Verkehr aus und verließen die Autobahn.

Nachdem sie etliche Ampeln passiert hatten, durchquerten sie das Regierungsviertel und kamen am Kaiserpalast heraus. Auf dem Bürgersteig entlang des Burggrabens entdeckte er Läufer, sogar Frauen waren darunter, die im gleichmäßigen Tempo rannten. Er hatte von dieser Modeerscheinung namens Jogging bereits gehört, jedoch angenommen, daß die beute es am Wochenende oder nach Feierabend taten. Zu seiner Verwunderung waren die Männer jedoch offenbar während ihrer Arbeitszeit unterwegs. Der Kleinbus entfernte sich vom Burggraben und fuhr einen gemäßigt ansteigenden Weg hinauf. Dann passierten sie das Tor eines weißen Betongebäudes auf der rechten Seite, wo Kiyoura den Wagen auf dem Parkplatz abstellte.

Er warf einen Blick auf seine Armbanduhr.

»Zeit zum Mittagessen«, brummte er und verzog dabei leicht das Gesicht. Er nahm ein großes Paket vom Beifahrersitz und stieg aus. Kikutani, Igarashi und seine Frau verließen ebenfalls den Wagen. Sie folgten Kiyoura durch einen Plexiglaseingang in das Gebäude und betraten einen Raum, der als ›Wartesaal‹ ausgeschildert war. Dort standen drei Tische mit Stühlen, doch außer ihnen war niemand da. Kiyoura forderte seine Begleiter auf, Platz zu nehmen. Dann wickelte er das Paket aus und verteilte Lunchboxen. Er ging kurz nach draußen und kam mit Teeschalen auf einem Tablett zurück. Nachdem er sich ebenfalls an den Tisch gesetzt hatte, nahm Kikutani die Eßstäbchen aus der Papierhülle und brach sie auseinander. Dann hob er den Deckel von seiner Lunchbox.

Das eine Fach war mit Reis gefüllt, dessen schimmerndes Weiß ihn förmlich blendete. Inmitten dieses glänzend polierten Körnerhaufens prangte als scharlachroter Fleck eine kleine Salzpflaume. Sein Blick wanderte nun zu der bunten Beilagenpalette auf der anderen Seite: quadratische Omelettschnitten, erdfarbene Bohnen, ein Stück gegrillter Lachs, eingekochte Möhren und Schwarzwurzeln, kirschblütenrosa eingelegter Rettich und gekochte Tangstreifen.

Gemächlich langte Kikutani mit den Stäbchen nach dem Reis und schob sich einen Bissen in den Mund. Er fühlte sich erstaunlich samtig an und schmeckte fast süß, ganz anders als der mit Roggen versetzte Reis, den es im Gefängnis gab. Ebenso genüßlich kostete er die anderen Beilagen, deren raffinierte Zubereitung den Geschmack der Zutaten voll zur Geltung brachte. Der Gedanke, von nun an täglich solche buntgemischten Köstlichkeiten und dazu schneeweißen Reis essen zu können, hob seine Stimmung. Igarashi neben ihm genoß ebenfalls schweigend die Speisen. Nachdem Kikutani alles bis zum letzten Körnchen Reis vertilgt hatte, legte er den Deckel zurück auf die Box und verschnürte sie. Dann griff er nach der Schale Tee, der – inzwischen lauwarm geworden – hingegen nicht viel anders schmeckte als der im Gefängnis. Nur die Keramikschale fühlte sich schwerer an als die gewohnten Plastiktassen.

Kiyoura, der sich eine Zigarette in den Mund gesteckt hatte und die Packung gerade in die Tasche seines Jacketts zurückgleiten lassen wollte, besann sich und bot den Männern eine an. Kikutani schüttelte den Kopf, und Igarashi lehnte ebenfalls höflich dankend ab. Kikutani hatte vor seiner Haft täglich zwei Schachteln geraucht, und im Gefängnis hatte er hin und wieder davon geträumt, eine Zigarette zu paffen. Doch jetzt fühlte er sich wie damals in seiner Studentenzeit, als er das erste Mal geraucht hatte: ein wenig ängstlich, daß ihm davon schlecht und schwindlig werden könnte. Er verspürte kein Bedürfnis, die Zigarette anzunehmen.

Kiyoura warf einen Blick auf die Wanduhr und sagte zu Igarashis Frau: »Wir sind hier, um jemanden von der Aufsichtsbehörde zu treffen, doch die Herrschaften sind gerade zu Tisch. Würde es Ihnen was ausmachen, hier ein Weilchen zu warten? Ich möchte die beiden auf einen Spaziergang mitnehmen, damit sie sich schon mal ein bißchen mit der Außenwelt vertraut machen.«

»Ganz, wie Sie wünschen«, erwiderte sie mit einer Verbeugung, die Hände auf die Knie gelegt.

»Also los«, rief Kiyoura, »drehen wir eine kleine Runde.«

Er drückte seine Zigarettenkippe im Aschenbecher aus und erhob sich.

Die beiden Häftlinge standen ebenfalls auf und folgten ihm nach draußen.

Kiyoura schlenderte, die Hände in den Hosentaschen, den Berg hinauf; während die beiden Männer – Kikutani wie gewohnt hinter dem kleineren Igarashi – mit schwingenden Armen hinter ihm hermarschierten. Zwischendurch schaute sich Kiyoura nach ihnen um und mußte unwillkürlich lächeln.

»Ihr braucht nicht mehr im Stechschritt zu laufen«, sagte er amüsiert. »Hier in der normalen Welt dürft Ihr ganz gemütlich schlendern.«

Daraufhin ging er, den Blick wieder nach vorn gerichtet, unbekümmert weiter, wohl wissend, daß sein wohlmeinender Vorschlag derzeit nicht viel nutzte.

Im Gefängnis waren die Häftlinge dazu angehalten, mit hängenden Armen in Reih und Glied zu gehen, und ein Zuwiderhandeln wurde sofort als Regelverstoß vermerkt. Kikutani, der unentwegt seine vorzeitige Freilassung im Kopf hatte, achtete peinlichst darauf, jede noch so geringfügige Vorschrift einzuhalten, und behielt die Gangart mehr als nötig bei. Es war ihm zwar bewußt, daß er in der Freiheit nicht mehr darauf achten mußte, doch sein Körper war auf den Stechschritt mit schwingenden Armen so gedrillt, daß er das Gefühl hatte, sich gar nicht anders fortbewegen zu können. Einem entgegenkommenden Passanten schien ihre sonderbare Gangart aufzufallen, denn er musterte sie argwöhnisch. Kikutani spürte seinen Blick noch im Rücken, als er längst vorüber war.

Oben auf dem Hügel angekommen, schritten sie durch einen Toori-Bogen. Ein weißer Kiespfad führte zum Hauptschrein, doch Kiyoura, dem die Zeit offensichtlich zu knapp erschien, schlug statt dessen den Weg zu einem kleinen Pavillon ein und betrat mit ihnen den dahinterliegenden Hain.

»Schaut euch mal ein bißchen um und nicht bloß immer stur geradeaus«, sagte der Bewährungshelfer. »Die Pflaumenbäume stehen in voller Blüte … na ja, schon ein bißchen darüber hinaus.«

Auf Kiyouras Geheiß betrachte Kikutani die Umgebung. Mehr als zwanzig Pflaumenbäume, rote und weiße, standen dort. Einige weiße Kronenblätter waren blaßrosa gestreift, während andere Blüten hellgelbe Stempel besaßen. Er erinnerte sich an das rote Pflaumenbäumchen, das er auf einem Blumenmarkt gekauft und bei sich im Garten eingepflanzt hatte. In der Tat waren die Blüten bereits am Welken. Hier und da lagen Blütenblätter am Boden, einige sogar schon eingestampft.

Kiyoura, der sich plötzlich auf etwas zu besinnen schien, löste seinen Blick von den Bäumen und wandte sich zu den beiden Männern um: »Ach übrigens, ich habe euren Arbeitslohn in Verwahrung. Das Geld liegt in einem Tresor in der Bewährungsanstalt. Falls ihr was braucht, sagt mir bitte Bescheid. Eins müßt ihr jedoch wissen: Auch wenn der Betrag euch gewaltig vorkommen mag, die Preise sind derweil ebenfalls gestiegen. Es tut mir leid, euch die Freude zu verderben, aber das solltet ihr bedenken.«

»Das weiß ich wohl«, erwiderte Kikutani, wobei ihn ein bedrückendes Gefühl beschlich. »Vor meiner Haft kostete das Porto für eine Postkarte sieben Yen, und jetzt muß man vierzig Yen dafür bezahlen. Das ist fast der sechsfache Preis. Dementsprechend kann ich mir vorstellen, wie teuer alles geworden ist.«

Es bereitete ihm Sorgen, daß sein Verdienst von einer Million Yen inzwischen weniger als zweihunderttausend Yen wert war.

»Sieben Yen …«, versuchte Kiyoura, den Kopf zur Seite gelegt, sich zu besinnen. Nach einem Blick auf seine Armbanduhr sagte er: »Gehen wir zurück?« und schritt auf den Toori-Bogen zu. Die beiden Häftlinge marschierten hinter ihm her. Als sie in den Wartesaal zurückkehrten, verschwand Kiyoura kurz und bat die beiden Männer anschließend, ihm zu folgen.

Sie stiegen die Treppen hoch und gingen durch einen Korridor bis zu einem Zimmer mit der Aufschrift ›Bewährungsabteilung‹.

In dem Sprechzimmer stand ein untersetzter Mann im dunkelblauen Anzug hinter seinem Schreibtisch. Seine Hände ruhten auf der Tischplatte; er schien sie zu erwarten. Er war schätzungsweise Mitte Vierzig, obwohl sein Haar noch pechschwarz war, und seine helle Haut schimmerte wie die eines jungen Mannes.

Kiyoura stellte ihm seine beiden Schutzbefohlenen vor.

»Verstehe«, sagte der Mann in freundlichem Ton und nickte ihnen zu. »Herzlichen Glückwunsch zu Ihrer vorzeitigen Entlassung. Sie haben es verdient.«

Seine Stimme war klar, und seine Augen glänzten. Im Stehen zählte er ihnen sämtliche Vorschriften auf, wobei er nach jedem Punkt eine feierliche Pause einlegte.

»Ab heute werden Sie in Herrn Kiyouras Bewährungsanstalt ein Programm absolvieren, das auf drei Monate begrenzt ist. Diese Frist kann in Ausnahmefällen einmalig um drei Monate verlängert werden. Die Unterbringung im Heim sowie zwei Mahlzeiten sind kostenlos, nur das Mittagessen muß aus eigener Tasche bezahlt werden. Nach fünfundzwanzig Tagen werden Sie dann für alle Mahlzeiten selbst aufkommen.

Diese Einrichtungen dienen dazu, vorzeitig entlassene Häftlinge wieder in die Gesellschaft einzugliedern. Um das zu gewährleisten, wird ein Programm erstellt, mit dem das Training dann beginnen kann. Wir erwarten von Ihnen, daß Sie die Anweisungen Ihres Betreuers gewissenhaft befolgen. Zugleich sollen Sie jedoch lernen, selbständig zu handeln. Gehen Sie sorgfältig mit dem Bettzeug und all den anderen Dingen um die Ihnen dort zur Verfügung gestellt werden. Es ist streng verboten, Alkohol zu trinken und das Personal in trunkenem Zustand zu belästigen. Sie werden gewiß eine Anstellung finden und nach der Übergangsphase in der Lage sein, sich ein eigenes Heim zu schaffen und selbständig zu leben. Widmen Sie sich voll und ganz Ihrer Arbeit, und erweisen Sie sich somit als nützliches Mitglied der Gesellschaft.

Während dieser Periode und ebenso danach sind Sie verpflichtet, sich mindestens zweimal pro Monat bei Ihrem zuständigen Bewährungshelfer zu melden. Sollten Sie verreisen oder Ihren Wohnsitz ändern, müssen Sie auf jeden Fall vorher seine Genehmigung einholen.«

Der Beamte wandte sich daraufhin an Igarashi und erklärte ihm, daß er drei Jahre vor Ablauf seiner Strafe auf Bewährung entlassen worden sei, und falls er in diesem Zeitraum gegen das Gesetz verstoße, müsse er ins Gefängnis zurück. Bei guter Führung würde sein Bewährungsstatus jedoch erlöschen und seine Strafe abgegolten sein.

Dann wandte er sich an Kikutani und fuhr fort: »Sie hingegen haben zwar mehr als fünfzehn Jahre Ihrer lebenslänglichen Haft abgesessen, doch Ihre Strafe ist damit nicht verbüßt. Deshalb werden Sie bis ans Lebensende unter Aufsicht des Bewährungsamtes stehen. In zehn Jahren haben Sie allerdings fünfundzwanzig Jahre Ihrer Strafe abgegolten, vorausgesetzt, Sie lassen sich nichts zuschulden kommen. Da es im japanischen Recht kein höheres Strafmaß als zwanzig Jahre gibt, haben die Betroffenen die Möglichkeit, nach einer ausführlichen Überprüfung durch das Bewährungsamt eine Begnadigung beim zentralen Untersuchungsausschuß für Sicherheitsverwahrung zu beantragen. Wird dem stattgegeben, dann kann der Justizminister einen Straferlaß anordnen. Es sind zwar nicht viele, die das geschafft haben, aber hin und wieder gibt es solche Fälle von Begnadigung. Nehmen Sie das als Anreiz, sich darum zu bemühen. Wir wünschen Ihnen viel Erfolg dabei«, schloß er seine gewandte Rede.

»Ich werde alles daransetzen«, sagte Kikutani und straffte seine Haltung. Doch ungeachtet der Tatsache, daß sie beide auf Bewährung freigelassen waren, brachten ihm die Worte des Beamten die große Diskrepanz zwischen seiner und Igarashis Situation erneut zu Bewußtsein. Fünfzehn Jahre Haft deuteten zwar darauf hin, daß auch Igarashi wegen Mordes verurteilt worden war, doch es war klar, daß in seinem Fall eine Reihe mildernder Umstände mitgespielt haben mußte. Sofern Igarashi sich in der verbleibenden Zeit nichts Strafbares zuschulden kommen ließ, würde er anschließend ein freier Mann sein, während über ihm als lebenslänglich Verurteiltem die Worte des Beamten wie ein Damoklesschwert hingen: bis ans Lebensende unter Aufsicht des Bewährungsamtes.

Kiyoura trat zu dem Beamten und händigte ihm ein Dokument aus, das er einem Umschlag entnommen hatte.

Nachdem der Beamte es im Stehen überflogen hatte, schaute er auf und wechselte mit Kiyoura zunächst ein paar persönliche Worte. Während ihrer weiteren Unterhaltung fielen die Namen einiger Personen, die offenbar in der Bewährungsanstalt untergebracht waren. Der Beamte erkundigte sich nach ihnen, woraufhin Kiyoura ausführlich Bericht erstattete: Ein Insasse, der sich zwar in der Anstalt an die Vorschriften halte, würde sich allabendlich draußen vollaufen lassen und dann sturzbetrunken nach Hause torkeln. Ein anderer weigere sich trotz Ablauf der Aufenthaltsdauer beharrlich, die Anstalt zu verlassen, und übernachte weiterhin dort. Der dritte Problemfall sei ein hitzköpfiger Kerl, der sich mit anderen Heimbewohnern angelegt und dabei völlig die Beherrschung verloren habe, so daß das Personal ihn ins Büro schleppen mußte. Er sei dann erst wieder zur Vernunft gekommen, nachdem er ihn ordentlich zusammengestaucht habe. Kiyoura schien seine beiden Schutzbefohlenen völlig vergessen zu haben, während er, ermuntert durch gelegentliche Bestätigungssignale des Beamten, mit seinen Ausführungen fortfuhr.

In einigen Fällen könne man ein Auge zudrücken, meinte er,

und andere Vorkommnisse hätten sich bereits erledigt. Bei dem Rest jedoch müsse er Meldung machen.

»Das wär's soweit«, schloß Kiyoura seinen Bericht und trat vom Schreibtisch zurück, woraufhin der Beamte ihm für seine Bemühungen dankte. Daraufhin drehte er sich zu den beiden Häftlingen um und ermutigte sie zum Abschied mit den Worten, sie sollten gut auf sich aufpassen.

Die beiden Männer verneigten sich höflich und folgten Kiyoura nach draußen. Sie gingen die Treppe hinunter. Kiyoura blieb vor dem Wartesaal stehen, um Igarashis Frau zu rufen, die, noch immer die Hände im Schoß gefaltet, geduldig wartete. Gemeinsam verließen sie das Gebäude.

Kiyoura öffnete die Beifahrertür, woraufhin das Ehepaar Igarashi, gefolgt von Kikutani, einstieg.

»Das wäre geschafft«, murmelte Kiyoura und ließ den Motor an.

Langsam rollte der Kleinbus auf die Straße hinaus.

2

Shirô Kikutani öffnete die Augen und richtete sich auf.

Völlig verwirrt schaute er sich im Zimmer um. Das erste, was ihm auffiel, waren die vergilbten Tatamis und die Schiebetür aus Glas anstelle von Gitterstäben.

Er hatte plötzlich das erhebende Gefühl zu schweben, und seine Augen begannen zu funkeln. Freudig und erleichtert besann er sich darauf, daß er nun nicht mehr in einer Zelle hauste, sondern ein Zimmer im Bewährungsheim bewohnte.

Dann stellte er jedoch mit Besorgnis fest, daß es nicht mehr das elektrische Licht, sondern bereits Tageslicht war, das jetzt durch die Türscheiben drang. Im Gefängnis war er jeden Morgen um sechs Uhr durch die Musikanlage geweckt worden, aber hier schien es so etwas nicht zu geben.

Nach der Hausordnung, die Kiyoura erwähnt hatte, gab es Frühstück von sechs bis halb acht. Diejenigen, die zur Arbeit mußten, aßen früh, während manche Tagelöhner ohne Frühstück das Heim verließen, um noch einen Job zu ergattern.

Da er letzte Nacht erst sehr spät eingeschlafen war, hatte er vielleicht verschlafen, und es mochte bereits nach halb acht sein. Selbst als freier Mann mußte er schließlich die Hausordnung befolgen.

Er stand auf und trat in Unterwäsche auf den Korridor, wo er sich halbwegs die Treppe hinunterschlich und über das Geländer beugte, um einen Blick auf die Uhr neben dem Büro zu werfen.

Es war erst kurz nach sechs. Erleichtert setzte er sich auf die Stufe.

Ins Zimmer zurückgekehrt, dachte er, während er ordentlich den Futon zusammenlegte, daß er über viele Jahre immer zur gleichen Zeit aufgestanden war und aufgrund dieser Gewohnheit jetzt auch ohne Weckmusik wach wurde.

Er holte sich Handfeger und Kehrblech von hinten im Flur und machte sein Zimmer sauber. Dann zog er sich Hose und Hemd an und ging hinunter in den Waschraum.

Drei Männer waren gerade dabei, sich die Zähne zu putzen und das Gesicht zu waschen. Kikutani schloß sich ihnen an. Die anderen warfen ihm lediglich einen kurzen Blick zu, keiner von ihnen sprach ihn an. Kikutani bemerkte bei dem Mann mittleren Alters, der sich gerade das Gesicht abtrocknete, eine dunkle Tätowierung. Sie zog sich wie eine Schutzkleidung über den ganzen Arm bis hinunter zum Handgelenk.

Nachdem Kikutani das Waschzeug in sein Zimmer zurückgebracht hatte, ging er wieder nach unten und schob die Glastür zum Speisesaal auf. Zwei Männer schaufelten sich Reis in den Mund. Als Kikutani auf der Sitzbank Platz nahm, wies einer der beiden mit seinen Stäbchen auf eine Terrine, die mitten auf dem Tisch stand.

»Misosuppe«, erklärte er.

Kikutani nickte kurz, hob den Deckel ab und schöpfte sich eine Kelle in seine Schale. Als Beilagen gab es Pickles und gegorene Sojabohnen. In der Suppe schwammen Tofustückchen.

Er nahm die Schüssel in die Hand und schlürfte die Suppe. Sie schmeckte köstlich. Im Gefängnis war die Misosuppe, die in großen Kübeln mit Handwagen ausgeteilt wurde, immer schon lau gewesen. Doch diese heiß dampfende Brühe erinnerte ihn an alte Zeiten. Er genoß die herrliche Ausgewogenheit zwischen dem weißen Reis und der warmen Suppe.

Seine beiden Tischnachbarn standen gerade auf, als drei weitere Männer, darunter auch Igarashi, den Saal betraten. Igarashi setzte sich neben Kikutani, der ihm Misosuppe in die

Schale füllte. Im Gefängnis war es den Häftlingen strikt untersagt, miteinander zu reden, und so saßen sie auch jetzt Seite an Seite und hantierten schweigend mit den Stäbchen.

Als Kikutani sein Frühstück beendet hatte, trug er sein Geschirr zur Spüle und wusch es ab.

Dann ging er zurück auf sein Zimmer und setzte sich, die Beine gekreuzt und mit Blick auf die Glastür, in die Mitte des Raums. Im Gefängnis mußte um diese Zeit gerade der Appell beendet sein, worauf die Zellen aufgeschlossen wurden und die Insassen sich in einer Kolonne zur Werkstatt begaben.

In der letzten Nacht hatte er alle möglichen Geräusche vernommen, darunter auch das mehrmalige Sirenengeheul eines Streifen- oder Ambulanzwagens. Doch jetzt war es ruhig im Zimmer, nur die gelegentliche ferne Ansage auf der nächsten Bahnstation unterbrach die Stille.

Die Betriebsamkeit der Stadt, deren Getöse mit Einbruch der Dunkelheit zunahm, hatte gegen Morgen nachgelassen. Die Menschen schienen endlich zur Ruhe gekommen zu sein.

Er hatte geglaubt, das Bewährungsheim befände sich in einem Außenbezirk von Tokio. Um so erstaunter war er, als Kiyoura auf die belebte Einkaufsstraße in Shinjuku fuhr und gleich in einer Seitengasse parkte. Eingeklemmt zwischen Stundenhotels, deren Neonreklamen in die Straße ragten, befand sich ein einstöckiges Gebäude mit einer abgeblätterten Fassade, über dessen Eingangsportal ein Holzschild mit der Aufschrift ›Haus Sommerbrise‹ hing.

Kiyoura war vermutlich der Eigentümer dieses Hauses, was erklären würde, warum sich das Übergangsheim ausgerechnet in dieser Gegend befand. Kikutani fragte sich besorgt, ob dieser Ort nicht allzu aufreizend für freigelassene Strafgefangene sei. Es sei denn, Kiyoura hielt es im Gegenteil für sinnvoll, sie gleich mit dem vollen Leben vertraut zu machen, anstatt sie irgendwo in eine ländliche Idylle mit Bergpanorama zu verfrachten. Dennoch wirkte das Heim in diesem Milieu gänzlich deplaziert.

Kikutani saß einfach nur da, die Augen halb geschlossen. Er wußte, niemand würde ihn maßregeln, wenn er jetzt herumliefe oder sich schlafen legte, aber in dieser Haltung hatte er immer in seiner Zelle gesessen, und nur so hatte er die Zeit herumbringen und Frieden finden können. Nach etwa zwei Stunden vernahm er Schritte im Flur. Die Glastür wurde aufgeschoben.

»Ziehen Sie sich bitte an, und kommen Sie herunter ins Sprechzimmer. Der Herr Direktor erwartet Sie«, rief ihm ein Mann von Mitte Zwanzig in Jeans zu, der gleich darauf wieder verschwand. Kikutani erhob sich, kleidete sich an und trat hinaus auf den Flur.

Das Sprechzimmer befand sich unten neben dem Büro. Als er die Tür öffnete, erblickte er Igarashi auf einem verschlissenen Sofa sitzend. Kikutani ließ sich neben ihm nieder, und beide saßen schweigend, den Blick stur nach vorn gerichtet. Kurz darauf ging die Verbindungstür zum Büro auf, und Kiyoura, ebenfalls im Anzug, betrat den Raum.

»Wie habt ihr die Nacht verbracht? Konntet ihr schlafen?« erkundigte er sich, während er sich in einen Sessel gegenüber am Tisch sinken ließ.

Die beiden Männer bejahten seine Frage.

»Ihr seht aber eher so aus, als hättet ihr kein Auge zugetan. Sagt mir ruhig, wenn ihr nicht schlafen konntet. Ihr braucht hier nicht zu kuschen.«

Kiyoura holte sich eine Zigarette heraus und zündete sie mit dem Feuerzeug an.

Kikutani mußte innerlich lachen. Durch seine Erfahrung mit Exhäftlingen wußte der Bewährungshelfer offenbar genau, was in ihnen vorging. Man konnte problemlos mit Kiyoura reden, und Kikutani hatte das Gefühl, ihm alles anvertrauen zu können.

»Wie ich gestern bereits sagte, werdet ihr in zwei Wochen eine Stelle gefunden haben. Bis dahin solltet ihr euch an das Leben da draußen einigermaßen gewöhnen. Leider bin ich zur

Zeit sehr eingespannt, so daß ihr euch weitgehend selbst darum kümmern müßt. Heute gehe ich mit euch ins Kaufhaus, damit ihr euch ein Bild von den Preisen machen könnt. Falls ihr etwas braucht, könnt ihr es bei der Gelegenheit gleich besorgen. Überlegt euch, was ihr kaufen wollt.«

Im Nebenraum klingelte das Telefon, woraufhin ein junger Mann an der Tür erschien. Kiyoura erhob sich und ging kurz ins Büro hinüber.

Einen Wecker, überlegte sich Kikutani. Heute morgen war er zwar wie üblich um sechs aufgewacht, doch mit der Zeit würde diese Angewohnheit vermutlich nachlassen. Vor seiner Inhaftierung kostete ein Wecker rund 1500 Yen. Wenn jedoch das Porto inzwischen um das Sechsfache gestiegen war, würde der Preis eines Weckers wahrscheinlich zehnmal soviel betragen. Eine erschreckende Summe! Aber pünktliches Aufstehen am Morgen war eine grundlegende Angelegenheit. Deshalb mußte er – koste es, was es wolle – sich unbedingt einen Wecker anschaffen.

Die Tür ging auf, und Kiyoura kam mit zwei Umschlägen zurück. Er setzte sich und händigte ihnen jeweils einen aus.

»I)a ist euer Arbeitslohn drin«, sagte er. »Da ihr vermutlich schwer abschätzen könnt, wieviel ihr zum Einkaufen braucht, würde ich vorschlagen, sicherheitshalber 20 000 Yen einzustecken.«

Kikutani erklärte sich einverstanden und griff in den Umschlag.

Er fühlte das Bündel Geldscheine und holte es heraus: Es waren lauter 10 000-Yen-Noten. Aus einem Fernsehbericht kannte er die neuen Scheine, aber in Wirklichkeit waren sie viel kleiner, als er sich vorgestellt hatte, und fühlten sich ganz glatt an. Im Gefängnis hatte er nie Geldscheine oder Münzen in die Hände bekommen. Man bestellte die gewünschten Waren mittels eines Formulars beim zuständigen Vollzugsbeamten, woraufhin die Auslagen vom Arbeitslohn abgezogen wurden. Für den entsprechenden Betrag erhielt man eine Quittung.

Kikutani entnahm dem Bündel zwei 10 000-Yen-Scheine und steckte den Rest in den Umschlag zurück. Er trug den Betrag in das Schreibheft ein, das Kiyoura ihm zugeschoben hatte, und setzte seinen Namensstempel darunter.

»Einen Schein wechsle ich euch«, sagte Kiyoura und nahm die Umschläge mit ins Büro. Kurz darauf kam er mit 1000-Yen-Noten und Münzen zurück, die er vor ihnen auf dem Tisch ausbreitete.

»Das hier sind 500 Yen«, erklärte er und wies auf eine größere Silbermünze. »Scheine sind davon nicht mehr im Umlauf, nur noch Hartgeld.«

Er erhob sich. »Los, gehen wir.«

Kikutani steckte die Scheine hastig in die Innentasche seines Jacketts und ließ die Münzen klimpernd in seine Hosentasche fällen.

Er und Igarashi warteten draußen auf Kiyoura.

»Hört jetzt endlich auf mit dem Marschieren. Ihr befindet euch schließlich wieder im normalen Leben. Was sollen die Leute denken, wenn ihr im Stechschritt lauft. Vorsichtshalber gehe ich in der Mitte.«

Er schob sich zwischen sie, faßte beide Männer am Handgelenk und ging los.

Ihre Arme und Beine schwangen automatisch mit beim Laufen, doch Kiyoura verstärkte seinen Griff, um sie daran zu hindern. Kikutani merkte, wie seine Muskeln sich spannten und die Knie blockierten. Sie bogen um die Ecke und gelangten auf die Einkaufsstraße.

Im Verkehrsstau kamen die Autos nur schrittweise voran, doch die Fahrer wirkten gelassen, keiner hupte. Kikutani wunderte sich darüber, in was für einem Schneckentempo die Autokolonne über die Straße kroch.

Im nächsten Moment schlug ihm eine Flut aufdringlicher Gerüche entgegen: Essen, Benzin, Arzneien, Farbe, Parfüm – eine wilde Mixtur, die seine Sinne benebelte. Er hatte das Gefühl zu ersticken und verzog angewidert das Gesicht.

Auf dem Gehsteig herrschte ein derartiges Gedränge, daß sie nicht länger zu dritt nebeneinander laufen konnten. Kiyoura ließ ihre Handgelenke los und ging voran. Sobald Kikutanis Arme frei waren, fingen sie unweigerlich wieder an zu schwingen. Er preßte die Hände an die Hosennaht.

Kikutani versuchte, dem Passantenstrom auszuweichen, doch er war zu ungelenk und und fing an zu straucheln. Die vielen Menschen machten ihm angst. Keuchend hetzte er hinter Kiyoura her. Besorgt, nicht mit ihm Schritt halten zu können, wühlte er sich durch die Menge, ohne sich darum zu scheren, daß er andere dabei anrempelte.

Die Überführung zur S-Bahn kam in Sicht. Oben auf der Trasse setzte sich gerade ein Zug in Bewegung, woraufhin ein Waggon nach dem anderen mit zunehmendem Tempo nach rechts vorbeirollte.

Kiyoura wandte sich nach ihnen um und wartete, bis sie aufgeholt hatten. Sie betraten die Bahnhofshalle.

»Damals vor eurer Inhaftierung gab es noch Fahrkartenschalter mit Personal«, sagte der Betreuer leisc und blieb stehen. »Die sind inzwischen abgeschafft, abgesehen von Stationen in kleinen Ortschaften. Heutzutage besorgt man sich die Tickets aus Automaten. Schaut zu, was die Leute tun, wenn sie einen Fahrschein ziehen.«

Kikutani kannte zwar schon aus etlichen TV-Serien, daß sich die Darsteller Fahrkarten aus Automaten besorgten, doch er wußte nicht, wie man das anstellte.

Ein junger Mann trat an den Automaten, warf eine Münze in den Schlitz und drückte unmittelbar danach auf die aufleuchtende Taste, woraufhin unten ein Ticket herausfiel. Er entnahm die dünne Karte und ging seines Weges. An dem routinierten Ablauf ließ sich erkennen, daß Automaten ein fester Bestandteil des täglichen Lebens geworden waren.

Als bei der Frau danach mitsamt dem Fahrschein Münzen herausklimperten, wußte Kikutani, daß die Automaten sogar Wechselgeld zurückgaben.

»500-Yen-Münzen nimmt er nicht an. Wir müssen nach Shinjuku. Verwendet deshalb die 100-Yen-Stücke. Es gibt auch Automaten, die auf 1000-Yen-Scheine herausgeben.«

Kiyoura ging zu einem Automaten weiter hinten, schob einen 1000-Yen-Schein in den Schlitz und entnahm das Ticket mitsamt dem Wechselgeld.

Kikutani kramte die Münzen aus der Hosentasche, da er jedoch den Fahrpreis nach Shinjuku nicht kannte, blieb er ratlos stehen.

»Schau nach oben. Die Ziffer neben ›Shinjuku‹ zeigt den Tarif an.«

Kiyouras Rat befolgend, studierte Kikutani die beleuchtete Tabelle, woraufhin er zwei 100-Yen-Münzen hervorholte, sie in den Schlitz warf und auf die Taste drückte. Er entnahm das Ticket mit dem Wechselgeld. Igarashi, der angestrengt zur Tabelle hochschaute, schien den Preis ebenfalls entdeckt zu haben, denn er steuerte nun auch auf den Automaten zu.

Als sie die Schranke passiert hatten und die Treppen hochstiegen, stellte Kikutani erschrocken fest, daß er für die kurze Strecke bis zur nächsten Station 120 Yen bezahlt hatte. Der niedrigste Tarif, auf den er sich besinnen konnte, hatte damals 20 Yen betragen, was ihm erneut vor Augen führte, daß das Geld an Wert verloren hatte.

Das Abteil war voll. Kikutani blieb an der Tür stehen und schaute hinaus. Eine Kulisse mit imposanten Hochhäusern, die hinter den schäbigen Gebäuden entlang der Trasse aufragten, zog an ihm vorüber. Es gab normale Quader, aber auch bogenförmig geschwungene Bauten, die sich in ihrer Farbgebung fein unterschieden. Er stellte sich die Heere von Arbeitern vor, die diese Häuser hochgezogen hatten, während er im Gefängnis saß, und ihm wurde abermals bewußt, wie sehr er der Zeit hinterherhinkte.

Als sie in Shinjuku ausstiegen, wurde ihm angst und bange bei dem Gedränge auf dem Bahnsteig. Er hielt sich dicht hinter Kiyoura. Sie gingen durch die Sperre und dann hinunter zum Fußgängertunnel. Hin und wieder blickte sich der Betreuer nach seinen beiden Schutzbefohlenen um, die ihm mit Trippelschrittchen folgten.

Die Treppe des Fußgängertunnels führte sie hinauf in die Lebensmittelabteilung des Kaufhauses. Überwältigt von all den Reizen, packte Kikutani den Betreuer am Arm. Eine Flut intensiver, nicht identifizierbarer Gerüche strömte auf ihn ein. Massen von Menschen schoben sich drängelnd durch die Gänge, bombardiert von den Rufen der Verkäufer, die mit gellenden Stimmen ihre Waren feilboten. Es war der reinste Hexenkessel. Von allen Seiten geschubst und gerempelt, stolperte Kikutani völlig benommen mit glasigem Blick vorwärts.

Er zwängte sich durch das Gewühl und folgte Kiyoura in einen Fahrstuhl. Die Tür schloß sich, und die Kabine setzte sich in Bewegung. Kikutani wich das Blut aus den Adern. Ihm war ganz mulmig zumute, so wie damals in seiner Kindheit. Jedesmal, wenn der Fahrstuhl stoppte und wieder anfuhr, hatte er dieses schwappende Gefühl im Körper.

Als die Tür sich erneut öffnete, folgten sie dem Betreuer nach draußen. Schweißperlen glitzerten auf Igarashis Gesicht, woraus Kikutani schloß, daß er selbst vermutlich nicht viel besser aussah.

Auf dieser Etage war es nicht so voll. Vogelkäfige und Pflanzenkübel standen hier aufgereiht zum Verkauf. Man hörte die kleinen Vögel zwitschern. Weiter hinten waren Welpen in einen Zwinger gesperrt. Demnach befanden sie sich in einer Abteilung auf der Dachterrasse, wo Haustiere und Gartenzubehör angeboten wurden.

Sie durchquerten die Etage und gelangten zu einem geräumigen Areal mit Reihen von roten und blauen Stühlen. Es gab auch einen Pavillon mit Imbissen. Der Himmel war bedeckt.

»Und? Wie findet ihr es hier?« fragte Kiyoura sie.

»So viele Menschen …«, stöhnte Kikutani und wischte sich den Schweiß von der Stirn. Igarashi sagte gar nichts.

Kiyoura steuerte auf die roten Stühle zu, setzte sich und forderte sie auf, ebenfalls Platz zu nehmen. Er schlug die Beine übereinander und zündete sich eine Zigarette an. Man sah ihm an, daß er erschöpft war.

Kikutani saß steif auf dem Stuhl, die Knie zusammengepreßt. Er beobachtete eine Frau, die etwas weiter weg auf einem der blauen Stühle saß. Ihr Blick ruhte auf einem kleinen Kind mit einer weißen Mütze, das vor ihr umhertapste.

Obwohl er in den letzten beiden Tagen schon viele weibliche Wesen gesehen und sie zum Teil sogar berührt haben mußte, hatte er das Gefühl, zum ersten Mal seit seiner Inhaftierung eine junge Frau zu Gesicht zu bekommen. Sein Blick glitt automatisch zu ihren Brüsten, doch durch den lockeren Fall ihrer beigefarbenen Bluse war schwer zu erkennen, wie groß ihr Busen war. Ihr schlanker Hals war schneeweiß, und ihre geschminkten Lippen schimmerten leuchtend rot.

»Was wollt ihr kaufen?« fragte Kiyoura und lehnte sich zurück.

»Einen Wecker«, stammelte Kikutani und fragte sich erschrocken, ob Kiyoura bemerkt hatte, daß er die Frau angestarrt hatte. Er befürchtete, sein mitgebrachtes Geld würde für den Kauf nicht ausreichen.

Kiyoura nickte und schaute dann hinüber zu Igarashi.

»Eine Fledermaus und Gummistiefel«, erwiderte Igarashi prompt.

»Gut gerüstet für Regentage. Übrigens sagen die jungen Leute heutzutage nicht mehr ›Fledermaus‹ zum Regenschirm. Sie benutzen auch keine Papierschirme mehr, sondern westliche Regenschirme. Und Gummistiefel? Ich weiß nicht, ob man die hier kriegt. Für Kinder habe ich welche gesehen, aber für Erwachsene?« überlegte Kiyoura, den Kopf zur Seite gelegt.

»Also los, gehen wir. Wir sind ja nicht bloß hier, um Einkäufe zu machen. Ihr könnt bei der Gelegenheit auch gleich mal die Preise von anderen Artikeln studieren.«

Er drückte seine Zigarette im Aschenbecher aus und erhob sich.

Sie gingen zwei Stockwerke tiefer in die Uhrenabteilung. Im Gegensatz zur Lebensmittelhalle war es hier fast leer und angenehm ruhig. Das Verkaufspersonal stand adrett gekleidet in aufrechter Positur. In dieser noblen Atmosphäre schienen alle Waren so kostbar, daß Kikutani sich ganz klein und fehl am Platz vorkam.

Kiyoura ging langsam an den Wandregalen vorbei und blieb vor der Uhrenkollektion stehen. Die beiden Männer folgten ihm dicht auf den Fersen.

Es gab eine Standuhr mit einem kapselförmigen Glasgehäuse, in dem vier goldene Kugeln eine halbe Umdrehung vor und zurück vollführten. Daneben hing eine Wanduhr mit einem smaragdgrünen Zifferblatt, auf dem ein weißer Sekundenzeiger in Form eines Flugzeuges vorwärtstickte. Mit glänzenden Augen bestaunte Kikutani diese faszinierenden Exemplare. So etwas hatte er noch nie gesehen.

Schließlich fiel ihm ein, weshalb sie hier waren, und er blieb vor einer edlen Wanduhr mit einem zierlichen Holzrahmen stehen, um das Preisschildchen auf der Unterseite zu sichten. Er hatte angenommen, daß es sich hier um ein Stück handelte, das sich nur wohlhabende Leute leisten konnten, doch zu seiner Überraschung kostete die Uhr nur 6800 Yen. Er schaute nochmals auf das Schild, um sicherzugehen, daß er sich nicht verguckt hatte.

Leicht verwundert prüfte er auch die Preise der anderen Wanduhren. Die meisten kosteten über 10 000 Yen, doch es gab auch billigere. Beim Weitergehen spürte er, wie seine Gesichtszüge sich entspannten, und er sagte sich, daß es nichts zu befürchten gab.

Kiyoura wartete auf ihn an einem Stand mit Weckern.

»Die Wecker, die du von früher kennst, mußten noch aufgezogen werden. Heute benutzt man dagegen sogenannte Quarzuhren mit Batteriebetrieb. Sie laufen über einen langen

Zeitraum. Es gibt natürlich auch verspielte Wecker mit Melodien oder Glockentönen, aber ich schätze, du möchtest eher ein simples Exemplar. Die billigen tun es ebensogut. Die hier zum Beispiel kosten nur 2800 Yen.«

Kiyoura holte einen kleinen quadratischen roten Wecker aus dem Real und reichte ihn Kikutani. Er wog leicht, und das Design gefiel ihm ebenfalls. Kikutani entschied sich sogleich dafür.

»Es gibt ihn auch noch in anderen Farben. Such dir selbst einen aus«, förderte ihn Kiyoura mit strenger Miene auf.

Kikutani nickte gehorsam und tat, wie ihm geheißen. Doch der Wecker, den er bereits in der Hand hatte, sagte ihm am meisten zu, zumal er nicht so teuer war.

»Der gefällt mir«, entschied Kikutani abermals.

»Na gut, dann kauf ihn«, erwiderte Kiyoura und blickte zu der Verkäuferin, die hinter der Theke stand.

Kikutani fischte drei 1000-Yen-Scheine aus der Innentasche seines Jacketts und trat auf sie zu.

»Den hätte ich gern«, erklärte er.

Die Verkäuferin nahm den Wecker und das Geld und ging zur Kasse hinüber.

Kurz darauf kehrte sie mit dem verpackten Artikel und dem Bon samt Wechselgeld auf einem Tablett zurück. Kikutani nahm alles entgegen und bedankte sich mit einer Verbeugung.

»Nun, was hältst du von dem Preis?« erkundigte sich Kiyoura, den Blick nach vorn gerichtet, während sie weitergingen.

»Nicht so teuer, wie ich dachte.«

»Na, um so besser«, nickte Kiyoura.

Als sie die Rolltreppe erreichten, blieb der Betreuer stehen.

»Ihr beide geht vor«, sagte er.

Kikutani zögerte. Es war lange her, daß er auf einer Rolltreppe gefahren war. Sie erschien ihm wie ein Ungetüm: Die flachen Tritte mit den langen scharfen Zähnen glitten horizontal aus dem Fußboden heraus und formten sich allmählich zu hohen Stufen. Bei der Vorstellung, danebenzutreten und kopfüber zu stürzen, wurde ihre ganz mulmig.

»Was ist? Tritt einfach drauf«, ermunterte ihn Kiyoura mit amüsiertem Blick. Bestimmt hatte er sie aufgefordert voranzugehen, weil er wußte, daß ehemalige Strafgefangene sich vor Rolltreppen fürchteten.

Kikutani paßte die Kante der nächsten herausgleitenden Trittfläche ab und trat, seinen Mut zusammennehmend, vorsichtig auf die Rolltreppe.

Zusammengekrümmt krallte er sich am Geländer fest, als er mit schwindelndem Gefühl nach unten fuhr. Ihm schoß das Blut ins Gesicht, und seine Knie wurden weich.

Am Ende der Rolltreppe machte er einen großen Schritt auf den Fußboden. Er drehte sich um und sah Igarashi herabkommen. Von Kiyoura am Ellbogen gestützt, blickte er starr geradeaus.

Die beiden Männer hielten sich dicht an ihren Betreuer, als sie durch die verschiedenen Abteilungen liefen: Herrenkonfektion, Kurzwaren, Bettzeug, Schreibwaren, Elektrogeräte. Überall erinnerte Kiyoura sie daran, auf die Preise zu achten. Fast alles war unglaublich teuer, bis auf Fernsehgeräte, die etwa ein Drittel billiger waren als angenommen.

Während sie Etage für Etage durchforsteten, hinderte sie Kiyoura stets daran, eine normale Treppe zu benutzen, selbst wenn sich eine ganz in der Nähe befand, und bugsierte sie statt dessen zu den Rolltreppen. Mit zunehmender Übung verlor Kikutani allmählich seine Angst.

Als sie in der zweiten Etage landeten, steuerte Kiyoura auf die Schirmabteilung zu. Die meisten Schirme hatten ein buntes Muster, doch er riet Igarashi zu einem dunkelblauen. Die Preise waren viermal so hoch wie die, die Kikutani von damals in Erinnerung hatte.

Die Verkäuferin drückte auf einen Knopf am Griff, woraufhin der Schirm geräuschvoll aufsprang. Igarashis Augen leuchteten voller Erstaunen, und er freute sich wie ein kleines Kind.

Kikutani fiel ein, daß er ebenfalls einen Schirm brauchen würde, wenn es regnete, und er kaufte sich das gleiche Modell.

Kiyoura sprach noch kurz mit der Verkäuferin und nickte.

Daraufhin gingen sie die Treppe hinab ins Erdgeschoß zur Herrenschuhabteilung, wo in einer Nische Gummistiefel aufgereiht standen.

Igarashi probierte die richtige Größe und kaufte dann ein Paar glänzendschwarze. Auch hier entschied sich Kikutani für das gleiche Modell.

Diesmal hatte sich der Preis gegenüber früher kaum verändert. Ihm fiel auf, daß Gebühren öffentlicher Einrichtungen wie Briefmarken und Fahrpreise um ein Mehrfaches gestiegen waren, während bei Waren je nach Artikel mitunter überhaupt keine Verteuerung stattgefunden hatte.

3

Kiyoura war eigentlich aufgrund seiner Herkunft dazu verpflichtet, im Familientempel als Mönch zu dienen. Sein Vater, der Oberpriester, hatte jedoch großes Verständnis für sein soziales Engagement und verrichtete trotz seiner Hinfälligkeit den Tempeldienst allein mit Hilfe eines Novizen. Dadurch konnte sich Kiyoura ganz seinen Aufgaben als Bewährungshelfer widmen.

Er hatte alle Hände voll zu tun und war andauernd mit dem Wagen unterwegs. Entweder holte er entlassene Strafgefangene ab oder empfing Leute zu seinen Sprechzeiten. Unter diesen Besuchern war auch ein ehemaliger Häftling, wie es schien, der mal allein und mal in Begleitung einer Frau – vielleicht seiner Ehefrau – mit Kiyoura ernste Gespräche führte. Kikutani konnte es an seiner Miene erkennen, als er durch die Glastür des Empfangszimmers spähte.

Obwohl er überaus beschäftigt war, fand Kiyoura noch Zeit, sich um das Rehabilitationsprogramm von Kikutani und Igarashi zu kümmern. Da sie für ihr Mittagessen selbst aufkamen, aß er mit ihnen in einem nahe gelegenen Restaurant, wo die Bewohner des Bewährungsheims unbefangen einkehren konnten, oder spazierte mit ihnen durch den Shinjuku-Gyoen-Park.

Am Nachmittag des vierten Tages brachte er sie zu der Abfahrtsstelle für Stadtrundfahrten, damit sie sich selbst davon überzeugen konnten, wie sehr sich in Tokio inzwischen alles verändert hatte.

»Was sagt ihr der Stadtführerin, wenn sie euch fragt, wo ihr herkommt?« fragte Kiyoura die beiden, die sich gerade die Tickets besorgten, mit verschmitztem Gesicht. Normalerweise kamen die Touristen aus der Provinz, und die Stadtführer pflegten sich bei den einzelnen Fahrgästen nach ihrer Heimat zu erkundigen, um die Stimmung etwas aufzulockern, besonders dann, wenn wenige Leute im Bus waren. Man mußte also damit rechnen.

Kikutani war um eine Antwort verlegen, und Igarashi wußte ebenfalls nichts darauf zu sagen.

»Wenn ihr das Übergangsheim erwähnt, wird man euch sicher fragen, was das für eine Einrichtung sei. Ich glaube kaum, daß ihr dann ehrlich Auskunft geben möchtet. Also macht euch keine Gedanken und sagt einfach, ihr seid aus Ibaraki oder Fukushima.«

Kikutani nickte. Im Bus waren viele Plätze frei; Kikutani setzte sich ans Fenster.

Kurz darauf fuhren sie los. Durch die großen Scheiben sah er die Stadtkulisse an sich vorüberziehen. Den Erklärungen der Touristenführerin lauschend, schaute er jeweils in die angegebene Richtung. Überall herrschte reger Straßenverkehr, und in den Autokolonnen entdeckte er seltsame Karosserien, die er noch nie zuvor gesehen hatte, nicht einmal im Fernsehen.

Sie hielten auf dem Vorplatz des Kaiserpalasts, um ein Gruppenbild vor der Niju-Brücke machen zu lassen. Als sie durch den Kies zum Bus zurückstapften, verlangsamte die Stadtführerin, die vor ihnen herlief, ihre Schritte und stellte Kikutani freundlich die befürchtete Frage.

»Ibaraki«, gab er zur Antwort, worauf Igarashi beipflichtend nickte.

Die Tour dauerte bloß drei Stunden, doch die ununterbrochene Flut neuer Eindrücke laugte Kikutani so aus, daß er bei jedem weiteren Halt nur noch vor sich hin stolperte.

Diese Stadtbesichtigung bildete offenbar den Schlußpunkt

ihres Rehabilitationsprogramms, denn von da an widmete ihnen Kiyoura nicht mehr so viel Aufmerksamkeit.

Kikutani blieb den ganzen Tag auf seinem Zimmer, das er nur zur Mittagszeit verließ. Er ging dann mit Igarashi in das Restaurant, das Kiyoura ihnen empfohlen hatte, um dort Nudelsuppe oder Curry zu essen. Da sie im Gefängnis immer bloß kalt gewordene Speisen bekommen hatten, fanden sie die heiße Nudelsuppe besonders köstlich und schlürften die Brühe restlos aus.

Nach einer Woche verbrachte Igarashi auf Anraten des Bewährungshelfers eine Nacht zu Hause bei seiner Frau. Sie war nach seiner Inhaftierung in einen anderen Stadtteil gezogen, wo er sich vor neugierigen Blicken der Nachbarn nicht zu fürchten brauchte. Am nächsten Tag glänzten seine Augen, er wirkte wie ausgewechselt. Kikutani beneidete Igarashi darum, daß er ein Heim besaß, wohin er zurückkehren konnte.

Anders als im Gefängnis, wo Baden nur zweimal pro Woche gestattet war, genossen die Heimbewohner hier den Luxus, alle zwei Tage baden zu können. Aus reiner Gewohnheit seiften sie sich trotzdem ganz schnell ab und kletterten bereits nach fünf Minuten aus der Wanne.

An einem dieser Badetage, als Kikutani danach in seinem Zimmer in seiner üblichen Position saß, vernahm er Schritte im Flur, woraufhin die Tür einen Spaltbreit aufgeschoben wurde. Igarashi spähte ins Zimmer und hielt ihm ein längliches Päckchen hin. Für ihn, bedeutete er Kikutani mit einem Nicken. Als Kikutani es entgegennahm, verschwand er sofort wieder.

Kikutani wickelte das Päckchen aus und fand süße Bohnenpaste darin, die ihm bestimmt seine Frau mitgegeben hatte.

Als er ein Stückchen davon auf seiner Zunge zergehen ließ, war er ganz betört von dem süßen Aroma der Azuki-Bohnen, die er so lange nicht mehr genossen hatte. Fasziniert starrte auf die glänzende rotbraune Masse. Igarashis stumme Geste rührte von der langen Gewohnheit im Gefängnis, wo die Häftlinge aus Angst vor Bestrafung es nicht wagten, sich miteinander durch die Gitterstäbe zu verständigen.

Als Kiyoura bemerkte, daß seine beiden Schutzbefohlenen stets zu zweit das Haus verließen, um zu Mittag zu essen oder kleine Besorgungen zu machen, gab er ihnen deutlich zu verstehen, sie sollten gefälligst lernen, alleine auszugehen. Bei diesen Worten sank Kikutani das Herz in die Hose, doch er hielt sich tapfer an die neue Anweisung und nahm fortan alleine sein Mittagsmahl ein. Ebenso fuhr er ohne Begleitung mit der Bahn nach Shinjuku, um in das Kaufhaus zu gehen, das Kiyoura ihnen gezeigt hatte. Dort setzte er sich dann auf einen der Stühle auf dem Dachgarten und beobachtete die anderen Leute oder schaute einfach nur den vorbeiziehenden Wolken am Himmel nach.

Einmal auf dem Heimweg wurde er von einem Regenguß überrascht. Ein Glücksschauer durchlief ihn, denn im Gefängnis hatte es nie Gelegenheit gegeben, vom Regen durchnäßt zu werden.

Als er unter den Markisen die Ladenzeile entlanglief und die Regentropfen auf seiner Haut spürte, überwältigte ihn aufs neue ein unbeschreibliches Gefühl von Freiheit.

Er bog in die Gasse ein und blieb stehen, um zum Himmel emporzuschauen.

Der Platzregen hatte bereits nachgelassen, und ein bleiernes Licht breitete sich aus. Er genoß die Tröpfchen, die sein Gesicht benetzten. Mit zurückgelegtem Kopf; den Mund leicht geöffnet, lief er weiter durch den Regen auf den Eingang der Anstalt zu.

Inzwischen schaffte er es schon, ein bis zwei Stunden täglich rauszugehen. Dennoch hatte er immer noch Angst, wenn er nicht in seinen vier Wänden war, und hielt sich möglichst in seinem Zimmer auf. Ihm fiel auf, daß die Kurzzeitgefangenen, die in dem Heim untergebracht waren, sich in dieser Hinsicht ganz anders verhielten. Sie gingen oft noch am Ankunftstag auf Sauftour und kamen dann nachts betrunken nach Hause getorkelt. Manche rauchten, manche aßen abends auswärts oder suchten, mit Handtuch und Seife bewaffnet, ein öffentliches Badehaus auf. Diese Männer brauchten kein Eingewöhnungstraining, sondern fanden schnell eine Anstellung und verließen bereits nach ein paar Tagen das Heim.

Am zwölften Tag nach ihrer Freilassung konnte Igarashi nach Hause zurückkehren.

Kikutani begleitete ihn mit Kiyoura zum Ausgang, wo er von seiner Frau abgeholt wurde. Nachdem er Kikutani fast unmerklich zugelächelt und sich bei Kiyoura mit einer tiefen Verbeugung bedankt hatte, folgte er seiner Frau die Gasse entlang. Bei dem Gedanken, daß er Igarashi vermutlich nie wiedersehen würde, wurde Kikutani sentimental. Sie hatten sich zwar erst bei ihrer Entlassung kennengelernt und während ihrer gemeinsamen Ausgänge kaum ein Wort miteinander geredet, aber dennoch hatte er das Gefühl, daß sie einander verstanden. Er stand reglos da und blickte Igarashi hinterher, bis dieser um die Ecke gebogen war.

An diesem Abend teilte ihm Kiyoura mit, daß der Betreiber der Hühnerfarm, der sich bereit erklärt hatte, ihn einzustellen, Kikutani morgen zu sprechen wünsche.

»Ich weiß, daß du dich noch nicht so recht an das Leben draußen gewöhnt hast, aber der erste Schritt zur Resozialisierung ist eine Anstellung. Die meisten Männer, die nach langer Haft aus dem Gefängnis entlassen werden, fangen gewöhnlich nach vierzehn Tagen an zu arbeiten. Was die können, schaffst du auch.«

Kiyoura wollte ihm offensichtlich Mut machen.

Kikutani erklärte sich einverstanden. Er wußte, daß er arbeiten mußte, nur fühlte er sich seelisch noch nicht genug darauf vorbereitet. Es war nicht die Arbeit an sich, die ihm angst machte, sondern eher der Kontakt mit anderen Menschen. Die Vorstellung, mit ihnen reden und Zeit verbringen zu müssen, machte ihn beklommen.

»Also morgen vormittag fahren wir dorthin«, bestimmte

Kiyoura mit eiserner Stimme, ohne sich um Kikutanis besorgte Miene zu scheren, und verschwand daraufhin in seinem Büro.

In der folgenden Nacht wälzte sich Kikutani schlaflos im Bett umher. Immerhin hatte Kiyoura schon vielen Exhäftlingen zur Seite gestanden und eine Stelle für sie gefunden, beschwor er sich selbst. Er sollte sich einfach auf seinen Betreuer, der so viel Erfahrung in diesen Dingen hatte, verlassen und seinen Rat befolgen.

Am nächsten Morgen stand er früher als gewöhnlich auf, rasierte sich, zog seinen Anzug an und hielt sich dann in seinem Zimmer bereit. Kurz nach acht erschien einer der jungen Angestellten und holte ihn nach unten. Kikutani wartete vor dem Büro, bis Kiyoura mit einem Umschlag in der Hand herauskam. Sie machten sich auf den Weg zum Bahnhof.

Der Bahnsteig war voll mit Pendlern, doch fast alle nahmen den überfüllten Zug stadteinwärts. Nur wenige fuhren in die entgegengesetzte Richtung. Nach einigen Stationen stiegen Kikutani und Kiyoura in einen Schnellzug um. Im Laufe der Fahrt wurden die Hochhäuser immer spärlicher, und statt dessen sah Kikutani nun grüne Landschaften am Fenster vorüberziehen. Je weiter sie fuhren, um so leerer wurde es im Abteil, so daß Kikutani und sein Betreuer schließlich nebeneinander sitzen konnten.

Vor dem blauen Himmel in der Ferne hob sich ein violett getöntes Bergpanorama ab, und der Zug passierte eine Hügellandschaft, die zu beiden Seiten der Trasse sanft anstieg.

Sie waren etwa fünfzig Minuten unterwegs, als Kiyoura ihm ein Zeichen zum Aussteigen gab. Ein kleiner Supermarkt und ein paar Geschäfte flankierten den Bahnhofsplatz, von wo aus sie einen Bus nahmen.

Sie fuhren durch ruhige Wohnviertel, bis sie auf eine Straße gelangten, die durch weite Felder verlief. Auf der rechten Seite kamen Hügel in Sicht, und bald überquerten sie eine Brücke, die über einen klaren Fluß führte. Die Gegend war kaum besiedelt. Es ging weiter bergauf an einem Mischwald vorbei, woraufhin sich Kiyoura zum Aussteigen erhob.

»Ziemlich abgelegen«, murmelte er und holte einen Zettel aus seiner Jackentasche. Nachdem er einen kurzen Blick darauf geworfen hatte, schlug er den Weg am Waldrand ein.

Nach einer leichten Biegung tauchte vor ihnen ein Gebäudekomplex auf, dessen Mittelpunkt ein Haus mit verputzter Fassade bildete. Schon bald schlug ihnen der unverkennbare Geruch einer Hühnerzucht entgegen, und sie wußten, daß sie am Ziel waren.

Am Tor war ein Holzschild mit der Aufschrift ›AKIYAMA HÜHNERFARM‹ angebracht. Auf dem Gelände parkten zwei weiße Container-Lkws. Kiyoura schritt durch das Tor und öffnete die gläserne Eingangstür eines Fertigbaus auf der rechten Seite. Er wechselte ein paar Worte mit der Frau mittleren Alters, die hinter dem Schreibtisch hervorkam, und winkte Kikutani herein.

Kikutani folgte dem Betreuer in den angrenzenden Empfangsraum, dessen eine Wand ein Kalender mit Hühnerfotos zierte. In einer Ecke stand ein hohes Regal, angefüllt mit Büchern und Zeitschriften zur Hühnerhaltung: ›Handbuch der Hühnerzucht‹, ›Diagnose und Behandlung von Erkrankungen bei Hühnern‹, ›Berichte über Hühnerprodukte‹ lauteten die Titel.

Fünf Minuten später betrat ein hochgewachsener Mann von Mitte Vierzig den Raum.

»Akiyama«, stellte er sich vor und tauschte mit Kiyoura Visitenkarten aus. Kiyoura nahm Platz, und Kikutani ließ sich ebenfalls auf der Sofakante nieder.

»Hatten Sie Schwierigkeiten, uns zu finden?« erkundigte sich Akiyama. Nachdem Kiyoura ihm versichert hatte, daß sie mit Hilfe der Wegskizze problemlos hierhergefunden hätten, schilderte ihm Akiyama die Umstände, weshalb man die Farm an einem solch abgelegenen Ort errichten mußte.

Bis vor fünf Jahren, erklärte er, befand sich der Betrieb

näher zur Stadt, doch der Gestank des Hühnermistes und die Scharen von Fliegen führten zu wiederholten Beschwerden der Anwohner, so daß sie gezwungen waren umzuziehen.

»Als wir hierherkamen, war die Gegend noch relativ unbewohnt, aber seit zwei Jahren siedeln sich hier immer mehr Familien an. Gott sei Dank liegen ihre Häuser in ausreichender Entfernung, so daß kaum Klagen wegen des Gestanks kommen. Wegen der Fliegenschwärme gab es jedoch bereits ein paar verärgerte Anrufe. Das bereitet uns etwas Kopfzerbrechen.«

Akiyamas Augen leuchteten hinter seiner Brille erstaunlich klar. Kiyoura erkundigte sich nach der Größe der Farm und erfuhr, daß hier 160 000 Hühner gehalten wurden, die täglich durchschnittlich 130 000 Eier legten. Diese wurden in Containerwagen an Supermärkte, Coop-Läden und andere Abnehmer geliefert. Kiyoura riß erstaunt die Augen auf; als er die Zahlen vernahm, und Kikutani war ebenfalls überrascht, daß die Eier einen solch hohen Absatz fanden.

»Das ist übrigens Shirô Kikutani«, besann sich Kiyoura auf den Grund ihres Besuchs. »Wie Sie seinem Lebenslauf, den wir Ihnen kürzlich zugesandt haben, entnehmen konnten, ist er auf Bewährung freigelassen worden. Wir bitten Sie, ihn auf Probezeit zu übernehmen, und wenn alles klappt, wäre es schön, wenn Sie ihn anschließend fest einstellen würden.«

Kikutani erhob sich.

»Zu Ihren Diensten«, sagte er und verneigte sich vor Akiyama.

Akiyama warf ihm einen kurzen Blick zu und wandte sich dann wieder an Kiyoura.

»So war es ausgemacht. In diesem Gewerbe herrscht eine große Fluktuation, die meisten kündigen gleich wieder. Wer es hier aushält, dem tue ich auch einen Gefallen«, erwiderte er.

Die Arbeitszeit, erklärte er, sei von acht Uhr morgens bis fünf Uhr nachmittags, in der Regel ohne Überstunden. Die Farm beschäftige insgesamt fünfundzwanzig weibliche und zehn männliche Angestellte. Die Männer seien für die Auslieferung der Eier zuständig, ferner für die Futterzubereitung sowie für die Hühnerhaltung. Da Kikutani keinen Führerschein besitze, komme er für die Auslieferung nicht in Frage. Die Futterzubereitung würde von einem Mitarbeiter mit langjähriger Erfahrung erledigt, so daß Kikutani für die Hühnerhaltung verantwortlich sei.

Kikutani willigte nickend ein. Ihm fiel auf, daß Akiyama kaum Notiz von ihm nahm.

»Ich werde Sie ein wenig herumführen«, sagte der Chef und erhob sich.

Kikutani folgte den beiden aus dem Büro hinüber in das Hauptgebäude und betrat eine riesige Leichtbauhalle.

Hier waren Pappkartons an der Wand aufgestapelt, und etwas weiter hinten lief ein Förderband, das einen ununterbrochenen Strom von Eiern transportierte.

Akiyama blieb vor einem Metallkasten stehen und erklärte, daß es sich um eine Reinigungsapparatur für Eier handle.

Die nassen Eier, die auf der anderen Seite herauskamen, wurden gleich darauf in eine Trockenmaschine befördert. Eine Frau mittleren Alters saß vor einem Durchleuchtungsgerät und überprüfte die Eier. Jedesmal, wenn sie eine gesprungene Schale oder Blutfäden im Dotter entdeckte, entfernte sie das entsprechende Ei aus der Reihe. Die Eier wurden dann gewogen und automatisch in drei Kategorien unterteilt: kleine, mittlere und große. Schließlich erreichten sie das Ende des Fließbandes, wo drei weibliche Angestellte sie mit flinken Bewegungen in Schachteln packten. Alle verrichteten stumm ihre Arbeit.

Akiyama führte sie am Fließband entlang aus der Halle. Vor ihnen lag ein weiteres großes Gebäude, aus dem ein anderes, mit Eiern beladenes Fließband rollte. Der mächtige Gestank, der ihnen hier entgegenschlug, rührte von dem Hühnermist unterhalb der Bodendielen. Als sie hinter Akiyama die Treppe hochstiegen, vernahmen sie lautes Glucken und Gackern.

Eine bizarre Geräuschkulisse erwartete Kikutani im Hühnerstall: Es klang eher wie das rastlose Rattern und Klacken unzähliger Maschinchen.

Mehrere Reihen doppelstöckiger Metallkäfige erstreckten sich bis zum Ende der Halle. In jedem Käfig befanden sich zwei Leghorn-Exemplare, die trippelnd mit ruckenden Hälsen das Futter aufpickten, wobei ihre Kämme hin und her zuckten. Pro Reihe seien 1600 Hühner untergebracht, erklärte Akiyama, der bei dem ohrenbetäubenden Lärm kaum zu verstehen war.

Die Hühnerhaltung wurde lediglich von einem Mitarbeiter am anderen Ende besorgt, ansonsten lief alles vollautomatisch.

Die Fütterungsapparatur kroch langsam auf Schienen an den Käfigen vorbei. Aus langen Rinnen rieselten Körner herab, während die aus den Käfigen rollenden Eier auf dem Fließband transportiert wurden. Die erhöhte Raumtemperatur wurde mit einer Klimaanlage konstant gehalten.

Sie folgten Akiyama nach draußen und stiegen die Treppe wieder hinab.

»Sehr beeindruckend«, sagte Kiyoura, als sie wieder im Büro saßen. »Eine richtige Eierfabrik!«

Akiyama erklärte, daß die Eierpreise seit geraumer Zeit instabil seien und daß die landesweite Überproduktion vor zwei Jahren das Gewerbe in eine Krise gestürzt habe, infolge derer sogar große Betriebe mit über einer Million Hühnern Pleite gemacht hätten. Doch mittlerweile sei das Gleichgewicht zwischen Angebot und Nachfrage wiederhergestellt. Günstig wirke sich auch der Umstand aus, daß ein Großteil des Futters importiert würde, da der starke Yen die Preise drückte.

Sie kamen dann auf Kikutanis Anstellung zu sprechen. Die Fahrt zum Arbeitsplatz würde mehr als eine Stunde dauern – eine lange Strecke, aber durchaus zumutbar. Akiyama fügte hinzu, daß seine Mitarbeiter alle in der Nähe wohnten, und es bestünde die Möglichkeit, für Kikutani ein Zimmer im Wohnheim zu finden.

»Was hältst du davon?« fragte Kiyoura seinen Schutzbefohlenen.

»Ich möchte lieber den Weg auf mich nehmen«, erwiderte Kikutani spontan.

Seit seiner Freilassung war das Bewährungsheim für ihn eine Art Refugium, in dem er sich geborgen fühlte. Er hatte keine Lust, woanders zu wohnen.

Akiyama erwähnte die Vergütung der Fahrtkosten. Es gab zwar Angestellte, die mit dem Bus kamen, aber Kikutanis Bahnticket kostete weit mehr, und es wäre unfair den anderen Mitarbeitern gegenüber, ihm den vollen Betrag zurückzuerstatten. Er erklärte sich bereit, für die Hälfte des Fahrpreises aufzukommen. Kikutani zeigte sich einverstanden, und sie beschlossen, daß er am übernächsten Tag hier anfangen sollte.

Akiyama verschwand für einen kurzen Moment und kehrte mit zwei roten Netzen, die normalerweise für Obst benutzt wurden, zurück.

»In dem einen sind Eier mit Doppeldottern und in dem hier normale«, erklärte er. »Frischer kann man sie nicht bekommen. Ein Souvenir vom Hühnerhof«

Kiyoura dankte ihm und verließ mit Kikutani die Farm. Die ganze Zeit zuvor hatte sich Kikutani besorgt gefragt, was das für eine Anstellung sein würde, doch jetzt fühlte er sich durchaus in der Lage, hier zu arbeiten. Am meisten hatte er sich vor dem Kontakt mit den anderen Mitarbeitern gefürchtet, aber da die Hühnerhaltung weitgehend automatisiert war, würde er kaum mit Menschen zu tun haben, stellte er mit Erleichterung fest. Außerdem war er froh, daß der Hühnerhof von Feld, Wald und Wiesen umgeben war. Eine solche Gegend hatte er lange vermißt.

Akiyama war ihm ebenfalls sympathisch. Daß er bereit war, einen Mann mit einer solchen Vergangenheit wie ihn einzustellen, zeigte, daß er ein aufgeschlossener, großherziger Mensch sein mußte. Er hatte nichts von einem geldgierigen, gnadenlosen Unternehmer an sich, sondern war sanftmütig und freundlich.

Das einzige, was Kikutani irritierte, war, daß sein neuer Arbeitgeber sich die ganze Zeit nur Kiyoura zugewendet und ihn kaum eines Blickes gewürdigt hatte. Vermutlich lag es an seiner Vergangenheit, daß Akiyama ihm nicht in die Augen schauen konnte.

»Sensei«, sprach Kikutani von hinten seinen Betreuer an.

Kiyoura drehte sich zu ihm um und schalt ihn mit einem Lächeln: »Hör auf, mich immer ›Sensei‹ zu nennen. Sag einfach ›Kiyoura-san‹. Es klingt komisch, von einem Mann, der älter ist als ich, so ehrfurchtsvoll angesprochen zu werden.«

»Ich möchte nur wissen, bevor ich dort anfange: Weiß mein Arbeitgeber über meine Vergangenheit Bescheid? Daß ich jemanden umgebracht habe?«

Die Vögel zwitscherten lebhaft in den Bäumen.

»Selbstverständlich ist er informiert. Ich bin allerdings nicht ins Detail gegangen, und er hat auch nicht weiter nachgefragt. Er weiß lediglich, daß es mildernde Umstände gab.«

Kiyoura richtete seinen Blick wieder nach vorn.

»Glauben Sie, daß er den anderen Beschäftigten dort was über mich erzählt?« forschte Kikutani weiter.

»Ich habe ihn inständig darum gebeten, es nicht zu tun. Er zeigte dafür Verständnis. Nur er und seine Frau wüßten davon, hat er mir versichert.«

Als sie auf den Kiesweg kamen, schaute sich Kiyoura erneut nach ihm um. Kikutani konnte die Besorgnis in seinen Augen lesen, welch hartes Leben vor ihm liegen würde.

Sie erreichten die Bushaltestelle. Kiyoura betrachtete die Felder.

»Die Luft hier ist herrlich«, sagte er und blinzelte zum Himmel.

Schließlich kam der Bus in Sicht. Er schlängelte sich die gewundene Straße hoch, vorbei an vereinzelten Gehöften, von denen einige noch traditionelle Strohdächer trugen.

Am nächsten Tag ging Kikutani in ein Geschäft für Berufsbekleidung, das Kiyoura ihre empfohlen hatte. Die Ständer hingen voll mit blauen Anzügen, die ihn jedoch an die Gefängnisuniformen erinnerten. Deshalb entschied er sich für eine beigefarbene Kombination. Als nächstes besorgte er sich in einem Sportgeschäft ein Paar weiße Segelturnschuhe sowie drei Paar Socken für 1000 Yen bei dem Herrenausstatter gleich nebenan.

Als er ins Heim zurückkehrte, war er ziemlich aufgewühlt. Im Gefängnis war sein Leben reglementiert: Kleidung und sonstiges wurde ausgeteilt, man begab sich in der Kolonne zur Werkstatt, wo man die einem zugewiesene Arbeit verrichtete. Jetzt hingegen mußte er sich um alles selbst kümmern. Ihm war zwar klar, daß er die Dinge einfach nur auf sich zukommen zu lassen brauchte, aber trotzdem machte er sich Sorgen, etwas Entscheidendes außer acht gelassen zu haben.

Er ging den morgigen Tagesablauf durch. Um pünktlich an seinem Arbeitsplatz zu sein, mußte er die Anstalt um Viertel nach sechs verlassen. Das hieß, um sechs Uhr frühstücken.

Die Arbeit auf einer Hühnerfarm legte es nahe, gleich in Arbeitskleidung dorthin zu fahren. Er zog es jedoch vor, unterwegs seinen Anzug zu tragen, so wie damals, als er noch Lehrer war. Uniform und Turnschuhe könnte er in ein Tuch gewickelt mitnehmen.

Plötzlich fiel ihm das Mittagessen ein. Da er sich im Heim mittags selbst versorgen mußte, würden sie ihm auch keine Lunchbox mitgeben, und in der Gegend, wo die Hühnerfarm lag, gab es bestimmt kein Restaurant.

Er konnte sich zwar mit Brot und Milch begnügen, doch die Geschäfte hatten so früh am Morgen noch nicht geöffnet. Das hieß, er mußte sich jetzt etwas besorgen.

Gleich nach dem Abendessen ging er in die Einkaufsstraße, um Milch und Backwaren zu kaufen. Zu seiner Überraschung entdeckte er, daß Milch nicht mehr in Flaschen, sondern im Tetrapack erhältlich war. Da er keine Lust hatte, noch länger nach Flaschen Ausschau zu halten, nahm er statt dessen einen Karton Milch mit.

Wieder in seinem Zimmer, fühlte er sich schon bedeutend ruhiger und holte Papier und Stift aus einer Pappschachtel, um einen Brief an seinen Bruder zu schreiben. Er zitierte Kiyouras Worte: Eine Anstellung zu finden sei der erste Schritt zur Resozialisierung. Nach fünfzehn Jahren Isolation bedeutete dies allerdings zugleich, sich auf unbekanntes Terrain zu wagen. Jetzt gab es keine hohen Mauern mehr und auch keine patrouillierenden Aufseher – ein Zustand, von dem er lange Zeit geträumt hatte. Doch nun, da dies Wirklichkeit wurde und er keiner Beschränkung mehr unterlag, fühlte er sich beklommen.

Er hätte seinem Bruder gerne anvertraut, daß er sich vor dem neuen Leben fürchtete, aber statt dessen schrieb er nur seine üblichen Floskeln: daß er froh sei, eine Stelle gefunden zu haben, und sich voll und ganz in die Arbeit stürzen werde. Als er den Briefbogen faltete und in den Umschlag steckte, wurde ihm traurig bewußt, daß es außer seinem Bruder niemanden gab, dem er schreiben konnte.

Er wickelte seine Arbeitskluft in ein Tragtuch, legte das Bündel neben sein Kopfkissen und legte sich eher schlafen als sonst.

Am nächsten Morgen wachte Kikutani vom Klingeln des Weckers auf. Nach dem Rasieren begab er sich in den Speisesaal, wo er eilig sein Frühstück verzehrte. Dann kleidete er sich an, nahm sein Bündel und ging wieder hinunter.

Als er am Büro vorbeikam, steckte Kiyoura seinen Kopf durch die Tür und wünschte ihm »Gutes Gelingen«. Er trug eine Strickjacke und sah noch ganz verschlafen aus.

Offenbar war er eigens so früh aufgestanden, um ihn an seinem ersten Arbeitstag persönlich zu verabschieden.

»Danke, bis heute abend dann«, grüßte Kikutani zurück.

Draußen auf der Einkaufsstraße waren die Rolläden der Geschäfte noch heruntergelassen, aber auf den Bürgersteigen herrschte bereits reger Betrieb: Scharen von Pendlern eilten in Richtung Bahnhof. Kikutani ließ sich von dem Tempo mitreißen und passierte die Fahrkartensperre.

Wie zwei Tage zuvor waren die Züge stadteinwärts schrecklich überfüllt, während sein Abteil fast leer war. Er blieb nahe der Tür stehen und schaute aus dem Fenster.

Sonnenlicht überflutete die Kulisse entlang der Trasse: Eine Schule, ein Krankenhaus und Apartmenthäuser zogen an ihm vorüber, während in den Bahnhofsvierteln helle Stahlbetonbauten aufragten, die jedoch im Laufe der Fahrt zunehmend von Einfamilienhäusern im Grünen abgelöst wurden.

Als der Zug die Station erreicht hatte, an der sie vorgestern ausgestiegen waren, nahm Kikutani von dort aus den Bus. Der fuhr, mit Oberschülern überfüllt, sofort los.

Nachdem sie die Ortschaft passiert hatten, kam irgendwann auf der rechten Seite vor der Hügelkette ein Schulgebäude in Sicht. Die Gymnasiasten verließen den Bus. Zurück blieb nur ihr Körpergeruch.

An der Haltestelle am Waldrand stieg Kikutani aus und eilte zu seiner Arbeitsstelle. Auf den Feldern waren Gestalten von Männern und Frauen zu sehen, deren Kleinwagen und Pflugmaschinen am Wegesrand parkten.

Er schritt durch das Tor und warf einen Blick durch das Bürofenster auf die Wanduhr. Eine Viertelstunde zu früh! Erleichtert öffnete er einen Spaltbreit die Tür und wünschte der Sekretärin »Guten Morgen«, woraufhin er die Tür gleich wieder schloß und draußen stehenblieb.

Ein wenig später strömten Männer und Frauen durch das Tor und steuerten auf die Werkshalle und die anderen Trakte dahinter zu. Ein paar der Frauen schauten neugierig zu Kikutani herüber.

Durch das Fenster sah er, wie Akiyama über den Korridor das Büro betrat. Er hatte Kikutani ebenfalls bemerkt und wechselte ein paar Worte mit der Sekretärin, bevor er zu ihm nach draußen kam.

Kikutani begrüßte ihn mit fester Stimme.

»Das geht aber nicht«, brummte Akiyama, seinen Aufzug musternd.

»Ich habe Arbeitskleidung dabei«, beruhigte ihn Kikutani.

»Ach so, na, dann kommen Sie mit«, sagte der Chef und führte ihn nach hinten und öffnete eine Tür.

Sie betraten einen großen Saal mit Reihen von Holztischen und Bänken auf Betonboden – offenbar der Aufenthaltsraum. An einer Wand befänden sich schmale Spinde aus Holz, von denen Akiyama einen öffnete.

»Hier können Sie sich umziehen und Ihre Sachen aufbewahren.«

Kikutani kleidete sich aus. Er legte den ordentlich gefalteten Anzug mitsamt dem Oberhemd auf das ausgebreitete Tragtuch in den Spind, wo er ebenso seinen Mittagsproviant und die Schuhe deponierte, und schlüpfte hurtig in seine Arbeitskluft.

Akiyama, der sich inzwischen auf eine der Bänke gesetzt hatte, erhob sich, und Kikutani folgte ihm nach draußen. Am Eingang der Verarbeitungshalle war ein weiß uniformierter Mann mit einem Käppi damit beschäftigt, Kartons mit der Aufschrift ›Frische Eier – Akiyama Hühnerzucht‹ in den Container zu laden.

Sie blieben unten an der Treppe zum Hühnerstall stehen, wo ein untersetzter Mann eine Zigarette rauchte. Unter seiner Arbeitskappe schauten graue Haarbüschel hervor.

Die Kippe zwischen Daumen und Zeigerfinger, sagte er dem Chef mit einer knappen Verbeugung »Guten Morgen«. Seine Stimme piepste wie die eines Kindes.

»Das hier ist Herr Kikutani, von dem ich gestern gesprochen habe. Und das ist Herr Koinuma. Weise ihn bitte in die Arbeit ein.«

Nachdem Akiyama sie miteinander bekannt gemacht hatte, wechselte er noch ein paar Worte mit Koinuma und ging dann in Richtung Werkshalle zurück.

Kikutani begrüßte seinen Kollegen erneut mit einer förmlichen Verbeugung und fragte sich, was Akiyama wohl gestern über ihn erzählt haben mochte. Doch Koinuma schaute ihn unbefangen an, sein Blick verriet keine Spur von Ressentiment.

Demnach konnte er sich auf Kiyouras Worte verlassen, daß Akiyama über seine Vergangenheit Stillschweigen bewahren würde. Koinuma warf den Zigarettenstummel weg und stieg die Treppe hoch. »Bleib hinter mir und merk dir, was ich tue. In einem Monat weißt du über den Laden Bescheid. Normalerweise arbeiten wir zu zweit, doch jeder hat abwechselnd einen Tag pro Woche frei. Wenn du dann allein hier bist, kann es ziemlich anstrengend werden. Der andere Kollege hat heute frei, aber zu dritt dürfte es ganz bequem sein«, sagte er gut gelaunt.

Als er die Tür zum Hühnerstall öffnete, schlug ihnen ein ohrenbetäubendes Hühnergegacker entgegen. »Der Betrieb läuft hier weitgehend automatisch«, fuhr Koinuma fort. »Eine Schaltuhr setzt morgens alles in Gang. Das einzige, was wir tun müssen, ist aufzupassen, daß die Apparatur läuft, und uns um ein paar Dinge zu kümmern, die nicht maschinell erledigt werden.«

Das mit Eiern beladene Fließband lief bereits auf vollen Touren. Koinuma kontrollierte die Futter- und Wasservorrichtungen, indem er, den Gang zwischen den Käfigen abschreitend, prüfend nach rechts und links schaute.

Als die Männer sich den Käfigen näherten, fingen die Hühner mit ruckenden Köpfen aufgeregt an zu gackern und schlugen mit den Flügeln.

Der Kot klatschte aus den Käfigen auf ein darunterliegendes Gitter und von dort aus unter die Dielen. Die Gitter dienten dazu, einen Teil der Feuchtigkeit der Exkremente bereits an Ort und Stelle verdampfen zu lassen, während riesige Ventilatoren unter dem Boden dafür sorgten, daß der Kot eintrocknete. Feuchter Hühnermist verursachte einen extremen

Gestank, der, je nachdem, wie der Wind gerade stand, die Anwohner belästigte und zu Beschwerden führte. Deshalb war diese Vorrichtung unbedingt notwendig.

Von Zeit zu Zeit blieb Koinuma stehen und rüttelte mit einem Stock an den Gittern, damit die Kothaufen nach unten fielen. Das gehörte also auch zu seinen Aufgaben.

Zwischendurch ging Koinuma zu einem der Käfige und warf einen Blick hinein. Kikutani stellte sich neben ihn.

»Das eine da frißt seit zwei Tagen nicht richtig. Auch heute hat es sein Futter noch nicht angerührt«, erklärte Koinuma.

Im Gegensatz zu den anderen Hühnern, deren Schnäbel unentwegt nach den Körnern pickten, blieb eins ganz reglos.

»Bis vor zehn Jahren grassierten noch Seuchen, die über Nacht Zehntausende Hühner hinfortrafften. Heutzutage werden sie geimpft, so daß uns kaum welche wegsterben. Dennoch kann es vorkommen, daß mal eins erkrankt und dann verendet. Man beobachtet es ein paar Tage, und falls sich sein Zustand verschlimmert, nimmt man es aus dem Käfig.«

Koinuma wandte seinen Blick nach vorn und setzte seinen Rundgang fort.

Dieses abwechselnde Gehen und Stehenbleiben zog sich ewig hin. Kikutani fühlte, wie ihm die Beine schwer wurden. Zudem ermüdete das rastlose Zucken der Hühnerkämme seine Augen. Irgendwann jedoch störten ihn der Kotgestank und das laute Gackern nicht mehr.

Zur Mittagspause verließen sie den Hühnerstall und gingen hinüber in den Aufenthaltsraum. An den langen Tischen saßen Männer und Frauen, jeder eine Lunchbox vor sich.

»Darf ich vorstellen: Das hier ist Kikutani«, rief Koinuma durch den Saal, während er seinen Proviant aus dem Spind holte. »Er hat heute bei uns angefangen und arbeitet mit mir zusammen.«

Kikutani straffte seine Haltung und verneigte sich zur Begrüßung.

»Auf gute Zusammenarbeit«, sagte er in die Runde.

Als er sämtliche Blicke der Anwesenden auf sich spürte, stockte ihm der Atem, doch die Kollegen reagierten mit freundlichem Zuspruch und wendeten sich dann fröhlich schnatternd gleich wieder ihrer Mahlzeit zu.

Kikutani setzte sich auf einen Eckplatz, kaute sein Brot und trank die Milch dazu. Kurz darauf kam Koinuma mit einer Teekanne und Teeschalen an, setzte sich zu ihm und goß ihm ein Schälchen ein.

»Wie alt bist du eigentlich?« erkundigte er sich und schaute ihn an.

»Fünfzig«, erwiderte Kikutani und griff nach der Teeschale.

»Dann bist du zwei Jahre älter als ich. Du siehst jünger aus. Ich hätte dich für fünfundvierzig gehalten«, sagte Koinuma und musterte Kikutanis Gesicht und Haarschopf, während er sich eine Zigarette ansteckte.

»Und woher kommst du?«

»Präfektur Chiba.«

»Chiba, sagst du? In jungen Jahren habe ich dort in Chôshi bei einem Großhandel für Meeresprodukte gearbeitet. Wo genau in Chiba?«

»Sakura«, murmelte Kikutani zögernd, bereute es jedoch sofort. Hätte er doch bloß einen anderen Ort genannt. Angenommen, irgend jemand hier stammte aus Sakura oder hatte Freunde und Verwandte dort? Obwohl sein Verbrechen siebzehn Jahre zurücklag, würde man sich daran erinnern, da der Vorfall damals Stadtgespräch war. Weil er ein Lehramt bekleidete, hatten die Zeitungen die Sache ausgewalzt, und sogar Illustrierte hatten über diesen Fall berichtet. Bestimmt gab es zahlreiche Leute, die sich noch an seinen Namen erinnern würden. Er schaute weg, um Koinumas Blick auszuweichen.

»Sakura? Das liegt doch in der Nähe von Narita. Ich bin da oft mit dem LKW durchgefahren auf meinen Touren nach Tokio oder Chiba. Ruhiges Nest, nicht wahr?«

Koinuma stützte einen Ellbogen auf und nahen einen Zug von seiner Zigarette.

Viel mehr schien Koinuma nicht über seinen Heimatort zu wissen, stellte Kikutani mit Erleichterung fest. Er umfaßte seine Teeschale mit beiden Händen und trank einen Schluck. Das Herz wurde ihm schwer bei dem Gedanken, fortan ständig in der Furcht schweben zu müssen, daß jemand von seiner Vergangenheit wußte.

»Der Boß hat gemeint, die Druckerei, bei der du beschäftigt warst, hätte Pleite gemacht. Das Gewerbe sieht nicht gerade rosigen Zeiten entgegen, was?«

Kikutani brach der Schweiß aus allen Poren. Kiyoura mußte Akiyama von seiner Arbeit als Korrektor in der Gefängnisdruckerei erzählt haben, woraus Akiyama dann im Gespräch mit Koinuma eine gewöhnliche Druckerei gemacht hatte.

»Im Druckergewerbe haben sich ebenfalls technische Neuerungen durchgesetzt, und wer da nicht mithält, kann nicht bestehen«, stammelte Kikutani, indem er das wiedergab, was er im Gefängnis aufgeschnappt hatte.

»Tja, so ist das heute«, erwiderte Koinuma. »Alles hängt von den Maschinen ab. Bei uns ist es nicht anders. Bis vor zehn Jahren haben wir das Futter noch in Körben transportiert. Es bedurfte mehrerer Hilfskräfte, um es zu verteilen. Das war eine Schufterei. Aber unser Boß hat in weiser Voraussicht den alten Hühnerstall abgerissen und dafür die neue Anlage gebaut, alles vollautomatisch nach amerikanischem Modell. Als ich zum ersten Mal die Apparatur in Betrieb gesehen habe, hat's mich echt umgehauen.«

Koinuma lachte, und Kikutani verzog das Gesicht ebenfalls zu einem Lächeln.

Am Nachmittag nahm Koinuma ein anderes kränkelndes Huhn aus dem Käfig. Seine Augenlider bewegten sich apathisch, und auch die Flügelschläge lahmten. Koinuma verschwand mit ihm in einer Ecke auf dem Gelände und drehte dem Tier geschickt den Hals um.

Es hatte vier Tage lang kein Futter angerührt. Kikutani grub auf Koinumas Geheiß draußen ein Loch, warf das Tier, dessen Zunge aus dem Schnabel hing, hinein und schüttete Erde auf den Kadaver.

Die Fütterungsanlage wurde mit einer Schaltuhr automatisch in Betrieb gesetzt. Sie beförderte die Körner aus dem Speicher in die Tröge und von dort aus in die einzelnen Käfige. Der Vorgang wiederholte sich viermal pro Tag.

Zum Feierabend schloß Kikutani den Hühnerstall ab und stieg mit Koinuma die Treppe hinunter. Im Aufenthaltsraum zog er sich um, während die anderen Angestellten in Arbeitskluft den Heimweg antraten.

Es war etwa halb sieben, als er in der Anstalt eintraf. Er entledigte sich gerade noch seines Jacketts, bevor er sich völlig ausgelaugt auf den Tatamis ausstreckte.

Eine halbe Stunde später ging er hinunter in den Speisesaal. Beim Abendessen kam Kiyoura zu ihm und sagte, daß er anschließend mit ihm sprechen wolle.

Als Kikutani mit dem Essen fertig war, ging er zum Büro und öffnete vorsichtig die Tür, um sich bemerkbar zu machen. Kiyoura kam gleich darauf hinüber ins Sprechzimmer und bat ihn, auf dem Sofa Platz zu nehmen.

Der Betreuer erkundigte sich nach seinem Arbeitstag, worauf Kikutani erwiderte, er sei vollauf zufrieden mit der neuen Stelle und würde auch weiterhin gerne dort tätig sein.

»Das höre ich gern«, nickte Kiyoura. »Ich habe nämlich einen Anruf von deinem Chef bekommen.«

Kikutani schaute auf.

Akiyama hatte sich zwar nichts anmerken lassen, aber vielleicht bereute er es, ihn eingestellt zu haben. Womöglich hatte er Kiyoura angerufen, um ihm mitzuteilen, daß Kikutani morgen nicht mehr zu kommen brauche. Akiyama hatte sich bemüht, Kikutanis Vergangenheit vor den anderen Mitarbeitern geheimzuhalten, dann aber wahrscheinlich die Nerven verloren, weil es sich als zu schwierig erwies. Sollten die Leute in der Nachbarschaft dahinterkommen, daß ein zu lebenslänglich verurteilter Exhäftling in seinem Betrieb arbeitete, würde der Klatsch auch den Angestellten zu Ohren kommen und einige daraufhin vermutlich kündigen. Bestimmt hatte diese Befürchtung Akiyama dazu bewogen, gleich bei Kiyoura anzurufen, nachdem Kikutani die Farm verlassen hatte.

»Es geht um deinen Kopf‹, erklärte Kiyoura und musterte sein Haupt.

Kikutani starrte ihn verdutzt an.

»Herr Akiyama meint, du solltest dem Haar entweder ganz kurz schneiden oder länger wachsen lassen. Sonst können die Kollegen Verdacht schöpfen, befürchtet er. Jetzt, wo er mich darauf aufmerksam gemacht hat, finde ich ebenfalls, daß es komisch aussieht. Wie eine Lauchzwiebelblüte.«

Kiyoura betrachtete amüsiert seinen Schopf.

Sobald der Strafaussetzung auf Bewährung stattgegeben war, sollten die betreffenden Häftlinge dafür sorgen, ihre Haare möglichst schnell wieder wachsen zu lassen, um draußen in der Gesellschaft nicht aufzufallen. Kikutani hatte jedoch gerade erst zwei Wochen vor dem Bescheid sein Haar von einem Mitinsassen, der für sanitäre Angelegenheiten zuständig war, kurzschneiden lassen, so daß es in den letzten vier Wochen bis zu den Ohren gewachsen war.

»Wenn du dir einen Stoppelschnitt wie im Knast verpassen läßt, werden die Leute komisch gucken. Also laß es lieber auf normale Länge wachsen. Wie wär's, wenn du jetzt zum Friseur gehst und es erst mal gleichmäßig schneiden läßt?«

Kikutani begriff endlich den Sinn von Akiyamas Anruf und spürte, wie die Anspannung aus seinen Gliedern wich.

»Die meisten Friseure pflegen neue Kunden beim Haarschneiden in ein Gespräch zu verwickeln, fragen, wo man wohnt und so weiter. Das könnte jemanden wie dich in Bedrängnis bringen. Deshalb rate ich allen Exhäftlingen, zum Friseur am Bahnhof zu gehen. Dort herrscht nämlich viel Betrieb, weil er halb so teuer ist. Und es geht ruck zuck: Der Friseur erledigt den Haarschnitt dreimal so fix und hat keine Muße, mit den Kunden ein Pläuschchen zu halten.«

Kiyoura hatte während des Redens eine kleine Lageskizze gezeichnet, die er ihm nun hinüberschob.

Kikutani strich sich grinsend über den Kopf und verließ mit dem Zettel in der Hand das Sprechzimmer.

In seinem Zimmer zog er sich um und machte sich dann auf den Weg zum Bahnhof. Ein warmes Gefühl durchströmte ihn bei dem Gedanken, daß Akiyama sich seinetwegen um solche Kleinigkeiten sorgte. Daß er Kiyoura wegen des Haarschnitts angerufen hatte, bedeutete immerhin, daß er ihn einstellen würde. Kiyoura war für ihn eine große Stütze, da er wie ein Verwandter für ihn sorgte. Wie tröstlich war es, daß es nun noch jemanden gab, auf den er sich voll und ganz verlassen konnte.

Der Friseursalon entpuppte sich als ein riesiger Laden mit langen Stuhlreihen. Hier arbeiteten ausschließlich junge Männer. Der Warteraum war zwar voll, aber die Kunden wurden zügig nacheinander aufgerufen. Bereits nach zehn Minuten war Kikutani dran und wurde gebeten, auf einem der Sessel vor den Spiegeln Platz zu nehmen.

»Ich mochte mein Haar eigentlich länger tragen ...«, erklärte er dem Friseur, indem er ihn im Spiegel anblickte.

»Sehr wohl«, sagte der junge Mann, der Anfang Zwanzig sein mochte und Koteletten trug, und machte sich mit flinken Bewegungen, ohne ein weiteres Wort zu verlieren, an Kikutanis Haar zu schaffen.

Er hantierte mit der Schere, rasierte den Nacken aus und shampoonierte das Haar. Das Gesicht, das Kikutani anschließend im Spiegel entgegenschaute, wirkte um einiges jünger.

Als der Friseur ihm den weißen Umhang von den Schultern genommen hatte, stand Kikutani auf und ging zur Kasse. Die Rechnung betrug 1200 Yen. Er holte zwei Scheine aus der Tasche, nahm das Wechselgeld entgegen und verließ den Laden.

Wieder einmal stellte er schockiert fest, wie sehr die Preise inzwischen gestiegen waren. Damals hatte ein Haarschnitt 450 Yen gekostet, etwa ein Drittel von dem, was er eben bezahlt hatte. Obendrein war dies noch ein ganz billiger Laden.

Was zahlte man dann erst bei einem normalen Friseur? Er schaute sich um und sah, daß sämtliche Männer auf der Straße manierliche Frisuren trugen. Demnach gaben alle so viel Geld für einen Haarschnitt aus und kamen trotzdem über die Runden.

Als er am nächsten Morgen zum Dienstantritt bei Akiyama im Büro vorbeischaute, nickte dieser beifällig, wobei ein Grinsen über sein Gesicht huschte.

Kikutani verneigte sich wortlos.

Koinumas Mitarbeiter, ein Mann von Mitte Zwanzig namens Shirakawa, war nach seinem freien Tag auch wieder im Dienst.

Wie am Tag zuvor folgte Kikutani Koinuma auf seinem Rundgang, um die Käfige zu inspizieren. Anschließend packte er auf Geheiß von Shirakawa die Eierkartons auf einen der Containerwagen und mistete dann den Hühnerstall aus.

Sein freier Tag wurde auf Mittwoch gelegt.

Abgesehen von der Pendelei zwischen Heim und Hühnerfarm, verließ Kikutani nach Feierabend so gut wie nie sein Zimmer. Er ging nicht einmal zum Fernsehen hinunter in den Speisesaal, sondern machte es sich so wie zu Zeiten seiner Haft, wenn er abends aus der Werkstatt in seine Zelle zurückgekehrt war, in seiner vertrauten Sitzposition auf den Tatamis bequem.

Selbst mittwochs, wenn er frei hatte, blieb er in seinen vier Wänden hocken. Einen Tag nachdem Akiyama ihn aufgefordert hatte, sich für die Krankenversicherung eine Meldebescheinigung zu besorgen, fuhr er mit seinem Betreuer zum Bezirksamt, um die nötigen Formalitäten zu erledigen. Wie verabredet, hatte ihm Akiyama die Hälfte der Fahrtkosten vom Gehalt abgezogen und eine Monatskarte für Bahn und Bus besorgt. Die Kirschbäume entlang der Bahngleise standen bereits in voller Blüte, und überall grünte es.

Die vierundzwanzigtägige Frist für ein kostenloses Frühstück und Abendessen war nun abgelaufen, und Kikutani nahm seine Morgenmahlzeit in einem Massenlokal ein, bevor er zur Arbeit fuhr. Er hatte auch eine Lunchbox-Ladenkette ausfindig gemacht, wo er seinen Proviant für die Mittagspause zu kaufen pflegte. Auf Shirakawa wirkten die täglich wechselnden Zutaten so köstlich, daß er ihn bat, ihm auch hin und wieder solch eine Mahlzeit mitzubringen.

Als es draußen wärmer wurde, wimmelte es von Fliegen unter den Dielen des Hühnerstalls. Der Hühnerkot schien ein idealer Nistplatz für ihre Larven zu sein.

Der sich ansammelnde Kot wurde mit einem kleinen Bagger zusammengeschaufelt und auf einem Laster zu einer Zweigstelle gebracht, die etwa einen Kilometer entfernt nahe der Hügelkette lag. Dort gab es nicht nur ein fensterloses, hochmodernes Bruthaus, sondern auch eine Anlage, die die feuchten Exkremente maschinell verquirlte und eintrocknete. Der körnig zermalmte Kot wurde dann in Säcke abgefüllt und als Dünger an Gärtnereien verkauft.

Zuweilen mußte Kikutani auf der Zweitfarm beim Abfüllen der Säcke helfen. Mit seinen Kollegen redete er inzwischen schon recht ungezwungen, doch eines Tages Anfang Mai stellte ihm Koinuma eine unerwartete Frage: »Du lebst allein, nicht wahr? Ich habe erfahren, daß deine Frau an einer Krankheit gestorben ist.«

Kikutani hielt mit dem Essen inne und schaute zu Koinuma auf. Er wußte, daß dieser als ältester Mitarbeiter ein vertrautes Verhältnis zu Akiyama hatte und deshalb oft mit ihm sprach. Vermutlich hatte er sich nach Kikutanis Lebensumständen erkundigt und von Akiyama diese Antwort erhalten.

Seitdem er die Stelle angetreten hatte, mußte er damit rechnen, daß irgendwann jemand nach seiner Familie fragen würde, und er hatte sich bereits Gedanken darüber gemacht, was er dann erwidern würde. Doch Koinumas unvermittelte Frage hatte ihn aus der Fassung gebracht.

»Ja«, brummte er nur und nickte unmerklich, den Blick nach unten gerichtet. Seine Gesichtszüge entgleisten ihm. Er wußte, daß er die Frage mit gelassener Miene hätte beantworten sollen, doch es gelang ihm nicht, seine Gefühle zu verbergen.

Die endlosen Monate und Jahre im Gefängnis waren ein langer Kampf mit den schrecklichen Erinnerungen gewesen. Immer wieder kam er zu dem Schluß, seine Tat als gerechtfertigt anzusehen, was ihn innerlich stark aufwühlte. Nach Auffassung des Richters, der das Urteil über ihn verhängt hatte, sollte er natürlich sein Verbrechen während der Haft bereuen. Er selbst hatte jedoch nie Gewissensbisse verspürt. Im Laufe der Zeit waren die Erinnerungen dann immer mehr verblaßt, so daß sie ihn kaum noch aufzuregen vermochten. Er hatte endlich Frieden gefunden, den niemand anderes erneut stören sollte.

»Muß ziemlich hart sein, allein zu leben. Und die lange Fahrerei von Shinjuku bis hierher ist bestimmt auch nicht das reine Vergnügen. Es gibt hier in der Gegend eine Menge Zimmer zur Vermietung. Wie wär's, wenn du hierherziehst? Ich kenne einige Plätze, die dir gefallen könnten. Soll ich mich mal umhören?« schlug Koinuma ihm vor, während er seine Zigarette paffte.

»Danke, das ist sehr nett von dir, aber ich bin das Gewimmel in der Stadt gewöhnt.«

Kikutani widmete sich wieder seiner Mahlzeit.

»Ach so, na dann. Mir wird immer ganz mulmig, wenn ich in Tokio bin. Ich kriege dort regelrecht Atembeklemmungen.«

Daraufhin sagte Koinuma nichts mehr.

Kein Wunder, daß Koinuma nachfragte. Er mußte also auf der Hut sein. Angenommen, überlegte er, daß die Druckerei, in der er angeblich beschäftigt war, tatsächlich Pleite gemacht hatte, dann hätte er eigentlich irgendwo in Tokio eine neue

Stelle finden können. Es war nicht sehr plausibel, weshalb er ausgerechnet den langen Weg zu dieser abgelegenen Hühnerfarm auf sich nahm. Kurios war sicher auch sein Aufzug, in dem er jeden Tag hier aufkreuzte: nicht gerade die passende Kleidung für jemanden, der Hühnermist beseitigte.

Koinuma saß schweigend da und rauchte. Wahrscheinlich fragte er sich jetzt, mit was er Kikutani verstimmt haben könnte.

Abgeschirmt von der Außenwelt, hatte Kikutani im Gefängnis seine Zeit – leere Zeit – wie in einem Vakuum verbracht, und dennoch schnürte sich seine Vergangenheit immer noch wie ein Ring um seine Brust. Wie gnadenlos – selbst eine harmlose Frage wie die von Koinuma vermochte sein Herz in Aufruhr zu versetzen.

4

Die Regenzeit hatte eingesetzt, und die Fliegen vermehrten sich explosionsartig.

Sobald man sich dem Hühnerstall näherte, war man von Schwärmen umgeben, und sogar im Aufenthaltsraum fuchtelten die Arbeiter beim Essen dauernd herum, um die lästigen Viecher zu verscheuchen. Die Fliegen ließen sich offenbar mit dem Wind in die benachbarten Wohnsiedlungen treiben, worauf sich besorgte Anrufer bei der Verwaltung meldeten.

Koinuma hatte Kikutani aufgetragen, ein Insektenmittel auf den Hühnermist unter den Dielen zu sprühen sowie ein Pulver zum Abtöten der Larven auszustreuen, aber beides zeigte keine Wirkung. Das aufdringliche Summen war überall zu hören.

Eines Abends, als Kikutani von der Arbeit heimkehrte, wurde er ins Sprechzimmer gerufen.

»Ich hatte anfangs erwähnt, daß die Aufenthaltsdauer hier im Heim in der Regel auf drei Monate beschränkt ist«, fing Kiyoura an. »Für die Resozialisierung wäre es ratsam, das Heim zu verlassen und eine eigene Wohnung zu finden, um ein selbständiges Leben zu führen. In zehn Tagen ist deine Frist abgelaufen. Hier hattest du eine kostenlose Bleibe, und es wird dich in Zukunft eine gehörige Summe Geld kosten, wenn du dir ein Zimmer mietest. Es gibt Exsträflinge, die sogar über ein halbes Jahr hierblieben und einfach nicht fortwollen. Ich möchte dich keinesfalls drängen. Wie denkst du darüber? Bist du bereit, uns zu verlassen, oder willst du noch ein bißchen länger hierbleiben?«

Kiyoura griff nach seinem Becher Instantkaffee.

Kikutani saß da und schwieg. Das großzügige Angebot rührte ihn. Er würde gerne hierbleiben, wußte jedoch ebensogut, daß er sich nicht ewig von Kiyoura verhätscheln lassen konnte und es besser wäre auszuziehen. Aber wohin? Und was würde das kosten?

»Nun, wie denkst du darüber?« wiederholte Kiyoura seine Frage, während er die Flamme des Feuerzeugs an seine Zigarette hielt.

»Ich werde mich an die Frist halten und mir was suchen«, erwiderte Kikutani mit gesenktem Blick.

»Ich würde dir ja gerne sagen, daß du nichts zu überstürzen brauchst, aber ich halte es ehrlich für besser, wenn du die Courage aufbringst, dich von hier zu lösen. Du hast bereits einen Job gefunden, und soweit ich es beurteilen kann, hast du damit den ersten wichtigen Schritt zur Rückkehr in die Gesellschaft vollzogen. Du darfst jetzt nicht kleinmütig werden. Auf eigenen Füßen zu stehen würde dir ein viel stärkeres Gefühl von Freiheit geben und auch deinen Horizont erweitern. Du solltest dir deshalb eine Bleibe suchen und ein neues Leben aufbauen.«

Seiner zufriedenen Miene nach zu urteilen, hatte Kiyoura die erhoffte Antwort von ihm erhalten.

»Muß ich dafür einen Makler aufsuchen?« erkundigte sich Kikutani.

Ihm waren die vielen Zettel mit Objekten eingefallen, die an der Schaufensterscheibe eines Immobilienbüros in der Nähe vom Bahnhof klebten, doch ihm fehlte der Mut, allein dorthin zu gehen.

»Keine Sorge. Ich kann dir dabei behilflich sein«, versicherte ihm Kiyoura. »Aber was die Gegend betrifft, solltest du vielleicht besser in die Nähe deines Arbeitsplatzes ziehen«, fügte er hinzu und schaute ihn fragend an.

Kikutani erschrak. Es war schon schlimm genug, daß er aus dem Heim mußte, und nun sollte er auch noch in eine fremde Gegend ziehen. Das traute er sich nicht zu, auch wenn er es dadurch bequemer zur Arbeit hätte. Er konnte sich nicht vorstellen, irgendwo zu wohnen, von wo aus er nicht sofort das Heim erreichen konnte, so daß keine Möglichkeit bestand, Kiyoura täglich aufzusuchen.

»Ich will unbedingt hier in der Nähe bleiben«, sagte er nachdrücklich, um zumindest in diesem Punkt seinen Willen kundzutun.

Ein leises Lächeln glitt über Kiyouras Gesicht.

»Sieh an. Du bist also auch nicht anders als die anderen. Alle, die nach einer langen Haft wieder frei sind, wollen hier in der Nähe bleiben. Ich kann das durchaus nachvollziehen, aber denk noch mal in Ruhe darüber nach. Wir befinden uns direkt neben dem Vergnügungsviertel Shinjuku, das heißt, fast alle Leute, die dort in den Bars und Lokalen arbeiten, wohnen hier. Dementsprechend teuer sind die Mieten. Du solltest also so weit wie möglich von hier fortziehen, damit deine Ausgaben nicht so hoch sind.«

Das Wort »Ausgaben« lag Kikutani schwer auf der Seele.

»Was heißt denn teuer?« fragte er nach und blickte Kiyoura forschend an.

»Nun, ein 4½-Tatami-Zimmer mit Küche dürfte so um die 35 000 bis 40 000 Yen kosten. Außerdem mußt du beim Einzug auch noch Kaution und Maklergebühr zahlen.«

Kiyouras Miene verdüsterte sich.

Kikutani erschrak, als er die Summe hörte.

Allein die Miete würde ein Drittel seines Lohns verschlingen, hinzu kamen dann noch die Rechnungen für Gas, Strom und Wasser. Kiyoura hatte recht: Eine derart teure Wohnung konnte er sich nicht leisten.

Trotzdem vermochte er sich nicht mit dem Gedanken anzufreunden, so weit wegzuziehen. Wenn er seine Ansprüche zurückschraubte, würde er schon über die Runden kommen.

Die Kaution und Maklergebühr ließen sich mit einem Teil seiner bei Kiyoura deponierten Ersparnisse abdecken.

»Es ist unglaublich teuer. Ich rate dir dringend, von hier wegzuziehen in die Nähe deines Arbeitsplatzes. Dort würdest du etwas erheblich Billigeres finden. Du hast zwar noch deinen Gefängnislohn bei mir, aber wenn du jeden Monat das fehlende Geld davon abknapst, wird die Summe bald aufgebraucht sein. Es wäre doch ein Jammer, wenn du das hart verdiente Geld zum Fenster rausschmeißt.«

Kiyoura redete eindringlich auf Kikutani ein, der stur nach unten schaute. Er wollte alles widerspruchslos befolgen, wozu sein Betreuer ihm riet, nur durfte er nicht von ihm verlangen, von hier fortzuziehen.

»Tut mir leid, aber ich denke, ich möchte lieber hier in der Gegend bleiben«, sagte er mit gedämpfter Stimme, den Blick noch immer gesenkt.

»Nun, wie du meinst. Dann schauen wir uns eben hier in dem Viertel um. Vielleicht änderst du deine Ansicht noch und entschließt dich von selbst, in die Nähe deines Arbeitsplatzes zu ziehen«, sagte Kiyoura nickend, ohne gekränkt zu wirken.

Kikutani erhob sich und verneigte sich wortlos, bevor er das Sprechzimmer verließ.

Als er auf sein Zimmer zurückkehrte, fühlte er sich niedergeschlagen, weil er sich Kiyouras Wunsch widersetzt hatte.

Er war sich zwar im klaren darüber, daß seine Frist hier bald abgelaufen war, und hatte sich innerlich auch schon darauf eingestellt. Doch er hatte keineswegs damit gerechnet, daß Kiyoura von ihm verlangen würde, von hier fortzuziehen. Kiyoura dachte natürlich ans Geld und rein praktisch, aber für Kikutani war dieses Heim mitsamt seinem Betreuer der einzige Ort, an den er sich klammern konnte. Er hatte das Gefühl, haltlos im Nichts zu treiben, wenn er von hier fortziehen würde.

Plötzlich kam ihre ein verwegener Gedanke, und ein bitteres Lächeln huschte über sein Antlitz. Falls er tatsächlich gezwungen sein sollte, ganz woanders zu wohnen, würde er die Gefängniszelle immer noch vorziehen. Welch eine Ironie, wenn er an die unbeschreibliche Freude dachte, die er bei der Verkündung seiner Freilassung empfunden hatte.

Aber weshalb bereitete ihm der Gedanke, von hier fortzumüssen, eigentlich so große Angst? Im Gefängnis war er eingeschlossen hinter hohen Mauern und eisernen Gitterstäben, was ihm gewissermaßen ein Gefühl von Sicherheit gab. Er hatte sich so an diese Umgebung gewöhnt, daß er regelrecht in Panik geriet, wenn er sich im offenen, ungeschützten Raum befand, wo es keine Abgrenzungen und Beschränkungen mehr gab. Es war eine rein physische Angst wie bei einem Maulwurf, der der Sonne ausgesetzt ist.

Das Übergangsheim, in dem er sich verkriechen und vor dem freien Raum schützen konnte, war sozusagen eine Fortsetzung des Gefängnisses. Und es gab Kiyoura. Kiyoura, an den er sich jederzeit wenden konnte, der über seine Vergangenheit Bescheid wußte und ihm mit Rat und Tat zur Seite stand. Ihn zu verlassen war, als würde er sich selbst verlieren. Das beste wäre, so lange wie möglich in der Nähe des Heims zu wohnen, bis er sich an den grenzenlosen, weiten Raum, den die Gesellschaft darstellte, gewöhnt hatte. Dann würde er vielleicht in der Lage sein, Kiyouras Vorstellung entsprechend irgendwo anders zu leben.

Am nächsten Abend, als Kikutani von der Arbeit zurückkehrte und gerade die Treppe hochsteigen wollte, trat Kiyoura aus dem Büro und rief ihn zu sich.

»Es ist nicht zu fassen«, empörte er sich. »Ehe man sich's versieht, sind die Preise schon wieder in die Höhe geschnellt. Stell dir vor, ein 4½-Tatami-Zimmer mit Küche soll 45 000 Yen plus eine Monatsmiete Provision und zwei Monatsmieten Kaution kosten. Und das ist angeblich noch eins von den billigen Angeboten. Unerhört!«

Kiyoura schnitt eine Grimasse.

»Du kennst doch das Nudelrestaurant auf der anderen Seite

der Hauptstraße. Dahinter rechts rein und dann die zweite Kreuzung noch mal rechts. Dort liegt das Apartment. Ich hab's mir schon mal angeschaut. Das Zimmer geht so, aber es ist eben entschieden zu teuer.«

Seine Augen funkelten erbost.

»Aber es liegt in der Nähe«, platzte es aus Kikutani heraus, obwohl er eigentlich den Mund halten wollte. »Für mich ist das in Ordnung.«

»Ist das dein Ernst? Bei dieser Miete? Überleg dir das noch mal gründlich. Ich weiß nicht, wie du das jeden Monat bezahlen willst.«

Kiyoura schaute ihn eindringlich an.

»Ich werde es schon schaffen«, murmelte Kikutani verlegen, da er spüren konnte, daß Kiyoura strikt dagegen war.

»Nun, du bist schließlich der Mieter. Wenn dich der überteuerte Preis nicht stört, dann bitte. Schau dir das Zimmer selbst an, möglichst mit kritischem Blick, und entscheide dann, ob es dir zusagt oder ob du dich noch nach was anderem umschauen willst. Wenn du mit dem Essen fertig bist, sag mir Bescheid. Wir können dann zusammen hingehen. Du findest mich im Büro.«

Er drehte sich um und ließ Kikutani stehen.

Nachdem Kikutani eilig sein Abendessen verschlungen hatte, ging er direkt zum Büro und öffnete einen Spaltbreit die Tür, woraufhin Kiyoura sofort herauskam.

Schweigend liefen sie durch das Einkaufsviertel und dann unter der Bahnunterführung hindurch. Ein Stückchen weiter befand sich das Immobiliengeschäft. Kiyoura schob die gläserne Schiebetür auf.

Drinnen saß ein Mann mittleren Alters in einem auffälligen karierten Anzug. Als sie eintraten, erhob er sich vom Sofa. Als Kiyoura ihr Anliegen vorgetragen hatte, griff er zum Telefonhörer und wählte eine Nummer. Offenbar sprach er mit dem Hausmeister, dem er ausrichtete, daß sie gleich vorbeikämen. Daraufhin verließen sie zu dritt den Laden.

Der Makler ging mit Kiyoura voran und rechtfertigte sich in säuselndem Tonfall, daß angesichts der explodierenden Grundstückspreise die Vermieter sich leider gezwungen sähen, die Mieten entsprechend anzuheben.

Der Wohnblock, zu dem er sie führte, bestand aus kleineren, schicken und aus einfachen Apartmenthäusern. Sie betraten eines dieser weißgetünchten Gebäude, woraufhin der Makler an die Tür des Hausmeisters klopfte.

Ein Mann im Polohemd erschien sofort und überreichte ihm einen Schlüssel.

Draußen auf der Straße flüsterte ihnen der Makler zu, daß die Besitzerin, der dieses vornehme Haus sowie zwei weitere einfache Apartmentkomplexe gehörten, den Hausmeister hier wohnen ließe. Die zu vermietende Wohnung lag in dem Haus ganz am Ende der nächsten Seitenstraße. Sie gingen hinter dem Makler eine Eisentreppe außen am Gebäude hoch in eine obere Etage, wo dieser gleich die erste Tür im Korridor aufschloß. Nach dem Schalter tastend, machte er Licht.

Kikutani betrat nach den beiden Männern den klitzekleinen Vorraum und zog seine Schuhe aus. Er befand sich in einem 4½-Tatami-Zimmer mit Toilette und Küche linker Hand. Die Wände wirkten schmuddelig, doch die Tatamimatten und die Bespannung der Schiebetüren vom Einbauschrank schienen erneuert worden zu sein.

Kiyoura, der sich stumm im Zimmer umblickte und dann den Wasserhahn in der Küche prüfte, sah Kikutani fragend an.

»Und?« wollte er wissen.

»Ich finde es in Ordnung«, erwiderte Kikutani prompt.

Im Unterschied zu dem 6-Tatami-Zimmer im Heim ähnelte das hier seiner Gefängniszelle. Die räumliche Enge fand er angenehm beruhigend, ebenso wie die dicht angrenzende Außenwand des Nachbarhauses.

»Du solltest nichts überstürzen. Laß dir das noch mal reiflich durch den Kopf gehen. Die Miete ist einfach übertrieben ...« Kiyouras Stimme klang etwas gereizt.

Kikutani schaute sich erneut im Zimmer um, öffnete dann die Tür zur Toilette und inspizierte die Decke.

»Und?« fragte ihn Kiyoura abermals.

»Mir gefällt's«, erwiderte er leise.

»Nun, wie du meinst ...«, brummte Kiyoura.

Der Makler hatte ihr Gespräch verfolgt.

»Sie nehmen es also?« Es war mehr eine Feststellung als eine Frage.

Auf Kiyouras Nicken hin schlüpfte er in seine Schnallenschuhe und schloß hinter ihnen ab. Sie folgten ihm die Treppe hinunter und warteten dann so lange draußen auf der Straße, während er dem Hausmeister den Schlüssel zurückbrachte. Gemeinsam gingen sie zum Immobilienbüro zurück.

Dort legte ihnen der Makler dann ein Mietvertragsformular vor, das Kikutani unterschrieb und mit seinem Stempel versah. Kiyoura als sein Bürge unterzeichnete ebenfalls. Da Kikutani am übernächsten Tag frei hatte, verabredeten sie, daß er bei seinem Einzug die Kaution und Maklergebühr zahlen würde.

Als sie wieder draußen waren, fragte Kikutani seinen Betreuer, der vor ihm lief: »Ob er ahnt, daß ich im Gefängnis war?« Er hatte nämlich bemerkt, das der Makler seinem Blick ausgewichen war.

»Wahrscheinlich. Oder vielmehr ganz bestimmt. Er weiß, welche Art von Heim ich leite. Aber ich kann dir versichern, daß er Diskretion wahrt. Weder der Verwalter noch die Eigentümerin werden ein Sterbenswörtchen davon erfahren. Sonst würde ich mich nicht an ihn wenden«, erklärte Kiyoura, den Blick nach vorn gerichtet.

Kikutani trottete schweigend hinter ihm her.

Zwei Tage darauf hatte Kikutani von früh an alle Hände voll zu tun.

Nachdem der Umschlag mit den Ersparnissen aus dem Safe geholt, die Bilanz bestätigt und der Saldo überprüft worden war, ging Kikutani, den Umschlag in der Innentasche seines Jacketts, mit Kiyoura zu der Bank am Bahnhof. Bis auf 300 000 Yen zahlte er alles auf sein neu eingerichtetes Konto ein und erhielt ein Kontobuch. Er beantragte außerdem eine Karte für den Geldautomaten, die ihm mit der Post zugesandt werden sollte.

Anschließend trafen sie sich mit dem Hausmeister im Immobilienbüro, und als Miete, Kaution und Provision bezahlt waren, erhielt Kikutani die Wohnungsschlüssel. Der Makler bekam ebenfalls sein Vermittlungshonorar. Um das Nötigste für den Haushalt zu besorgen, ging Kiyoura mit Kikutani durch die Einkaufspassage. Er führte ihn zuerst in ein Bettengeschäft. Nach einem freundlichen Wortwechsel mit dem Ladeninhaber suchte Kiyoura einen Futon, ein Kopfkissen und Laken aus und bat ihn, die Sachen abends ins Apartment zu liefern.

Um seine Lebenshaltungskosten gering zu halten, mußte Kikutani natürlich selber kochen. Deshalb gingen sie als nächstes in eine Eisenwarenhandlung und erstanden dort einen Reiskocher, einen Teekessel, einen Kochtopf, eine Pfanne, ein Küchenmesser sowie Teeschalen, Teller, Stäbchen und sogar ein flaches Eßtischchen. Als Kikutani geneinsam mit seinem Betreuer die Einkäufe nach Hause transportierte, wurde er ganz beklommen bei dem Gedanken, soeben mehr als 230 000 Yen ausgegeben zu haben. Bestürzt stellte er fest, daß eine Summe, für die er im Gefängnis zweieinhalb Jahre arbeiten mußte, in weniger als drei Stunden zerronnen war.

Kiyoura zeigte ihm unterwegs noch das öffentliche Badehaus und den Waschsalon, bevor sie ins Heim zurückkehrten. Im Sprechzimmer bereitete er für sie beide einen Instantkaffee zu, bei dem sich Kikutani etwas von den Strapazen erholte.

Kiyoura, der sich eine Zigarette aus der Packung holte, machte ihm plötzlich eine unerwartete Mitteilung: Solange Kikutani im Übergangsheim lebte, sei er für ihn als Betreuer zuständig, doch mit seinem Auszug würde diese Aufgabe von dem Bewährungshelfer des Wohnbezirks übernommen werden.

Als Kikutani dies vernahm, wurde er leichenblaß und starrte, den Kaffeebecher in der Hand, Kiyoura entgeistert an.

»Bis Ende des Monats bin ich noch für dich da, doch ab dann mußt du dich an Herrn Takebayashi wenden. Ich werde die erforderlichen Unterlagen für die Übergabe an das Bewährungsamt schicken. Du brauchst dir keine Sorgen zu machen, Herr Takebayashi ist ein großartiger Mensch.«

Kiyoura sprach in ruhigem Ton.

Doch Kikutani fühlte sich von Gott und der Welt verlassen. Er konnte es nicht fassen, daß er sich nicht nur von dem Heim trennen mußte, sondern nun auch noch von Kiyoura.

Einer der jungen Mitarbeiter half ihm, die mit Kochgeschirr, Kleidung und anderen Habseligkeiten vollgepackten Kartons hinunterzutragen und im Wagen zu verstauen.

»Schau mal wieder vorbei«, verabschiedete sich Kiyoura von Kikutani, der gerade auf den Beifahrersitz kletterte, und sah ihn mit freundlichen Augen an.

Der Mitarbeiter brachte die Sachen noch bis zur Treppe, woraufhin Kikutani einen Karton nach dem anderen in sein Apartment hochschleppte.

Nachdem er die Tür hinter sich zugemacht hatte, setzte er sich wie gewohnt in die Mitte des Zimmers. Nun, da er seine eigenen vier Wände besaß, wollte er sein Leben in Freiheit genießen. Auch seine Sitzhaltung wollte er ändern. Doch die lange Gewohnheit machte es ihm schwer: Sobald er eine andere Position einnahm, taten ihm Oberschenkel und Waden weh, und er streckte die Beine sofort wieder aus.

Es war zum Verzweifeln. Die Angewohnheiten während der Haft hatten sich tief in seinen Körper eingeprägt. Vielleicht war sein Entschluß, auf eigenen Füßen stehen zu wollen, doch zu voreilig gewesen. Kiyoura mit seinen langjährigen Erfahrungen als Bewährungshelfer hatte den Zeitpunkt jedoch für richtig erachtet, also mußte er sich anstrengen, um seine Erwartungen nicht zu enttäuschen.

Im Zimmer war es dunkel geworden. Er stand auf und machte Licht. An den Wänden zeichneten sich helle Flecken ab, die von den Möbeln des Vormieters stammten.

Ein Klopfen an der Tür schreckte ihn auf.

»Das Bettzeug«, rief eine Stimme auf dem Flur.

Als Kikutani sich erhob und die Tür öffnete, stand ein junger Mann vor ihm, mit einem Riesenbündel auf den Schultern.

»Ich bringe die Ware«, sagte er und lud den Packen im Zimmer ab.

Mit flinken Handgriffen knüpfte er das Bündel auf und breitete die Sachen auf dem Boden aus. Dann ließ er Kikutani den Lieferschein unterschreiben und verschwand. Kikutani verstaute das Bettzeug im Einbauschrank.

In der Nachbarwohnung spielte jemand immer wieder die gleiche Platte: ein japanisches Volkslied. Plötzlich verstummte die Musik, woraufhin die Wohnungstür ins Schloß fiel und eilige Schritte auf der Treppe zu hören waren.

Kikutani verspürte mit einemmal Hunger, und er ging raus, um sich Brot zu besorgen.

Die Gasse war totenstill, doch als er um die Ecke in die Hauptstraße bog, befand er sich mitten im Trubel: Vor ihm lagen hellerleuchtete Geschäfte, und auf dem Fahrdamm herrschte reger Verkehr.

Den Schlüssel in der Hosentasche fest umklammert, lief er die Einkaufspassage entlang.

5

An seinem ersten freien Tag im Juli traf er sich mit Kiyoura, um seinem zukünftigen Bewährungshelfer vorgestellt zu werden.

Im Sprechzimmer informierte ihn Kiyoura darüber, daß der fünfundsiebzigjährige Kyûtarô Takebayashi Inhaber einer Reishandlung sei, die er allerdings mitsamt dem Supermarkt, der zu dem Laden gehörte, seinem ältesten Sohn und dessen Frau vermacht habe. Kiyouras Miene nahm daraufhin einen förmlichen Ausdruck an: Die vom Justizministerium ernannten Bewährungshelfer, erklärte er, seien sozial integere Personen von untadeligem Ruf. In ihrer Eigenschaft als befristete Staatsbeamte erhielten sie jedoch kein Gehalt, sondern leisteten rein ehrenamtliche Arbeit. Da es oft auch problematische Fälle bei der Resozialisierung entlassener Häftlinge gebe, sei ihre Tätigkeit sehr zeit- und energieraubend. Kikutani solle angesichts dieser schwierigen Aufgabe möglichst kooperativ sein und seinem Bewährungshelfer keine zusätzliche Mühe aufbürden, sondern sich strikt an die Vorschriften halten. Zweimal im Monat habe er ihm einen Pflichtbesuch abzustatten, um ihm ausführlich über seine Lebenssituation zu berichten. Im Falle eines Umzugs oder einer mehr als siebentägigen Reise müsse er über seinen Betreuer einen Antrag beim Bewährungsamt stellen und erst die Erlaubnis abwarten. Bei einer kürzeren Reise sei er ebenfalls verpflichtet, dem Betreuer die Notwendigkeit seiner Unternehmung darzulegen und erst dessen Genehmigung einzuholen.

Kiyouras Miene entspannte sich nun wieder.

»Der Ausdruck ›Bewährungshelfer‹ klingt ein wenig einschüchternd. Eigentlich ist er einfach nur der alte weise Mann von nebenan. Mit ihm kannst du getrost über alles reden – über die Arbeit, über dein sonstiges Leben, über deinen Gesundheitszustand, sogar über schwerwiegende Probleme, die dir Kopfzerbrechen bereiten. Ein Bewährungshelfer verfügt über Weitblick und einen großen Erfahrungsschatz, kann dir also mit Wort und Tat zur Seite stehen. Hörst du?«

»Ja«, antwortete Kikutani.

»Nun, dann laß uns gehen.«

Kiyoura erhob sich von der Couch. Sie stiegen in den vor dem Haus geparkten Wagen und fuhren los.

Es war ein heißer Tag, die Luft flimmerte. Vor den Konfektionsgeschäften warben riesige Transparente für den Sommerschlußverkauf.

Takebayashis Haus lag ganz in der Nähe. Kiyoura parkte den Wagen in der Garage der Reishandlung, die noch völlig im traditionellen Stil eingerichtet war. Daneben befand sich ein Supermarkt.

Kiyoura betrat den großzügigen Vorraum der Reishandlung und rief nach hinten, woraufhin sich eine Frau – vermutlich die Hausherrin – blicken ließ und gleich wieder über den Korridor verschwand. Ein weißhaariger, älterer Herr kam daraufhin aus dem Garten hinterm Haus und bat sie herein. Kiyoura zog sich die Schuhe aus, und Kikutani folgte seinem Beispiel.

Sie betraten ein geräumiges Wohnzimmer mit einer Holzveranda, die zum Garten hinausführte. Durch die Ritzen der Bambusrollos erblickte Kikutani einen Teich, in dem Karpfen schwammen.

Kiyoura stellte seinen Schutzbefohlenen vor, woraufhin Kikutani sich vor dem Hausherrn verneigte.

»Und ich bin Takebayashi«, erwiderte der alte Herr mit einem freundlichen Lächeln. »Freut mich, Sie kennenzulernen. Wir halten es ganz einfach: Sie besuchen mich zweimal im Monat, und falls Ihnen etwas Schwierigkeiten bereitet, reden Sie ganz offen mit mir darüber. Ich werde tun, was ich kann, um Ihnen weiterzuhelfen.«

Seine Frau brachte gekühlten Gerstentee mit Süßigkeiten und setzte sich anschließend neben ihren Mann.

Kikutani hatte sich zunächst unsicher gefühlt in der fremden Umgebung, doch im Laufe der ungezwungenen Unterhaltung zwischen Kiyoura und dem älteren Ehepaar taute er etwas auf.

»Trinken Sie?« fragte ihn Takebayashi.

Kikutani verneinte.

»Die meisten Häftlinge tun das erst mal nicht, wenn sie wieder draußen sind«, fuhr er fort. »Aber ein kleines Schlückchen hin und wieder kann nicht schaden. Es lockert auf. Ich könnte gar nicht ohne. Als ich noch etwas jünger war, habe ich mich oft in Geisha-Häusern herumgetrieben, aber jetzt bin ich dafür nicht mehr rüstig genug. Statt dessen leistet mir nun meine alte Dame Gesellschaft, wenn ich mir ein Gläschen – oder auch zwei – genehmige.«

Seine Frau lächelte bloß.

»Sie fühlen sich sicher einsam, so allein zu wohnen?« wandte sie sich nun an Kikutani. »Kommen Sie ruhig gelegentlich zum Essen vorbei.«

Takebayashi bekräftigte die Einladung und erkundigte sich dann nach seiner Arbeit, seiner Wohnung und anderen Einzelheiten seines Alltags, worauf Kikutani erwiderte, er sei rundum zufrieden mit seiner Situation.

Takebayashi nickte wohlwollend.

Nach einer Stunde verabschiedeten sie sich und verließen den Laden.

»Ein netter alter Herr«, sagte Kiyoura, als er den Wagen anließ. »Seine Familie hat viel Verständnis für sein Engagement.

Ich glaube, er macht diesen Job schon seit zwanzig Jahren.«

Kikurani war erleichtert und dankbar, daß er nun außer Kiyoura noch jemanden kannte, dem er sich anvertrauen konnte. Gleichzeitig wunderte er sich jedoch darüber, daß es überhaupt Menschen wie die beiden gab, die sich derart ins Zeug legten, um frischentlassenen Strafgefangenen dabei behilflich zu sein, wieder auf die Beine zu kommen und nicht erneut auf die schiefe Bahn zu geraten. Weshalb nahmen sie mit einer derartigen Aufopferungsbereitschaft all diese Mühen auf sich? Noch dazu, wo sie inkognito arbeiteten und keine öffentliche Anerkennung dafür bekamen. Es war also nicht Ruhm, der sie dazu motivierte, sondern reine Wohltätigkeit und die Zuversicht, Exhäftlinge wieder in die Gesellschaft eingliedern zu können. Kikutani war nur allzugern dazu bereit, Takebayashi zweimal im Monat einen Besuch abzustatten.

Die Fliegen im Hühnerstall vermehrten sich weiterhin, so daß das Sprühen von Insektiziden zur notwendigen Routine wurde. Als idealer Nistplatz mußte nun auch der Hühnermist häufiger beseitigt werden. Kikutani verbrachte manchmal den ganzen Tag auf der zweiten Hühnerfarm, um die getrockneten Kotfladen für den Verkauf als Dünger in Säcke zu füllen.

Seitdem er in seinen eigenen vier Wänden wohnte, machte er sich morgens ein einfaches Toast-Frühstück sowie ein Lunchpaket für die Mittagspause. Auswärts essen zu gehen hatte er sich abgewöhnt.

Die meisten anderen Mieter in seinem Haus schienen nachts zu arbeiten, denn er hörte weder am frühen Morgen etwas von ihnen noch abends bei seiner Heimkehr. Nur manchmal, wenn er mitten in der Nacht aufwachte, drangen gedämpfte Geräusche zu ihm: Stimmen, ein laufender Fernseher oder Musik aus dem Radio, jemand, der summend die Treppe hochkam, klappernde Türen.

Eines Nachmittags, als er frei hatte, begegnete er seinem

Nachbarn im Treppenhaus und wechselte mit ihm einen flüchtigen Blick. Es war ein junger Mann mit einer Dauerwelle. Vermutlich arbeitete er in einer Bar. Er verschwand sofort in seiner Wohnung, ohne ein Wort zu verlieren.

Ende des Monats stattete er dann Takebayashi seinen ersten Pflichtbesuch ab.

Er fand ihn am Ufer seines Gartenteiches stehend.

»Ach, schön, dich zu sehen. Gut siehst du aus«, begrüßte ihn Takebayashi vergnügt, als er ihn kommen sah. Dann blickte er wieder auf den Teich. Kikutani stellte sich neben ihn und schaute ebenfalls auf die gelblich trübe Brühe. Unter Wasser sah man schemenhaft Karpfen herumhuschen.

»Die Karpfen sind verlaust. Ich habe gerade ein Mittel reingegeben. Sonst sind die Fische oft daran krepiert, doch heutzutage gibt es ganz taugliches Zeug.«

Kikutani dachte an die Prachtkarpfen im Burggraben nahe der Oberschule, an der er unterrichtet hatte. Die dort ausgesetzten Jungfische waren mit jedem Jahr größer geworden, obwohl sie nie gefüttert wurden, bis sie sich schließlich in dichtgedrängten Schwärmen durch den Tang schlängelten. Angeblich tummelten sich über zweihundert Fische in dem Gewässer, doch eines Tages im Hochsommer trieben einige mit der hellen Bauchseite obenauf; und innerhalb von zehn Tagen war die Hälfte davon tot. Es hieß, eine Fischpest sei daran schuld. Vielleicht waren es ja die gleichen Läuse gewesen, von denen Takebayashi sprach.

Der alte Mann ließ sich auf der Veranda nieder und bedeutete Kikutani, sich neben ihn zu setzen. Während sie ihren Tee schlürften, den ihnen seine Schwiegertochter gebracht hatte, lauschte er Kikutanis Bericht über seine aktuelle Lebenssituation. Er erkundigte sich auch nach Kikutanis Bruder, worauf Kikutani erzählte, daß er Reis, Kaffee und andere Sachen von ihm geschickt bekommen habe.

»Das freut mich«, erwiderte Takebayashi in seiner ruhigen Art.

Schließlich erhob sich Kikutani zum Gehen und versprach, im nächsten Monat wieder vorbeizuschauen.

Anfang August gab es auf der Farm alle Hände voll zu tun. Es war der Zeitpunkt, wo dreißigtausend ausgewachsene Hennen durch Junghühner ersetzt werden sollten.

Zunächst galt es, das junge Geflügel auf dem anderen Hühnerhof entsprechend zu präparieren. Auf der Zweitfarm standen vier fensterlose Betonbunker: Einer diente als Bruthaus, die anderen drei waren Aufzuchtställe. Die frischausgeschlüpften Küken, die man von einem Züchter gekauft hatte, wurden zunächst im Bruthaus untergebracht, sechsundzwanzig pro Zelle. Nach sechzig Tagen kamen die Küken in die Aufzuchtbunker, wo sie weitere zwei Monate gemästet wurden, bis sie das Reifestadium zum Eierlegen erreicht hatten. Erst dann nahmen sie die Stelle der ausgedienten Hennen, deren Legerate gesunken war, ein. Bevor die Junghühner zur Hauptfarm transportiert wurden, mußten allerhand Vorbereitungen getroffen werden. Zur Verstärkung heuerte man mehrere Männer aus den umliegenden Gehöften an, die unter Koinumas Kommando bei der Arbeit halfen.

Die Zuchtanlage auf der Zweitfarm war mit der neuesten amerikanischen Technologie ausgestattet, die für eine gute Belüftung sorgte und die Temperatur konstant hielt. Auch die Futter- und Trinkwasserversorgung lief selbstverständlich maschinell. Die Exkremente wurden auf einem Fließband hinausbefördert, so daß zwei Männer ausreichten, um die gesamte Anlage zu bedienen. Nachts waren die Bunker unbeaufsichtigt, doch falls etwas mit der Belüftung oder Temperaturregelung nicht stimmen sollte, würde Akiyama sofort über eine Bandansage, die den Störfall meldete, benachrichtigt werden. Und im Falle seiner Abwesenheit wurde der Anruf automatisch an zwei Angehörige von ihm weitergeleitet.

Vor dem Transport mußten die Junghühner außerdem gegen Infektionskrankheiten geimpft und mit Augentropfen behandelt werden. Die Männer arbeiteten in Dreiergruppen:

Einer holte das Tier aus dem Käfig, der zweite verabreichte ihm die Injektion und die Augentropfen, woraufhin der dritte es in den Käfig zurückbrachte. Kikutani gehörte einem dieser über den ganzen Stall verteilten Teams an. Nach fünf Tagen waren sämtliche dreißigtausend Hühner präpariert.

Als nächstes galt es, die Schnäbel zu stutzen. Würde man sie scharf lassen, bestünde die Gefahr, daß sich die Hühner in den Käfigen gegenseitig tothackten. Außerdem waren scharfe Schnäbel nicht sehr nützlich beim Aufpicken der Körner, was das Mästen beeinträchtigen würde. Das Stutzen der Schnäbel wurde ebenfalls in Dreiergruppen vorgenommen. Man benutzte dazu rotglühende Zangen, mit denen die Männer geschickt umzugehen verstanden.

Nach acht Tagen war die gesamte Vorarbeit erledigt, und nun waren die Spezialschlachter an der Reihe, die ausgedienten Hühner zu beseitigen. Etwa ein Dutzend Männer erschien frühmorgens mit Lastern, hochbeladen mit Körben, auf der Hauptfarm. Blitzschnell schnappten sie sich die Hennen aus den Käfigen und stopften sie in die Körbe, jeweils zehn in einen. Die Körbe wurden dann auf den Lastern verstaut und abtransportiert. Am Ende des ersten Tages waren bereits zehntausend Hühner verschwunden. Man brachte das Geflügel zu einer Verwertungsfabrik, wo es in einer Zentrifuge gerupft und zerlegt wurde, um dann zu Wurst oder Dosen-Yakitori verarbeitet zu werden.

Als alle dreißigtausend Tiere abtransportiert waren, holten Kikutani und der restliche Arbeitstrupp die Junghühner mit Container-Lkws auf die Hauptfarm und sperrten sie in die Käfige.

Es war harte Knochenarbeit, und Kikutani war abends so erschöpft, daß er in der Bahn einnickte und einige Male seine Station verpaßte. Endlich zu Hause, hatte er keine Lust, sofort zu kochen, sondern streckte sich erst einmal auf den Tatamis aus.

Ende August ließ die Fliegenplage etwas nach und nahm dann im Laufe des September zusehends ab. Es war auch nicht mehr so heiß; der Herbst hielt langsam Einzug. Der Austausch im Hühnerstall ging weiter, und das Gackern und Glucken war lauter denn je.

Die Tage verliefen friedvoll. Wie Kiyoura befürchtet hatte, erwies sich die Wohnungsmiete als ziemliche Belastung, doch eines Tages teilte der Chef Kikutani mit, daß er nun, da er sich mit der Arbeit vertraut gemacht habe, eine Gehaltserhöhung bekäme. Er brauchte seine Ersparnisse also nicht länger anzutasten, was ihm das Gefühl gab, sein Leben in den Griff zu bekommen.

Am Abend des Zahltages ging er in eine Spirituosenhandlung und kaufte sich Dosenbier für zu Hause. Vor seiner Tat hatte er so gut wie nie Kneipen aufgesucht, außer gelegentlich mit Kollegen, um mit ihnen schulische Angelegenheiten zu besprechen. Er war daher nicht besonders trinkfest, fand es aber angenehm, leicht beschwipst zu sein.

Als er sich zu Hause ein Glas einschenkte und daran nippte, zog er eine Grimasse und mußte an seinen ersten Schluck Bier als frischgebackener Student denken. Es schmeckte genauso bitter wie damals. Komisch, dachte er, wie konnte man nur daran Gefällen finden? Doch bevor er das erste Glas geleert hatte, verspürte er ein wohlig warmes Gefühl im Bauch, das ihm in die Brust und weiter in den Kopf stieg.

Er war sofort betrunken: Wände und Boden schienen zu wanken. Er konnte sich nicht mehr aufrecht halten und mußte sich mit den Händen abstützen, als er seinen Blick durchs Zimmer schweifen ließ.

Es war zu lächerlich. Eigentlich hatte er das Gefühl, sich wieder in das soziale Leben eingegliedert zu haben, doch ein kleines Schlückchen Bier warf ihn sofort um. Die sechzehnjährige Kluft erschien ihm auf einmal ungeheuer groß, und ihm wurde klar, wieviel Anstrengung es bedurfte, diese Lücke zu füllen, um ein normales Leben wie alle anderen führen zu können. Wenn er die Dosis langsam steigerte, würde sich sein Körper wahrscheinlich mit der Zeit an den Alkohol gewöhnen.

Ein euphorisches Gefühl erfaßte ihn, und er bekam einen Lachanfall, saß nur noch da und lachte und lachte.

Das Laub der Bäume entlang des Fußweges zur Hühnerfarm färbte sich rot, bis es schließlich nach und nach abfiel. Wenn der Wind durch die trockenen Blätterhaufen fegte, wirbelten sie in die Lüfte wie Vogelschwärme, um dann wieder hinunterzusegeln und Wege und Felder zu bedecken. Draußen wurde es kühler, und man sah jetzt zunehmend Fahrgäste in Mänteln.

Es folgte eine Reihe schöner, klarer Herbsttage. Die Landschaft entlang der Bahnstrecke war bis zum Horizont deutlich sichtbar, und die Kontur der Hügelkette zeichnete sich scharf umrissen vor dem blauen Himmel ab.

Die Fliegen waren restlos verschwunden. Wenn Kikutani die Tür zum Hühnerstall öffnete, schlug ihm eine mollige Wärme entgegen, da die Heizung hochgedreht worden war. Die Luft blies aus dicken Schläuchen heraus und wurde mit langsam rotierenden Ventilatoren verteilt.

Eines Tages im Spätherbst fand er ein Schreiben vom Hausmeister in seinem Briefkasten. Er wurde nochmals ausdrücklich darauf hingewiesen, daß es wegen der Brandgefahr nicht gestattet sei, Gas- oder Ölofen zu benutzen, sondern nur elektrische Heizungen.

»Heizung«, murmelte Kikutani und starrte auf den Brief.

Er besann sich auf den ersten Winter im Gefängnis, als er am eigenen Leib erfuhr, daß dort nicht geheizt wurde. Nach der Arbeit kehrten die Häftlinge in ihre Zellen zurück, wo sie im Anschluß an das Abendessen kontrolliert wurden. Auf den Appell folgte ein fünfzehnminütiges Stillsitzen zur inneren Einkehr. Er erinnerte sich noch, wie er damals mit den Zähnen geklappert und am ganzen Körper gezittert hatte. Sobald die

Meditation vorüber war, kroch er eilig unter die Decke, obwohl es erst sechs Uhr war. Es war die einzige Möglichkeit, sich vor der Kälte zu schützen.

Ein Mitinsasse, der ebenfalls in der Druckerei beschäftigt war, erzählte ihm, daß man in kälteren Regionen wie Hokkaido bereits im September oder Oktober einfache Koksöfen in den Gängen der Gefängnisse aufstellte, so daß die Häftlinge es in ihren Zellen verhältnismäßig warm hatten.

Kikutani grauste vor dem Winter, doch mit den Jahren hatte er sich an die bittere Kälte gewöhnt. Nach dem Appell setzte er sogar seine Korrekturen fort, rieb sich die Hände und blies hinein, damit sie nicht erstarrten.

Mit diesen Widrigkeiten vertraut, würde ihm sein Apartment gewiß nicht so kalt erscheinen wie die Zelle aus Beton. Er brauchte sich also gar keine Heizung anzuschaffen. Falls er frieren sollte, würde er einfach früher zu Bett gehen. Doch dann besann er sich. Das Leben im Gefängnis war ein Ausnahmezustand und unterschied sich radikal vom normalen Dasein. Seit Beginn der Menschheit machte man Feuer, um sich in der Kälte zu wärmen. Die Techniken mochten sich zwar gewandelt haben, doch es blieb ein menschlicher Instinkt, im Winter zu heizen. Auch wenn er sich im Gefängnis abgehärtet hatte oder sich im Bett vor der Kälte schützen konnte, entsprach das nicht den normalen Gepflogenheiten. Jetzt, da er ein freier Mann war, sollte er sich eine Heizung anschaffen und wie alle anderen Menschen auch in einer warmen Wohnung leben.

An seinem nächsten freien Tag zog er sich nachmittags seinen Anzug an und verließ das Apartment. E r hatte vorgehabt, den Ofen in der Elektrohandlung im Einkaufsviertel zu besorgen, doch dann erinnerte er sich daran, wie er mit Ki youra unterwegs gewesen war, um Einrichtungsgegenstände für seine neue Wohnung zu besorgen, und fühlte sich auf einmal unsicher. Ki youra hatte so weltmännisch im Umgang mit dem Verkäufer gewirkt, der sofort herbeigelaufen kam, als sie den

Laden betraten. Gelassen hatte der Betreuer ihm erklärt, was sie wollten, und dabei seelenruhig die Sachen ausgewählt. Kikutani bezweifelte, daß er ebenfalls so reagieren würde.

Im Kaufhaus dagegen schien das Personal zurückhaltender, so daß man sich ungestört umschauen und einkaufen konnte.

Er nahm die Bahn nach Shinjuku und ging durch die Unterführung ins Tiefgeschoß des Kaufhauses. Die Lebensmittelverkäufer schrien wieder wild durcheinander, während er sich einen Weg durch das Gewühl zu den Rolltreppen bahnte. Die Elektroartikel befanden sich im 6. Stock. Es waren nur wenige Kunden in der Abteilung. Auf einigen Bildschirmen der Fernsehgeräte, die in Wandregalen aufgereiht standen, flimmerten bunte Bilder.

Er lief auf das Hinweisschild ›Heizgeräte‹ zu und fand dann neben den Kerosinöfen eine Ecke mit Radiatoren. Anders als die früheren Modelle mit Spulen waren die neuen fast alle lang und schmal und mit Röhren ausgestattet, die an Neonlampen erinnerten. Die meisten kosteten knapp 20000 Yen.

Es gab aber auch kleinere Exemplare für unter 6000 Yen, versehen mit einem Aufkleber, auf dem ›Mit Gebläse‹ stand. Vermutlich funktionierte das so ähnlich wie die Belüftung im Hühnerstall.

Er stand ein Weilchen vor den kleinen Heizlüftern, bis er schließlich, auf ein weißes Gerät zeigend, den nächsten Verkäufer ansprach: »Diesen bitte ...«

Der Verkäufer holte das gleiche Modell aus dem Lager, packte es ein und überreichte es Kikutani. Als er mit dem Paket in der Hand die Rolltreppe hinunterfuhr, triumphierte er innerlich, den Einkauf ohne Kiyouras Hilfe geschafft zu haben. Man zahlte einfach und bekam die Ware – also nichts, vor dem man Angst haben mußte.

Als er in die Lebensmittelabteilung ins Untergeschoß kam, bemerkte er, daß ihm das Geschrei der Verkäufer überhaupt nichts mehr ausmachte. Er wühlte sich durch die Menge zum Ausgang in Richtung Bahnhof, doch dann fiel ihm plötzlich ein, daß es nur eine Station bis nach Hause war. Er konnte also genausogut laufen.

Daraufhin ging er die Treppe hoch ins Erdgeschoß, von wo aus er auf die Straße gelangte. Hier in Shinjuku schlenderten viele junge Leute den Boulevard entlang. Kikutani überquerte einen Zebrastreifen, um die ungefähre Richtung in sein Viertel einzuschlagen. Hinter einem Spirituosenladen bog er rechts in eine Gasse, in der es eine Menge Bars und Restaurants gab, die jedoch fast alle noch geschlossen waren. Lediglich ein paar billige Lokale und Cafés hatten geöffnet. Die Straße wirkte wie ausgestorben.

Er ging schneller. Überall standen prall gefüllte, schwarze Plastiksäcke, die ein Mann von der Müllabfuhr in einen blauen Container stopfte, den er vor sich herschob. Kikutani überquerte die Straße und bog hinter einem Café in eine weitere Gasse ein. Hier gab es eine Reihe von heruntergekommenen Stundenhotels. Bis auf eine Frau, die den Eingang einer dieser Absteigen schrubbte, war keine Menschenseele zu sehen.

Zu den Fassaden hochschauend, lief er weiter. Plötzlich erblickte er vor sich ein Pärchen, das unbemerkt hinter der Mauer eines Hotels auf die Straße getreten war. Beide trugen Mäntel und kamen ihm entgegen. Kikutani wollte weggucken, doch statt dessen blieb er stehen und starrte der Frau nach, die mit gesenktem Blick ein paar Schritte hinter dem Mann herlief. An der nächsten Ecke bogen sie rechts ab und waren außer Sichtweite. Kikutani stand wie versteinert und blickte immer noch in die Richtung, in der das Pärchen verschwunden war. Sein Herz pochte wild, und er spürte, daß ihm das Blut aus dem Gesicht gewichen war.

Einen Augenblick lang hatte er gemeint, seine Frau vor sich zu sehen, so sehr glich ihr die Fremde. Auch von hinten war die Ähnlichkeit verblüffend. Der Mann, der in den Vierzigern sein mochte, hatte ziemlich ungerührt ausgesehen, als er an ihm vorbeigelaufen war, doch der Frau war die glühende Erregung von ihrem Stelldichein noch deutlich anzumerken.

Hinter ihm ertönte ein schwaches Hupen. Als er sich umdrehte, sah er ein Taxi näher kommen und sprang beiseite. Er ließ den Wagen vorbeifahren und ging weiter. An der Ecke spähte er in die Seitenstraße, doch das Pärchen war nicht mehr zu sehen.

Seine Frau … welch törichte Einbildung, dachte er mit einem gequälten Lächeln. Wenn sie noch am Leben wäre, würde sie jetzt sechsundvierzig sein, und ihr schwarzes Haar wäre bereits von grauen Strähnen durchzogen.

Sein lächerlicher Irrtum bestand darin, daß er diese attraktive, schätzungsweise Dreißigjährige mit seiner Frau vor sechzehn Jahren verwechselt hatte.

Doch obwohl es nur eine Sinnestäuschung gewesen war, blieb die Aufregung bestehen. Die Fremde von eben war bestimmt auch verheiratet. Wenn sie mitten am Tag mit einem Mann in einem Stundenhotel abstieg, dann sicher deshalb, um den Seitensprung vor ihrem Ehemann zu verbergen. Seine Frau war Mochizuki damals vermutlich mit der gleichen Miene gefolgt, als sie nach ihrem Schäferstündchen aus dem Hotel geeilt waren. Sie war meistens zu Hause gewesen, wenn er von der Schule heimkehrte. Erst später erfuhr er, daß sie ihre Affäre mit Mochizuki auf die Zeit tagsüber beschränkt hatte. Offensichtlich war dieses Milieu mit den Stundenhotels daran schuld, daß er die Fremde mit seiner Frau assoziiert hatte.

Geistesabwesend lief er weiter. Er überquerte eine große Straße auf einem Zebrastreifen und bog in eine Seitenstraße ein, die durch eine Wohnanlage führte. Dann kam er an vereinzelten Hotels vorbei und erreichte schließlich die Einkaufspassage am Bahnhof. In seinem Apartment angelangt, setzte er sich auf die Tatamis und ließ niedergeschlagen den Kopf hängen.

Ein schreckliches Erlebnis. Die grausamen Erinnerungen hatten ihn eingeholt. Wäre er doch nur mit der Bahn gefahren, anstatt zu Fuß zu gehen. Die Alpträume hatten während des

Prozesses begonnen und sich in der Haft fortgesetzt. Aber auch tagsüber waren ihm quälende Gedanken durch den Kopf gekreist. Nicht, daß er sein Verbrechen jemals bereut hätte, es war immer nur blanke Wut auf seine Frau und seinen Nebenbuhler gewesen. Mit der Zeit hatten jedoch sowohl die Affekte als auch die nächtlichen Alpträume in ihrer Intensität nachgelassen. Das war seine Rettung gewesen. Doch nun war sein Innerstes aufs neue aufgewühlt, allein durch den Anblick einer fremden Frau. Es war kaum auszuhalten.

Er sprang auf und lief, sich die Haare raufend, nervös im Zimmer hin und her. Mochizukis Gesicht tauchte vor ihm auf, das er aus lauter Haß am liebsten zerkratzt hätte. Er stöhnte auf. Könnte er diese entsetzlichen Gedanken und Bilder doch nur aus seinem Kopf verbannen!

Das restliche Laub war von den Bäumen gefallen, und Reif lag auf den Feldern.

Zum Winter hin sank die Produktivität der Hennen zwar beachtlich, aber dennoch verließen dauernd vollbeladene Container-Lkws den Hof, um die Eierfuhren auszuliefern.

Der junge Kollege namens Shirakawa hatte gekündigt, und ein Ehepaar wurde an seiner Stelle eingestellt. Der Mann arbeitete im Hühnerstall, die Frau in der Verpackungsabteilung. Sie blieben nicht einmal eine Woche. Es hieß zwar, sie seien verheiratet, doch auf der Farm munkelte man, daß die beiden durchgebrannt seien, zumal er zehn Jahre jünger war als sie.

Kikutani und Koinuma mußten nun die Arbeit im Hühnerstall ganz allein bewältigen. Montags, wenn Koinuma frei hatte, ging es besonders hektisch zu, und obwohl Kikutani mit der Arbeit vertraut war, fühlte er sich abends ziemlich kaputt.

Auf der Rückfahrt tauchte das Gesicht der Fremden aus dem Hotelviertel wieder auf, woraufhin ihn zu Hause die Erinnerungen an seine Frau peinigten.

Das Ereignis lag in ferner Vergangenheit, und er hatte fünfzehn Jahre Haft verbüßt, um es zu vergessen. Trotzdem hatte ihn die Verwechslung jener Fremden mit seiner Frau völlig aus der Bahn geworfen. Er versuchte, die unliebsamen Erinnerungen mit Alkohol zu verscheuchen. So leicht wurde er nun nicht mehr betrunken. Außerdem hatte er inzwischen Gefallen an Sake gefunden, den er in Dosen kaufte und dann im Topf erhitzte.

Der Rausch half ihm zwar beim Einschlafen, doch seine Frau suchte ihn in den Träumen heim. Es war stets die gleiche Szene: Wie sie vor ihm saß und er sie anschrie und des Ehebruchs bezichtigte, worauf sie stumm und reglos in die Luft starrte, so als hätte sie ihn gar nicht gehört. Nur ihre Augen funkelten dreist, und die Lippen waren zu einem Schmollmund verzogen.

In seiner maßlosen Wut griff er zum Messer und wollte zustoßen – mitten ins Gesicht ... In dem Augenblick erwachte er stets. Sein Herz raste, und der Schweiß brach ihm aus allen Poren. Er lag dann lange wach und fühlte sich am nächsten Morgen ganz zerschlagen. Während der Zugfahrt nickte er häufig ein. Als er Takebayashi an dem vereinbarten Besuchstag gegenübersaß, schaute ihn der alte Mann prüfend an.

»Was ist denn los?« wollte er sofort wissen.

Seine Stimme klang ruhig, doch seine Augen blitzten.

Kikutani hatte das Gefühl, daß Takebayashi instinktiv seine Seelenqualen erriet. Irgendwie schien er zu ahnen, daß Kikutani durch den Anblick einer Frau, die seiner ähnlich sah, völlig aus der Bahn geworfen wurde.

»Ach, nichts«, erwiderte er lediglich.

»Aha.« Takebayashi drang nicht weiter in ihn.

Kikutani erwähnte daraufhin nur, daß er und Koinuma sich jetzt zu zweit um den Hühnerstall kümmern mußten und daß er zu trinken angefangen habe. Takebayashi nickte zu allem, doch bis zum Schluß spürte Kikutani seinen forschenden Blick.

Der erste Schnee fiel. In der Stadt schmolz er zwar gleich, aber draußen auf den Feldern und in dem Forst neben der Farm blieb er festgefroren liegen.

Am 30. Dezember hatten sämtliche Mitarbeiter bereits am Nachmittag Feierabend und trafen sich mit Akiyama zu einem Umtrunk in ihrer Kantine. Sie hatten bis zum 3. Januar Urlaub, während der Chef und seine Familie sich indessen um das Federvieh kümmerten.

Kikutani torkelte im Dunkeln zur Bushaltestelle.

Am Neujahrsmorgen bereitete er sich die traditionelle Suppe aus Reisklößchen, die er in einem Laden um die Ecke besorgt hatte, und am folgenden Tag ging er zum Bewährungsheim. Kiyoura bat ihn hereinzukommen, doch Kikutani blieb höflich im Eingang stehen und setzte anschließend seinen Rundgang bei Takebayashi fort. Auch dort überbrachte er nur seine Neujahrsgrüße, ohne die Schuhe auszuziehen. Er wollte die anderen nicht bei den Feierlichkeiten stören.

Das Einkaufsviertel war menschenleer, kein einziges Auto fuhr auf der Straße. Die Stadt wirkte wie ausgestorben. Tokio wurde immer mehr von hinzugezogenen Provinzlern bevölkert, die an den Feiertagen mit dem Auto in ihre Heimatorte fuhren. Das Apartmenthaus war ebenfalls gespenstisch leer.

Kikutani verbrachte den Tag mit Nichtstun und betrank sich abends mit Sake.

Er dachte an das Neujahrsfest in der Heimat.

Die Bewohner seines Städtchens würden festlich gekleidet den Makata-Schrein in der Nähe der Burgruine aufsuchen, in der dem früheren Landesfürsten gehuldigt wurde. Der Weg zur Haupthalle, vor der Opfertänze aufgeführt wurden, war mit Souvenirständen gesäumt. Die Zeremonie lockte auch zahlreiche Gäste aus den Nachbarregionen an, und die Glocke im Schrein läutete ununterbrochen.

Nach den Feierlichkeiten besuchten die Leute ihre Angehörigen oder Freunde, um mit ihnen auf das neue Jahr anzustoßen. Bis in die frühen Morgenstunden brannte überall noch

Licht. Die Haustüren waren mit Kiefer- und Bambuszweigen geschmückt, und hoch in den Lüften tanzten Papierdrachen.

Auf dem Land hatte das Neujahrsfest, weil die Menschen hier zusammenrückten, etwas Wärmendes, während Tokio mit seinen verwaisten Betonsilos und leergefegten Straßen einer Geisterstadt glich.

Wie gerne hätte er an den Feierlichkeiten in seiner Heimatstadt teilgenommen, doch ihm war bewußt, daß er nie wieder an diesen Ort zurückkehren würde. Sein Bruder kümmerte sich nun um die Grabstätte ihrer Vorfahren im Familientempel, er selbst hingegen hatte sein Anrecht, dort begraben zu werden, verwirkt.

Irgendwann, so stellte er sich vor, würde er an einer Krankheit oder durch einen Unfall sterben. Sein Bewährungshelfer würde dann seinen Bruder benachrichtigen, der daraufhin heimlich, ohne das Wissen der Verwandtschaft, angereist käme, um ihn zu bestatten. Keine Totenwache, keine Trauerfeier, nur ein schlichter Gang zum Krematorium, wo seine Leiche verbrannt und die Asche in einer Urne aufbewahrt werden würde. Was würde sein Bruder damit wohl machen?

Bei exekutierten Häftlingen kamen nur selten Angehörige, um den Leichnam beizusetzen. Manche Todesstrafe-Kandidaten vermachten testamentarisch ihre sterblichen Überreste der Wissenschaft. Nach der Vollstreckung wurde der Leichnam einer medizinischen Fakultät übergeben, wo man ihm die Organe für Transplantationen und andere Zwecke entnahm. Danach landete der ausgeweidete Körper auf dem Seziertisch von Anatomie-Studenten, und ein Jahr später wurden die letzten Überreste eingeäschert und in irgendeiner Gruft begraben. Kikutani stellte sich seinen ratlosen Bruder vor, dem der Bewährungshelfer vermutlich riet, seine Asche anonym zu beerdigen.

Kikutani war erschüttert darüber, daß der Anblick jener fremden Frau ausreichte, ihn derart aus der Bahn zu werfen. Wer weiß, wie lange er noch leben würde, aber eines war sicher: Ihn würden garantiert immer wieder geringfügige Anlässe aus dem Gleichgewicht bringen und ihm schlaflose Nächte bereiten. Er hatte alles darangesetzt, die Vergangenheit zu vergessen, doch letztlich war das nur eine Flucht. Die Tat, für die er zu lebenslänglicher Haft verurteilt worden war, existierte weiter in ihm und war unauslöschlich.

Wenn er sein Leben weiterhin damit verbrachte, die Erinnerungen zu verdrängen, dann würde er an jenem Tag, da es mit ihm zu Ende ging, und selbst noch über den Tod hinaus keinen Frieden finden. Statt dessen wäre es besser, sich mit der Tatsache zu konfrontieren und erneut darüber nachzudenken, was für einen Sinn sein Verbrechen gehabt hatte.

Um das herauszufinden, mußte er seinen ganzen Mut zusammennehmen und noch einmal seine Heimatstadt aufsuchen. Dort würde er dem Mann wiederbegegnen, der er vor achtzehn Jahren gewesen war, und ebenso seiner Frau.

Die Arbeit ging am vierten Januar wieder los, und Kikutani wurde von dem lauten Gegacker im Hühnerstall empfangen. Es nieselte leicht, als die erste, mit einem kleinen Banner geschmückte Neujahrsfuhre den Hof verließ.

An seinem nächsten freien Tag besuchte er Takebayashi.

Als er ins Wohnzimmer gebeten wurde, brachte er sogleich sein Anliegen vor.

»Ich möchte in meine Heimatstadt fahren.«

Der Ort lag etwa zwei Stunden Zugfahrt entfernt, so daß er am gleichen Tag wieder zurück sein konnte. Dennoch galt ein Kurztrip ebenfalls als Reise, die vorschriftsgemäß dem Betreuer zu melden war.

»Du stammst aus Sakura, oder? Weshalb willst du dahin?« fragte Takebayashi, seine Teeschale in der Hand haltend.

Kikutani schwieg einen Moment.

»Ich möchte vor dem Grab der Mutter des Mannes beten, mit dem meine Frau ein Verhältnis hatte«, erklärte er stockend.

Der Tod der Mutter, die in den Flammen umgekommen war,

war ihm direkt nach seiner Tat als konsequent erschienen, sozusagen als Vergeltung für Mochizukis Verrat. Gewissermaßen verspürte er sogar einen leisen Triumph. Doch dann während des Verhörs, als ihm bewußt wurde, was er Schreckliches angerichtet hatte, war er in Tränen ausgebrochen. Die alte, gehbehinderte Dame hatte im oberen Stock des Hauses gelebt, und ihre einzige Gesellschaft war ein kleiner Vogel gewesen. Als man dann ihren verkohlten Leichnam fand, lag neben ihr der von der Hitze verbogene Käfig.

Mochizukis Familiengrabstätte lag auf demselben Friedhof wie seine, vermutlich war die alte Frau dort begraben.

Die Anklage hatte im Prozeß zwar mildernde Umstände bei der Ermordung seiner Frau und dem versuchten Mord an Mochizuki ein geräumt, doch den Tod einer unschuldigen Person auf dem Gewissen zu haben hielt sie für unverzeihlich, was ihm dann auch die lebenslängliche Haft eingebracht hatte. Kikutani hatte sich sofort damit abgefunden und sich, ohne Berufung einzulegen, direkt ins Gefängnis begeben.

»Zu ihrem Grab willst du also ...«, sagte Takebayashi nickend und blickte Kikutani forschend an.

»Ich verstehe schon deine Gefühle, aber ich weiß nicht so recht ...«, fuhr er fort und neigte nachdenklich den Kopf.

Kikutani hatte eigentlich nur Zustimmung erwartet; Takebayashis Reaktion überraschte ihn. Im Gefängnis wurden sie schließlich dazu angehalten, ihre Verbrechen zu bereuen, und vor der Entlassung sollten sie ihre Lektion so weit gelernt haben. Es war sozusagen die Pflicht eines Bewährungshelfers, sie in dieser Haltung zu bestärken, damit sie nicht rückfällig wurden. Demnach müßte Takebayashi es eigentlich gutheißen, daß er das Grab der alten Dame aufsuchen wollte. Statt dessen schien er jedoch eher dagegen zu sein.

Takebayashi hob den Blick.

»Ich denke, du solltest noch ein bißchen damit warten«, sagte er. »Ich kann dir auch nicht sagen, warum, es ist nur so ein Gefühl. Gegen deinen Wunsch, das Grab aufzusuchen, ist natürlich nichts einzuwenden. Aber du bist noch nicht mal ein Jahr draußen. Das ist allerdings meine ganz persönliche Meinung. Du solltest auf jeden Fall auch mit Herrn Kiyoura darüber sprechen. Er kennt einen Haufen Männer in deiner Situation, so daß er in der Lage ist, die richtige Entscheidung zu treffen. Wenn er meint, das sei in Ordnung, dann bitte ...«

Wie üblich sprach er in seiner besonnenen Art.

Kikutani zeigte sich einverstanden und erhob sich, um sich zu verabschieden. Er lief durch die schmale Gasse zum Übergangsheim. Durch die Glasscheibe der Anmeldung sah er Kiyoura am Schreibtisch sitzen. Als er ins Sprechzimmer trat, kam sein ehemaliger Betreuer sofort herüber.

Nachdem Kikutani ihn mit einer Verbeugung begrüßt hatte, nahm er auf dem Sofa Platz. Kiyoura war erkältet und sah blaß aus. Kikutani schilderte seine momentane Situation und trug dann sein Anliegen vor, genauso, wie er es bei Takebayashi getan hatte. Er fügte hinzu, daß Takebayashi ihm geraten habe, auch seine Meinung einzuholen.

»Ich kann verstehen, daß du das tun willst. Aber laß dir doch noch ein wenig Zeit, und denk in Ruhe darüber nach«, erwiderte Kiyoura leichthin.

Kikutani starrte ihn fassungslos an. Er hätte erwartet, daß ein großmütiger Mensch wie Kiyoura ihm nicht nur die Erlaubnis erteilen, sondern ihn sogar in dem Vorhaben bestärken würde, in seine Heimatstadt zu fahren.

»Es geht ja nicht allein darum, daß du das Grab besuchst. Höchstwahrscheinlich wird man dich dort wiedererkennen, und ich frage mich, ob du das verkraften kannst. Keine Ahnung, ob die Angehörigen der Opfer noch in der Stadt leben, aber du mußt damit rechnen, daß du ihnen begegnest. Und dann? Es mag grausam klingen, aber wie sehr du auch vor ihnen auf den Knien rutschst und dich entschuldigen magst, du wirst sie an etwas erinnern, was sie vergessen wollten, und das wird ihnen ganz bestimmt nicht passen. Es ist eine heikle

Angelegenheit, und deshalb meinte ich, du solltest in Ruhe darüber nachdenken.«

Kiyouras Worte klangen überzeugend.

Kikutani hielt den Blick gesenkt und wagte nicht zu widersprechen. Ihm wurde klar, weshalb Kiyoura nicht einwilligte. Es waren sicherlich die gleichen Überlegungen, die auch Takebayashi dazu bewogen hatten, ihn davon abzuhalten. Das machte ihm bewußt, daß trotz seiner Freilassung das Verbrechen noch schwer auf ihm lastete.

»Ich hatte schon während der Haft den Wunsch verspürt, das Grab aufzusuchen, falls ich jemals wieder nach draußen kommen würde«, versuchte er sich zu rechtfertigen, ohne den Blick zu heben.

»Das ist natürlich eine vorbildliche Einstellung, die wir uns nur allzusehr wünschen von den Häftlingen. Die Tat bereuen – darum geht es. Aber in diesem Fall muß man auch die Hinterbliebenen berücksichtigen. Ich will damit nicht sagen, daß du dich so verhalten sollst, als sei nichts gewesen. Denk in Ruhe darüber nach, und warte einen geeigneten Zeitpunkt ab.«

Kiyouras Augen funkelten, während er sprach. Kikutani hörte aus seinen Worten die tiefe Überzeugung heraus, die auf Kiyouras langjähriger Erfahrung im Umgang mit Exhäftlingen beruhte. Sie ließen ihm keinen Spielraum.

Er stand auf und verneigte sich zum Abschied, bevor er das Sprechzimmer verließ. Als er auf die Einkaufsstraße kam, trugen ihn seine Schritte automatisch zum Bahnhof, wo er die Unterführung passierte.

Er hatte bisher angenommen, inmitten einer Gesellschaft zu leben, die sich ins Uferlose ausfranste, doch tatsächlich war das Gegenteil der Fall. Von den Menschen, mit denen er regelmäßig Kontakt hatte, wußten lediglich Kiyoura, Takebayashi und das Ehepaar Akiyama von seiner Vergangenheit, während er sie vor allen anderen zu verbergen suchte. Deshalb war er stets auf der Hut mit dem, was er sagte und tat, und paßte höllisch auf, wie die Leute auf ihn reagierten. Seine Zeit stand ihm nicht vollständig zur freien Verfügung. Zweimal im Monat mußte er seinem Bewährungshelfer einen Pflichtbesuch abstatten und ihm ausführlich seine Lebenssituation schildern. Takebayashi machte sich währenddessen nie Notizen – vermutlich, um ihn nicht aus dem Konzept zu bringen. Doch Kikutani wußte, daß er nachträglich einen vollständigen Bericht verfaßte, den er dem Bewährungsamt schickte.

In dem Augenblick, als Kikutani das Gefängnis verlassen hatte, hätte er am liebsten einen lauten Freudenschrei ausgestoßen, doch nun erwies sich die vermeintlich wiedergewonnene Freiheit als trügerisch. Auch jetzt war er in gewissem Sinne von dicken Mauern umgeben, die ihm den Weg versperrten und seine Handlungsfreiheit einschränkten. Er hatte das Gefühl, an Ketten gelegt zu sein, wohingegen ihm die Haft vergleichsweise freier erschien.

Mit leerem Blick streunte er durch die verlassenen Straßen.

Abends beim Sake-Trinken meckerte er vor sich hin: »Ich bin doch kein Kind mehr. Ich brauche nicht alles zu befolgen, was die mir vorschreiben.«

Die Fahrt in seine Heimatstadt wäre lediglich ein Tagesausflug und fiele somit nicht unter die Bestimmungen des Bewährungsamtes. Falls er also ohne Antrag fahren würde, verstieße er damit nicht einmal gegen die Regeln. Wenn sie ihn bereits dafür belangten, was hätte seine Freilassung dann überhaupt für einen Sinn? Seine Stimmung verdüsterte sich, während er weitertrank. Solange er sich in den Grenzen der Vorschriften bewegte, konnte er tun und lassen, was er wollte. Inzwischen bekam er keine staatliche Unterstützung mehr, sondern bestritt seinen Lebensunterhalt ganz allein. Insofern hatten sie kein Recht, sich in sein Leben einzumischen.

»Ich fahr einfach«, murmelte er. Wollte er jemals auf eigenen Füßen stehen, dann durfte er vor der Vergangenheit nicht fliehen, sondern mußte sich ihr stellen. Je eher, desto besser, sagte er sich und beschloß, an seinem nächsten freien Tag zu fahren.

Während er sich Sake nachschenkte, dachte er darüber nach, wie er unbemerkt nach Sakura gelangen konnte. Aufgrund seiner angesehenen Stellung als Gymnasiallehrer kannte ihn dort fast jeder, so daß er sich tagsüber keinesfalls blicken lassen durfte. Selbst abends könnte ihn jemand sehen, wenn er aus dem Bahnhof kam. Um dieses Risiko zu vermeiden, plante er, eine Station vorher auszusteigen und den restlichen Weg im Dunkeln zu Fuß zu gehen.

Am nächsten Tag studierte er den Fahrplan der Sôbu-Linie und stellte fest, daß die Bahn nicht mehr wie früher ab Ryôgoku, sondern inzwischen ab Tokio losfuhr. Er plante, einen Zug am Vorabend seines freien Tages zu nehmen, und notierte sich die Abfahrtzeiten.

Es folgte eine Reihe klarer Wintertage. Wenn er aus dem Abteilfenster schaute, waren in der Ferne die funkelnden Schneekuppen der Berge zu erkennen. Auf dem Weg zur Hühnerfarm erblickte er eine Schar Kohlmeisen, die in den Zweigen herumflatterte, während die Pflaumenbäume bereits Knospen trieben.

6

Als Kikutani an diesem Tag gegen sieben von der Arbeit heimkehrte, packte er die Lunchbox aus und steckte sich die Räucherstäbchen, die er am Vortag gekauft hatte, in die Tasche. Gleich darauf machte er sich auf den Weg zum Bahnhof.

Erst im Zug fiel ihm ein, daß er Streichhölzer vergessen hatte, und er beschloß, welche am Tokio-Hauptbahnhof zu besorgen, wo er umsteigen mußte.

Als er dann am Kiosk eine Schachtel Streichhölzer verlangte, fiel sein Blick auf die Zigarettenpackungen in der Auslage, und er kaufte außerdem Koinumas Stammarke. Er hatte sich das Trinken angewöhnt, warum nicht auch das Rauchen?

Nachdem er im Untergrundlabyrinth zur Sôbu-Linie ein wenig herumgeirrt war, fand er schließlich die Rolltreppe, die zum richtigen Bahnsteig führte. Die meisten Fahrgäste schienen Pendler auf dem Heimweg zu sein, und er fragte sich, ob einige von ihnen aus Sakura stammten. Im Abteil stellte er sich an die Tür gegenüber des Ausstiegs und schaute aus dem Fenster. Das Signal ertönte, und der Zug rollte aus dem Bahnhof. Sobald er aus dem Untergrund auftauchte, erhöhte er seine Geschwindigkeit und überquerte den Arakawa-Fluß. Auf einer parallelen Brücke huschten Autoscheinwerfer links und rechts vorbei.

Erstaunt nahm er die Flucht von Betonbauten wahr, die sich zu beiden Seiten der Gleise erstreckten und sich in den Bahnhofsvierteln häuften: hochstöckige Wohnblocks, Kaufhäuser, Hotels, Banken, illuminiert von helleuchtenden Neonlichtern.

Er überflog die Stationsnamen, an denen der Eilzug vorbeirauschte. All die verschlafenen Nester hatten inzwischen ein neues Antlitz erhalten und sich in Häusermeere verwandelt. Die Veränderung war so kraß, daß er sich kurzzeitig fragte, ob er mit der falschen Linie fuhr.

Betonfassaden säumten die gesamte Strecke. Er stellte mit Erschrecken fest, daß die einstigen Felder, Wiesen und Wälder in weniger als zwanzig Jahren diesen Steinwüsten gewichen waren; flache Häuser gab es nur noch ganz vereinzelt. Ihn überkam die dunkle Ahnung, daß sich sein Heimatstädtchen ebenfalls radikal verändert haben könnte.

In Chiba hatte er planmäßig Anschluß und stellte sich wieder mit dem Gesicht zum Fenster an die Waggontür.

Sein Herz fing an zu klopfen, als der Zug sich Sakura näherte.

Während der Haft hatte er von seiner Heimatstadt geträumt: von dem Fluß, der durch den Ort floß, dem Burggraben, der steinernen Treppe zum Schrein. Doch mit der Zeit waren diese Bilder verblaßt. Der Ort mochte sein Gesicht verändert haben, aber diese alten Wahrzeichen waren bestimmt geblieben. Er starrte hinaus in die Dunkelheit.

Bald kam die Hügelkette in Sicht, deren Silhouette sich gegen den gestirnten Himmel abzeichnete. Sie fuhren durch ein Waldgebiet. Es sah alles so aus, wie er es in Erinnerung behalten hatte. Das beruhigte ihn ein wenig.

An den nächsten Bahnhöfen, an denen der Zug hielt, gab es allerdings wieder Wohnsilos, und auf den breiten Straßen brauste dichter Verkehr. Als der Zug die letzte Station vor Sakura erreichte, stieg Kikutani nach den anderen Fahrgästen aus, die auf den Ausgang zueilten.

Den Mantelkragen hochgeschlagen, verlangsamte er seine Schritte, als er ihnen in gewissem Abstand durch die Sperre folgte. Die Bahnhofsuhr zeigte kurz nach halb zehn.

Draußen schlug er den Weg entlang der Bahnstrecke ein. Die Gewißheit, daß er nach Sakura führte, ließ ihn den Boden unter seinen Füßen noch deutlicher spüren. Die Rücklichter des Zuges entfernten sich gen Norden.

Seine Angst, Sakura würde nicht mehr wiederzuerkennen sein, ließ nach, als er zu beiden Seiten die Felder und sanften Hügel dahinter erblickte. Vereinzelte Lichtschimmer deuteten auf Bauernhäuser hin. Der Anblick im Dunkeln erschien ihm durchaus vertraut, ebenso wie die nächtliche Luft, die nach Heimat roch.

Er ging schneller. Der Weg verlief parallel zu den Gleisen durch die Felder. Ein kleines Auto fuhr an ihm vorbei, gefolgt von einem Moped.

Schließlich gelangte er zum Bach und ging an dessen Ufer entlang, bis er zu einer gepflasterten Straße kam, wo ein kurzer Steg über das Wasser führte. Er setzte seinen Weg am anderen Ufer fort und ging dann weiter geradeaus. Bald ging es bergauf durch ein Wäldchen, wo ihn die Dunkelheit verschluckte.

Durch die Zweige schimmerte zwar das Sternenlicht hindurch, doch am Boden war es stockfinster. Der Geruch von feuchter Rinde drang durch die Dunkelheit zu ihm, als er den schwach erkennbaren, verschlungenen Pfad erklomm. Am Jizô-Schrein blieb er kurz stehen, um zu verschnaufen, und machte sich dann an den Abstieg in Richtung Sakura.

Als er aus dem Wald trat, hielt er inne. Vor ihm lag ausgebreitet das Lichtermeer der Stadt. Vorne rechts erblickte er ein schmuckes, weißes Gebäude – offenbar die neue Bahnstation, die man anstelle der alten Holzbaracke erbaut hatte.

Davor erstreckte sich ein großer erleuchteter Platz.

Der Anblick seines Heimatortes schnürte ihm das Herz zusammen, und er blieb einen Moment ergriffen stehen, bevor er seinen Weg fortsetzte.

Die Straße führte zu einem Fluß: dem Takasaki, in dem er oftmals kleine Fische geangelt hatte. Wie in alten Zeiten ging er auch jetzt am Ufer entlang und schaute aufs dunkle Wasser. Nachdem er die Brücke überquert hatte, kam er auf eine Straße, die früher mit Kies bedeckt, inzwischen aber verbreitert und gepflastert war.

Er schaute nach rechts und links, erblickte jedoch weder Autoscheinwerfer noch Passanten und lief über den Fahrdamm. Dann stieg er einen Weg bergauf.

Das alte Samurai-Viertel war vollständig erhalten geblieben. Als er im Dunkeln weiterlief, sah er im Sternenlicht zwei Frauengestalten – vermutlich Mutter und Tochter – auf sich zukommen. Er trat zur Seite und schaute weg, als sie an ihm vorübergingen.

Aus den umliegenden Häusern drang zwar Licht, doch es war kein einziger Laut zu hören. Am Ende der Straße blieb er stehen. Wenn er nach links abbiegen würde, käme er an dem Polizeirevier vorbei, in dem er damals verhaftet worden war. Die Erinnerung daran hielt ihn davon ab, diesen Weg einzuschlagen. Er kehrte um und bog in eine hohle Gasse, die zwischen den Gartenmauern der Villen verlief.

Es war ein schmaler Pfad, der über eine Steintreppe hinunter in einen Bambushain führte. Plötzlich erblickte er vor sich einen gebückten Greis, der auf einen Stock gestützt die Stufen erklomm. Kikutani schaute zu Boden, als er die Treppe hinunterstieg, doch der Alte blickte ihn an und wünschte ihm »Guten Abend«. Kikutani erwiderte seinen Gruß mit heiserer Stimme. Angstschweiß brach ihm aus den Poren.

Er lief durch das Labyrinth der Gassen, deren Häuserzeilen unverändert aussahen. Auch die alten vereinzelten Pflaumenbäume standen noch da.

Weitereilend kam er auf eine menschenleere Straße mit Geschäften, deren Rolläden alle heruntergezogen waren. Ein Stückchen weiter bog er in eine Gasse, die erst bergauf und dann gleich wieder nach rechts führte.

Als das Tempeltor vor ihm auftauchte, blieb er stehen. Weit und breit war niemand zu sehen, und nachdem er sich noch einmal vorsichtig umgeschaut hatte, schlich er sich in den Tempelbezirk.

Die ausladenden kahlen Zweige der Ginkgobäume warfen schwarze Schatten auf den Boden. Auf der rechten Seite erblickte er das altvertraute Bambusdickicht. Die Haupthalle schien gerade restauriert zu werden, denn sie war von einem Baugerüst umgeben, und außerdem lag ein Stapel heller Holzplanken davor. Aus der Priesterklause rechts drang ein schwacher Lichtschimmer.

Er nahm an, daß der damals schon hochbetagte Oberpriester inzwischen gestorben war und nun sein Sohn das Amt übernommen hatte. Kikutani stahl sich leise unter den Kronen der Ginkgobäume hindurch und umrundete die Haupthalle auf den Trittsteinen, die ihn zum Friedhof führten. Als sich seine Augen an die Dunkelheit gewohnt hatten, erkannte er die Umrisse der verwitterten Pagode hinter den Grabsteinreihen. Die Ruhestätte seiner Familie lag auf der rechten Seite zwischen den Bäumen, während sich die der Mochizukis weiter hinten befand. Nachdem er sich zwischen den Gräbern hindurchgeschlängelt hatte, blieb er vor einer steinernen Einfassung stehen. Dunkle Wipfel ragten über die Familiengruft, die die Inschrift ›Grabmal der Familie Mochizuki‹ trug.

Als er die Schriftzeichen las, kehrte seine Erinnerung an die verhängnisvolle Nacht vor achtzehn Jahren zurück und mit ihr die lodernden Flammen vor dem dunklen Himmel.

In jener Nacht hatte er den Kanister vom Gepäckträger seines Fahrrads genommen und das Heizöl über den Stapel Pappkartons an der Hauswand geschüttet. Den Rest hatte er im Schuppen daneben versprengt. Im Haus brannte zwar kein Licht, aber er war überzeugt, daß sich der verwundete Mochizuki drinnen im Dunkeln mit angehaltenem Atem versteckt hielt.

Im Schuppen hatte er einen Plastikkanister mit Benzin entdeckt, das er nun gegen die Hauswand spritzte. Anschließend holte er sein Feuerzeug hervor und zündete die Pappkartons an. Einen von ihnen hatte er in den Schuppen geworfen, bevor er sich schleunigst entfernte.

Das Feuer loderte jäh empor und griff sofort um sich, bis die gesamte Holzfassade und der Schuppen in Flammen standen.

Geblendet von der Helligkeit, starrte er gebannt auf das Inferno.

Die Hausbalken krachten zusammen, und Funken sprühten aus der Feuersbrunst. Plötzlich ertönte ein gellender Schrei, worauf Mochizukis Frau mit ihrem Kind auf dem Arm durch die Flammen nach draußen floh. Eine Traube von Menschen hatte sich gebildet, die alle wild durcheinander schrien, während er wie versteinert dastand, vertieft in den Anblick des zerberstenden Hauses und der unzähligen Funken, die wie Aufschreie in den nächtlichen Himmel stoben. Mit einemmal wurde er von mehreren Männern gepackt, die ihn unter wütenden Beschimpfungen wegzerrten. An das, was danach geschah, konnte er sich kaum noch erinnern.

Doch jetzt, da er vor dem Grab stand, verspürte er überraschenderweise nicht die geringste Regung. Hier vor seinen Augen lagen die sterblichen Überreste von Mochizukis Mutter begraben, die damals in den Flammen umgekommen war. Das einzige jedoch, was ihm in den Sinn kam, war der imposante Funkenregen, aber kein Gefühl des Bedauerns. Vielmehr empfand er sogar Genugtuung darüber, daß er Mochizukis Haus niedergebrannt hatte.

Waren seine Tränen damals vor dem Staatsanwalt nur gespielt, um einen guten Eindruck zu machen? Und der Besuch der Grabstätte geschah vermutlich auch nicht, um Buße zu tun, sondern war lediglich ein Vorwand, seine Heimat wiederzusehen.

Er stand vor dem Grab und versuchte, sein Innerstes zu ergründen.

Ein Geräusch schreckte ihn auf, und er schaute in die Richtung, aus der es kam. Etwas weiter weg kauerte ein weißer Hund auf der Straße und schaute zu ihm herüber. War es ein streunender Köter oder ein Hund, der im Tempel gehalten wurde? Er knurrte nicht einmal, sondern starrte ihn einfach nur an.

Es war das erste Mal seit seiner Freilassung, daß er einem Hund gegenüberstand. Er fürchtete sich zwar nicht vor ihm, fühlte sich jedoch trotzdem etwas unbehaglich und zog sich vom Grab zurück.

Den Trittsteinen folgend, ging er wieder nach vorn. Vorsichtig spähte er zur Priesterklause, als er unter den Gingkobäumen zum Tempeltor schritt. Der letzte Zug war bereits abgefahren, und er beschloß, in dem nächstgelegenen Schrein die Nacht zu verbringen.

Schnellen Schrittes folgte er einem kleinen Weg und erklomm anschließend einen schmalen Pfad, der ihn durch einen verwitterten Toori-Bogen führte.

Rechts befand sich ein einstöckiges Häuschen, doch es war nur ein Gemeindehaus. Niemand wohnte dort. Hinter einer Steinlaterne am Wegesrand kam ein miniaturhafter Schrein in Sicht; er setzte sich auf die zweistufige Treppe davor.

Die Nachtluft verströmte den typischen Geruch der Heimat: eine Mischung aus Erde, Rinde, Gras und Flußwasser. Ein vertrauter Geruch, der jedoch zugleich schwer auf seiner Seele lastete.

Reglos blieb er sitzen, den Blick auf den schwach erkennbaren Toori-Bogen gerichtet.

Gewissermaßen begann alles mit einem Brief.

Kikutani kam gerade aus seiner letzten Unterrichtsstunde ins Lehrerzimmer zurück, als er auf seinem Schreibtisch einen Umschlag liegen sah. Auf der Rückseite stand lediglich: Von einem Elternteil einer Schülerin.

Der anonyme Absender war bestimmt jemand, der sich über seinen Unterricht beschwerte, oder eine seiner Schülerinnen, die eine Klassenkameradin verpetzte. Mit einem mulmigen Gefühl setzte er sich auf den Stuhl und schlitzte das Kuvert mit einer Schere auf. Der Handschrift nach zu urteilen, stammte der Brief von einer Frau. Er begann mit den folgenden Worten:

»Ich möchte Sie über eine wichtige Angelegenheit in Kenntnis setzen.«

Die hochtrabende Formulierung deprimierte ihn noch mehr. Als er weiterlas, stellte sich heraus, daß es nichts mit der Schule zu tun hatte, sondern sein Privatleben betraf. Die Absenderin teilte ihm mit, daß sie mehrmals beobachtet habe, wie seine Frau in Begleitung eines Mannes namens Mochizuki ein Motel außerhalb von Chiba aufgesucht habe. Es folgte eine Aufstellung von Daten und Uhrzeiten. Außerdem habe sie sich vergewissert, daß Mochizuki immer dann, wenn Kikutani an seinen freien Tagen auf Angeltour sei, seinen Wagen in dem Wäldchen nahe Kikutanis Haus parken und sich bis zum Morgengrauen unter seinem Dach aufhalten würde.

»Sie sind ein angesehener Lehrer, der nicht nur den Respekt seiner Schüler, sondern auch den der Eltern verdient, und deshalb darf man nicht zulassen, daß Ihre Gattin Sie durch ihren unsittlichen Lebenswandel in der Öffentlichkeit blamiert. Da Sie von all dem keine Ahnung haben, wollte ich Sie darüber informieren.«

Mit diesen Worten endete der Brief.

Zuerst dachte er, daß die Mutter einer Schülerin, die ihn nicht leiden konnte, ihm das aus reiner Böswilligkeit geschrieben hatte, um seinen häuslichen Frieden zu stören. Doch es handelte sich nicht bloß um eine einmalige Beobachtung, sondern die Verfasserin hatte in der Manier eines Privatdetektivs jedes Datum mit Uhrzeit penibel aufgelistet und hatte Mochizuki sogar nachts nachspioniert und ihm bis zum Morgen aufgelauert. Für die Mutter einer Schülerin wäre solch ein Aufwand eigentlich ziemlich übertrieben. Er hielt das Ganze für einen üblen Scherz.

Einige Mütter benahmen sich in der Tat ein wenig sonderbar, und es hatte schon des öfteren Schwierigkeiten mit ihnen gegeben. Dieses Schreiben konnte also durchaus von einem dieser überdrehten Geschöpfe stammen, überlegte er und rief sich dabei jedes einzelne Gesicht der betreffenden Frauen vor Augen.

Kikutani steckte den Brief in den Umschlag zurück und verstaute ihn in der Tasche seines Jacketts. Er dachte an seine Frau Emiko. Sie hatten sich während seines Studiums kennengelernt, als er in den Sommersemesterferien in einem riesigen Bekleidungsdiscount gejobbt hatte.

Er war im Lager beschäftigt, wo er vor Geschäftsöffnung am frühen Morgen die gelieferte Ware auspackte. Er prüfte ihre Qualität und Stückzahl, versah sie mit Preisschildern und transportierte sie anschließend mit einem Handwagen in die einzelnen Abteilungen.

Emiko war aus einem Provinzstädtchen in Fukushima nach Tokio gekommen, um auf einem Abendcollege Hauswirtschaftslehre zu lernen. Tagsüber arbeitete sie in der Damenunterwäsche-Abteilung desselben Discounts. Zierlich und blaß, vermittelte sie den Eindruck einer noch unerfahrenen, jungen Frau. Sie verstand es jedoch gut, mit Kunden umzugehen, und war beliebt bei ihren Kollegen. Ihm war sie gleich aufgefallen.

Das Geschäft hatte das ganze Jahr über geöffnet, sieben Tage in der Woche, so daß die Angestellten im Turnus einen Tag frei bekamen. An einem dieser Urlaubstage ging Kikutani in das Schwimmbad eines Vergnügungsparks, wo er Emiko mit einer Freundin entdeckte. Daraus entnahm er, daß sie am gleichen Tag frei hatte wie er. Im Badeanzug wirkte sie fröhlich und unbefangen, ganz anders als im Arbeitskittel. Zusammen mit ihrer Freundin schlürfte sie dann am Beckenrand eisgekühlten Kaffee.

Fortan traf sich Kikutani mit Emiko jede Woche an ihrem freien Tag. Beide lebten getrennt von ihren Familien und hatten einen Job neben ihrer Ausbildung; sie verstanden sich gut. Emikos Traum war es, nach dem Collegeabschluß in ihre Heimat zurückzukehren und dort als Kindergärtnerin zu arbeiten.

Er beendete sein Studium ein Jahr früher als sie und bekam eine Anstellung als Japanischlehrer in einem Mädchengymnasium in Sakura, seiner Heimatstadt. Trotzdem fuhr er weiterhin jeden Sonntag nach Tokio, um Emiko nach Dienstschluß zu treffen, und nahm dann den letzten Zug nach Hause. Abends saßen sie eng umschlungen auf einer Parkbank und küßten sich, ohne jedoch eine sexuelle Beziehung daraus werden zu lassen.

Kurz vor Emikos Abschlußprüfung besuchte Kikutani dann ihren Onkel, unter dessen Obhut sie in Tokio stand, und hielt um ihre Hand an. Der Onkel hatte Kikutani ins Herz geschlossen und fuhr gleich darauf nach Fukushima, um Emikos Eltern den Heiratsantrag zu unterbreiten. Sie waren zunächst dagegen, da sie gehofft hatten, sie würde in der Heimat jemanden heiraten, doch als sie erfuhren, daß Kikutani Lehrer war und seine Familie, obgleich nicht wohlhabend, immerhin Land besaß, hielten sie ihn schließlich doch für eine gute Partie und willigten ein.

Die Hochzeit fand im Herbst statt. Das frischvermählte Paar zog in ein neues Haus, das Kikutani am Stadtrand von Sakura hatte bauen lassen. Er war mit seiner Ehe zufrieden, und auch die Arbeit in der Schule machte ihm Spaß. Eigentlich führten sie ein glückliches Leben.

Nur eine Sache überschattete ihr Dasein: Bei Emiko zeigten sich keinerlei Anzeichen einer Schwangerschaft. Sie suchte daraufhin einen Gynäkologen in Chiba auf und erfuhr, daß sie unfruchtbar sei. Ihr Wunsch, Erzieherin zu werden, war eigentlich nur ein Ausdruck ihrer Liebe zu Kindern gewesen, und die Nachricht, daß sie keine eigenen bekommen könne, traf sie tief. Auch er war enttäuscht, ließ sich jedoch nichts anmerken. Statt dessen versuchte er, sie aufzumuntern, und versicherte ihr, daß sie auch zu zweit glücklich werden würden. Fortan vermied er es, in ihrer Gegenwart das Thema anzuschneiden.

Emiko legte sich einen kleinen Blumen- und Gemüsegarten an, und es schien ihm, als hätte sie ihren Kummer überwunden. Eines Tages lud eine befreundete Nachbarin sie ein, mit nach Chiba zu kommen, wo in einem Kaufhaus traditionelle Batiktechniken vorgestellt wurden. Emiko war begeistert davon und meldete sich gleich zu einem Kurs bei dem Veranstalter an.

Dreimal im Monat ging sie zum Unterricht, um die Techniken zu erlernen. Daheim fertigte sie Schablonen an und färbte Stoffe. Zuerst waren es nur kleine Versuche, Tischläufer und Wandbilder, doch mit der Zeit verfeinerte sie ihr Können so weit, daß sie nun auch Kimonostoffe und Obis entwarf.

Sie besaß offensichtlich eine Begabung für dieses Kunsthandwerk, denn ihre Entwürfe, die sie auf die jährliche Ausstellung schickte, verkauften sich ausnehmend gut. Das wiederum fachte ihren Ehrgeiz an, sich noch mehr darin zu vertiefen.

Bald darauf bestellten sogar Leute aus den umliegenden Ortschaften bei ihr Batikstoffe für den Kinderjahrestag und andere Festivitäten. Ihre Entwürfe galten als geschmackvoll in Farbe und Design und waren überdies nicht so kostspielig. Damit ging ihre Beschäftigung über ein bloßes Hobby hinaus und entwickelte sich zu einer zusätzlichen Einnahmequelle.

Kikutani schätzte die Arbeit seiner Frau und half ihr manchmal beim Aufspannen der Stoff, die im ganzen Zimmer verteilt waren.

Ihr häusliches Dasein verlief harmonisch, und auch das Sexualleben war befriedigend. Deshalb konnte er es überhaupt nicht fassen, daß Emiko, die sich voll und ganz ihrer Arbeit widmete, eine heimliche Affäre mit einem seiner Angelfreunde haben sollte.

Als er sein Unterrichtsprotokoll fertig geschrieben hatte, verließ er das Lehrerzimmer und ging hinüber auf den Sportplatz, um sich die Softball-Wettkämpfe anzuschauen.

Es war die Vorentscheidung für die regionalen Meisterschaften, und zwei seiner Schülerinnen gehörten zur Mannschaft.

Das Spiel hatte soeben erst begonnen. Er setzte sich zu seinen Kollegen auf die Bank, um die Mädchen anzufeuern und Beifall zu klatschen, doch der Brief ließ ihm keine Ruhe. Da er sich nicht länger auf das Spiel konzentrieren konnte, stand er auf und ging zurück zum Lehrerzimmer.

Kurz darauf verließ er das Schulgelände und lief die alte Allee entlang.

Die Kirschbäume hier waren bereits verblüht. Hin und wieder überholte ihn eine Schülerin auf dem Fahrrad und grüßte ihn.

Die Allee gabelte sich am Ende. Normalerweise nahm Kikutani die linke Straße, die an der Burgruine vorbei nach Hause führte, doch heute zögerte er und bog nach rechts ab.

Er stieg den gewundenen, stufigen Weg durch das Waldstück hinab zum Altweiberteich und setzte sich davor ins Gras.

Eine Legende erzählte, daß einst eine Amme mit der kleinen Prinzessin des Burgherrn im Arm an diesen Weiher kam und das Kind beim Pflücken einer Seerose ins Wasser fallen ließ. Das Mädchen ertrank, worauf sich die Amme aus Schuldgefühl ebenfalls ins Wasser stürzte.

Kikutani holte den Umschlag aus der Jackentasche und faltete den Brief auseinander. Er ging noch einmal die Daten der letzten zwei Monate durch, an denen Emiko sich angeblich mit Mochizuki in dem Motel getroffen haben sollte. Die Tage stimmten exakt mit ihren Kursterminen überein, die Uhrzeit war jedesmal unmittelbar danach.

Um solch eine Geschichte zu erfinden, hätte sich die Absenderin sehr viel Umstände machen müssen. Sie wußte demnach, daß Emiko zu den Kursen ging, und stellte Mochizuki als einen glaubhaften Geliebten dar. Mochizuki war etwa fünf Jahre älter als Kikutani und Inhaber eines Bauunternehmens in Sakura.

Sie hatten sich im Angelverein kennengelernt und angefreundet. Der nördlich gelegene Kashima-Fluß eignete sich hervorragend zum Fangen von Karauschen, während sein Nebenarm, der Takasaki, reich an Bitterlingen war. Es kamen sogar Angler aus Tokio angereist, wenn der Verein seine saisonalen Meisterschaften veranstaltete und zu bestimmten Zeiten zum Hochseeangeln einlud. Man übernachtete dann meistens in einer Hafenpension.

Mochizuki war ein begeisterter Hochseeangler, der eine teure Ausrüstung besaß und keine Gelegenheit zum Fischen ausließ. Seit letztem Sommer nahm er allerdings nur noch an Tagesausflügen teil, blieb jedoch fern, wenn es sich um ausgedehnte Angeltouren handelte. Als Grund gab er an, daß es in der Firma zuviel zu tun gebe und er ein schlechtes Beispiel abgäbe, wenn er zwei Tage blaumachen würde. Mochizuki wußte natürlich genau, wann Kikutani unterwegs war.

Kikutani betrachtete die treibenden Seerosenblätter auf dem Teich. Wenn er aus der Schule kam, war seine Frau stets daheim und bereitete das Abendessen zu, selbst an den Tagen, an denen sie Kurse hatte. Und bei seiner Rückkehr von den Angeltouren war ihm nie etwas Ungewöhnliches aufgefallen. Ihr Verhalten war ganz normal: Sie schaute ihm dabei zu, wie er die Fische zerlegte, und half ihm dabei, den Fang in der Nachbarschaft zu verteilen. Nachts, wenn er mit ihr schlief, benahm sie sich ebenfalls wie immer. Unmöglich, dachte er, doch die Zweifel blieben. Der Inhalt des Briefes bedrückte ihn sehr, und er fragte sich immer wieder, wer ihm so etwas schreiben konnte.

Emiko war die erste und bisher einzige Frau in seinem Leben, und in ihrer Hochzeitsnacht hatte er sich etwas unbeholfen angestellt. Auch später erlag er nie der Versuchung, es mit einer anderen zu probieren, und konnte deshalb nicht mithalten, wenn seine Kollegen sich über nächtliche Eskapaden in Bars und Puffs ausließen. Er konnte sich überhaupt nicht vorstellen, mit einer fremden Frau Sex zu haben, und vermutete das gleiche bei Emiko. Nie wäre ihm in den Sinn gekommen, sie könne unzufrieden sein.

Aber wenn es stimmte, was im Brief stand, dann berührte ein anderer ihren Körper und verstand es wahrscheinlich besser als er, sie zu befriedigen. Womöglich empfand sie bei ihm viel mehr Lust und hielt trotz der riskanten Situation die Affäre aufrecht.

Kikutani waren schon häufiger Gerüchte über Mochizukis ausschweifendes Liebesleben zu Ohren gekommen. Aus Angst, in Verruf zu geraten, pflegte er sich außerhalb von Sakura zu vergnügen. Die Frauen hielt er sich vom Hals, indem er sie mit Geld abspeiste. Kinder ließ er sich schon gar nicht anhängen.

Er war ein Mann, der sich nie die Finger schmutzig machte, und das nicht nur in bezug auf Frauen. Mochizuki verstand es vortrefflich, jegliche Verantwortung von sich abzuwälzen, und vermied es aufzufallen. Jedesmal, wenn die Vereinsmitglieder beim Bürgermeister vorsprachen, um eine Genehmigung der Stadt für die Angelmeisterschaften einzuholen, blieb er mit einer Ausrede fern. Vermutlich drückte er sich davor, um es sich nicht mit dem Bürgermeister, dem er städtische Bauprojekte verdankte, zu verscherzen. Sein wiederholtes selbstsüchtiges Gebaren brachte ihm nicht gerade Sympathie bei den Vereinsmitgliedern ein. Angeblich herrschten bei ihm auch ziemlich harte Sitten beim Eintreiben von Geldern, den manch einen abschreckten, mit ihm Geschäfte zu machen. Seine Unerbittlichkeit war ihm förmlich ins Gesicht geschrieben. Sie verriet sich in seinem eiskalten Blick.

Das glitzernde Sonnenlicht auf dem Teich war verschwunden. Die Luft kühlte sich ab. Kikutani erhob sich und erklomm mit schleppenden Schritten den Pfad. Abends breitete er sein Angelzeug im Zimmer aus und prüfte die Schnüre, Haken, Köder und Senkbleie, die er dann ordentlich zusammengelegt zu den Ruten und der Angelkluft packte.

Am nächsten Tag wollte er im Anschluß an seinen Unterricht mit dem Verein nach Iioka fahren, um in dem nahegelegenen Inubôzaku an der Küste zu angeln. Nachts würde man in einer Hafenpension absteigen und dann in der Frühe mit dem Boot hinausfahren, um Heilbutt zu fangen. Der Ausflug war eigentlich bereits für letzten Samstag geplant gewesen, doch wegen des unbeständigen Wetters hatte man ihn um eine Woche verschoben.

Er spürte, wie seine Gesichtszüge versteinerten, versuchte jedoch, sich nichts anmerken zu lassen. Während er seine Vorbereitungen traf, beobachtete er heimlich Emikos Miene. Sie war mit dem Abräumen des Abendessens fertig und schaute sich ein Melodram im Fernsehen an. Alles schien wie immer.

Als sie ins Badezimmer verschwand, nahm er den Brief aus der Jackentasche und verstaute ihn in seiner Angelkutte.

Nach einem weiteren Drink ging er ebenfalls zu Bett, konnte jedoch nicht einschlafen. Hellwach lag er da und lauschte Emikos regelmäßigen Atemzügen.

Kurz vor Tagesanbruch, als er endlich ein wenig eingeschlummert war, weckte ihn Emiko. Er beeilte sich mit dem Frühstück und verließ, das Angelzeug über die Schulter gehängt, in Regelstiefeln, Öljacke und Mütze das Haus. Um damit nach dem Unterricht sofort losfahren zu können, lieferte er seine Ausrüstung normalerweise bei einem Vereinskollegen ab, dessen Haus als Treffpunkt galt. Auch an diesem Tag ging Kikutani erst bei dem Inhaber eines Elektroladens vorbei und anschließend zur Schule.

Geistesabwesend hielt er den Unterricht ab und starrte die meiste Zeit aus dem Fenster. Der Himmel war strahlend blau, die Sonne blendete. Als ein paar Schülerinnen etwas zu ihm sagten, kam er wieder zu sich.

»Fühlen Sie sich nicht wohl? Sie sehen ganz blaß aus«, sprach ihn hinterher eine kurz vor der Pensionierung stehende Kollegin im Lehrerzimmer an. Sie war ihr leben lang eine alte Jungfer geblieben und machte sich mit ihren verschrobenen Ansichten auf den Lehrerkonferenzen oft lächerlich. Doch da sie gut mit den Schülerinnen umzugehen verstand, war sie bei ihnen und deren Eltern beliebt.

»Ich bekomme wahrscheinlich eine Erkältung …«, nuschelte Kikutani.

»Schonen Sie sich. Am besten, Sie trinken ein verquirltes Ei in heißem Sake und packen sich gleich ins Bett.«

Murmelnd bedankte er sich für den wohlgemeinten Ratschlag.

Sofort nach dem Unterricht verließ er das Schulgelände.

Er schlug den Weg zur Burgruine ein, lief am ausgetrockneten Graben entlang, bis er die Kiesauffahrt zur Elektrohandlung erreichte. Davor parkte eine Reihe von Autos, um die sich die Vereinskollegen, schwatzend und rauchend, versammelt hatten. Alle trugen bereits Angelkutten und Südwester.

Kikutani ging um das Haus herum zur Veranda, um sich ebenfalls umzuziehen. Dann verstaute er seine Angelruten und die Box im Kofferraum eines der Autos und wartete mit den anderen auf die Abfahrt. Als sämtliche Ausflügler eingetroffen waren, verteilten sich die Männer auf die Wagen. Zwei Ehefrauen nahmen ebenfalls teil, während Mochizuki wie erwartet fernblieb.

Die Autokolonne fuhr aus der Stadt in Richtung Osten.

Kikutani schloß die Augen. Würde sich Mochizuki heute nacht tatsächlich in sein Haus stehlen? Es stand ganz vereinzelt am Waldrand, der nächste Nachbar wohnte etwa hundert Meter entfernt.

Emiko hatte sich doch nie für andere Männer interessiert, weder vor ihrer Heirat noch später. Zumindest war das sein Eindruck gewesen. Und jetzt lag sie womöglich in Mochizukis Armen? Unvorstellbar! Doch andererseits … Jetzt, da er darüber nachdachte, fiel ihm ein, daß sie seit etwa einem Jahr hin und wieder Kurztrips mit ehemaligen College-Freundinnen unternahm oder mit Kursteilnehmern zu regionalen Ausstellungen fuhr. Er hatte sich immer gut gelaunt von ihr verabschiedet, aber letzten Endes wußte er nicht, ob sie tatsächlich mit diesen Leuten weggefahren war. Er konnte sich auch nicht daran erinnern, jemals ein Foto von ihren Ausflügen gesehen zu haben.

Nachdem sie Sanrizuka passiert hatten, fuhren sie durch Yôkaichiba und dann eine breite Straße entlang. Die anderen Männer unterhielten sich eifrig über das Angeln, während Kikutani mit geschlossenen Augen vor sich hin brütete.

Schließlich erreichten sie die Küstenstraße und hielten vor der Hafenpension mit Bootsverleih, in der sie schon mehrmals abgestiegen waren. Gemäß der Wettervorhersage war das Meer ruhig.

Über dem glitzernden Wasser neigte sich die Sonne bereits dem Horizont entgegen, als die Männer zum Strand aufbrachen, um ihre Angeln auszuwerten. Kikutani hingegen blieb mit der Ausrede in der Unterkunft zurück, er fühle sich matt und fiebrig und wolle sich vorsichtshalber für die morgige Angeltour schonen.

Er wartete noch ein paar Minuten ab, bevor er hinunter zum Wirt ging, um sich ein Fieberthermometer auszuleihen. Als er es aus der Achselhöhle zog, zeigte es wie erwartet keine erhöhte Temperatur. Er schüttelte es jedoch trotzdem demonstrativ, um die Quecksilbersäule zu senken.

»Tatsächlich Fieber ...«, brummte er laut hörbar für den Wirt und begab sich dann wieder auf sein Zimmer. In der Dämmerung kehrten die Männer zurück. Die meisten hatten ein paar Fische gefangen, einige sogar Schollen. Nachdem sie ein erfrischendes Bad genommen hatten, veranstalten sie ein gemeinsames Nachtmahl. Es herrschte eine ausgelassene Stimmung.

Kikutani rührte sein Essen kaum an und lehnte auch den angebotenen Sake ab. Hin und wieder befühlte er seine Stirn.

Irgendwann reagierte sein Tischnachbar, ein älterer Senatsbeamter, darauf und erkundigte sich besorgt nach seinem Befinden. Kikutani gab vor, Fieber zu haben, und erhob sich anschließend von seinem Platz. Er trat vor den Vereinsvorstand und erklärte ihm, er müsse die Bootstour leider absagen, da er über 38° C Temperatur und Schüttelfrost habe und lieber heimkehren würde.

Alle schauten ihn mit besorgter Miene an, worauf sogar der Vorschlag kam, ihn zum Arzt zu fahren. Er versicherte ihnen aber, daß es lediglich eine Erkältung sei und er einfach nur nach Hause wolle.

Eigentlich hatte er geplant, den Bus nach Asahi zu nehmen, wo er den Zug nach Sakura nehmen konnte, doch der Wirt bot sich an, ihn mit dem Auto dorthin zu bringen. Nachdem sich Kikutani von der Runde verabschiedet hatte, verstaute er sein Angelzeug im Wagen und stieg ein.

Die nächtlichen Straßen waren leer, so daß sie zügig den Bahnhof erreichten. Die Abfertigung der Passagiere für den Zug nach Sakura war bereits im Gange. Kikutani besorgte sich schnell eine Fahrkarte und letzte durch die Sperre. Aus östlicher Richtung näherten sich die Scheinwerfer, und der Zug rollte ein. Es waren kaum Leute im Abteil. Kikutani nahm sich einen Fensterplatz. Der Zug setzte sich in Bewegung. Die Lichter der Stadt wurden spärlicher, bis er nur noch durch die Dunkelheit fuhr, in der gelegentlich Häuser in der Ferne schimmerten.

Während Kikutani zu den einzelnen Lichtpunkten starrte, schoß ihm plötzlich ein zinnoberroter Strahl vor die Augen. Heißes Blut wallte in ihm auf; und er fühlte, wie sich die Muskeln spannten.

Das Bild seiner Frau tauchte vor ihm auf: stöhnend, zurückgelehnt mit herausgestreckten Brüsten, die zitternden Lider geschlossen. Er hatte nie eine andere Frau berührt. Und sie sollte jetzt in Mochizukis Armen liegen?

Das Schneckentempo des Zuges, der planmäßig an jeder Station hielt, machte ihn rasend. Als sie nach einer Stunde endlich in Sakura ankamen, stiegen nur wenige Fahrgäste mit ihm aus. Kikutani eilte durch die Fahrkartensperre zum

Ausgang. In der Pension am Bahnhof brannte noch Licht, doch der Nudelimbiß und der Kiosk hatten bereits geschlossen.

Er überquerte die kleine Brücke und rannte fast die Uferpromenade entlang. Hin und her gerissen zwischen Gewißheit und Zweifel, letzte er keuchend weiter. Am Burggraben vorbei gelangte er zum Ufer des Kashima-Flusses und überquerte eine weitere Brücke.

Als er den Pfad erreichte, blieb er stehen. Hinter den Bäumen am Wegesrand, dem Blick noch verborgen, lag das Haus.

Plötzlich kam er sich lächerlich vor, daß er sich krank gestellt hatte, um dort wegzukommen. Was tat er hier eigentlich? Wahrscheinlich war seine Frau gerade damit beschäftigt, Schablonen anzufertigen, oder schaute fern. Eventuell schlief sie sogar schon.

Sie würde sich bestimmt über seine vorzeitige Rückkehr wundern, doch dann konnte er sagen, daß er sich nicht wohl fühle. Besser, sie erfuhr nichts von seinem törichten Benehmen. Wie dumm von ihm, einem anonymen Brief Glauben zu schenken und sich an sein eigenes Haus heranzuschleichen.

Doch als er durch die Bäume spähte, verengten sich seine Augen erneut.

Das Schreiben klang unleugbar plausibel, und er mußte sich mit eigenen Augen davon überzeugen, ob es stimmte oder nicht.

Er lief weiter. Über den Bäumen hing die scharfe Sichel des Mondes. Fröstelnd bemerkte er die kühle Nachtluft. Er kam an dem Häuschen am Wegesrand vorbei, das einem jungen Mann aus der Bauerngewerkschaft gehörte. Drinnen hörte er einen Säugling schreien.

Als Kikutani den Waldrand erreichte, verlangsamte er seine Schritte. Der Geruch feuchter Rinde strömte ihm entgegen. Plötzlich erklang lautes Vogelkrächzen und Flügelschlagen. Kikutani tastete sich vorsichtig weiter. Das Laubdickicht tauchte den Weg in Dunkelheit. Er folgte dem gewundenen

Pfad und hielt abermals inne, als sein Haus mit dem Bambuszaun in Sicht kam.

Ein schwaches Licht drang durch die zugezogenen Vorhänge.

Der Weg gabelte sich ein Stück weiter vorn und führte in der einen Richtung weiter in den Wald hinein. Kikutani lief bis zu der Stelle und schaute nach rechts. Ihm stockte der Atem. Ein paar Meter weiter am Waldweg parkte ein kleines Auto mit der Front zu ihm. An der Form und Farbe der Karosserie erkannte er Mochizukis Wagen. Kikutani erstarrte. Es stimmte also, was im Brief stand.

Das Zinnoberrot vor seinen Augen wurde greller, überflutete die gesamte Umgebung: das Auto, den Weg, die tiefe Finsternis im Wald.

Den Blick auf das Haus fixiert, lief er weiter. Er war sich nur noch seiner Schritte bewußt, spürte, wie die Fußsohlen den Boden berührten. In seinem Innern tobte ein Sturm. Kleine Bläschen explodierten in seinem Kopf wie zischender Sprudel.

Er stahl sich durch das Bambuszauntor und spähte durch den Spalt der Vorhänge ins Wohnzimmer, wo er den Teetisch sehen konnte und einen Ausschnitt des halberleuchteten Hinterzimmers.

Die geöffnete Schiebetür gab den Blick auf einen Teil des Futons frei, auf dem sich etwas Weißes bewegte. Es war ein angewinkeltes Bein, das sich rhythmisch bewegte, sich beugte und streckte. Und er wußte, daß sich eine Hüfte dort hineinpreßte, die im gleichen Rhythmus mitschwang. Das grelle Zinnoberrot schwoll an, das Zischen im Kopf hatte jedoch aufgehört. Sein Blut gefror, und eine tiefe Ruhe überkam ihn. Er schlich um das Haus herum zum Kücheneingang, wo er leise die Angelbox absetzte und die Ruten auf den Boden legte. Die Tür war lediglich zugeschnappt. Er holte eine Schnur mit Haken aus der Box und schob sie durch den schmalen Türspalt.

Nachdem er die Schnur Stück für Stück durchgefädelt hatte, gelang es ihm, den Haken am Schnapper zu fixieren. Als er die Tür zu sich heran- und die Schnur nach oben zog, sprang der Schnapper auf, und die Tür öffnete sich.

In dem Augenblick hörte er ein lautes Stöhnen. Emikos Stimme klang viel erregter, als wenn er mit ihr schlief, und wurde immer heftiger. Nun hörte er auch den Mann, sein leises Grunzen.

Kikutani trat in die Küche, beugte sich zu dem Schrank unter der Spüle hinunter und öffnete die Klappe. Im Dunkeln tastete er nach dem Messer, mit dem er sonst Fische zerlegte, und packte den Griff.

Er richtete sich auf und trat, das Messer in der Hand, vor die gläserne Schiebetür, die Küche und Wohnzimmer trennte. Das Stöhnen seiner Frau steigerte sich jetzt zu wildem Schreien, also mußte er auch nicht mehr leise sein.

Kikutani riß die Glastür auf und stürmte in den Raum.

Der Mann starrte ihn mit aufgerissenen Augen an.

Wortlos hieb Kikutani ihm das Messer in die Schulter. Mochizuki bäumte sich schreiend auf und rollte sich in eine Ecke des Zimmers, den Rücken an die Wand gepreßt. Das Zinnoberrot brannte lichterloh. Kikutani kniete sich auf seine Frau und zückte das Messer. Emiko hob schützend die Hände, um die Klinge abzuwehren, doch ihr Gesicht war ausdruckslos, als er es ihr in die Brust stieß. Während er immer weiter auf sie einhieb, bemerkte er, daß der Mann sich hochrappelte, den Rücken noch immer an die Wand gepreßt, und in die Küche taumelte.

Kikutani erhob sich und ließ das Messer zu Boden fallen. Er fühlte sich unerwartet ruhig, zufrieden mit sich, und überlegte sein weiteres Vorgehen. Es erschien ihm absurd, daß Mochizuki lediglich mit einer kleinen Stichwunde davongekommen sein sollte. Er beschloß, sein Haus niederzubrennen, in dem Mochizuki höchstwahrscheinlich Zuflucht gesucht hatte. Kikutani ging in die Küche und machte Licht. Die Motorpumpe draußen am Brunnen heulte laut auf, als er den Hahn aufdrehte und das Wasser aus der Leitung schoß.

Er wusch sich das Blut von den Händen und seifte sein Gesicht ein. Beim Abtrocknen bemerkte er, daß die Angelkutte ebenfalls blutverschmiert war. Er zog sie aus und warf sie auf den Boden, bevor er das Haus verließ. Die scharfe Mondsichel stand jetzt hoch über den Wipfeln und warf ein fahles Licht auf den Weg und die Felder. Kikutani holte zwei Ölkanister aus dem Schuppen und verstaute sie auf dem Gepäckträger seines Fahrrads. Das Zinnoberrot hatte sich verflüchtigt. In seinen Augen spiegelte sich nur noch das blasse Mondlicht.

Er stieg aufs Fahrrad und trat in die Pedale. Der Lenker schlenkerte hin und her beim Fahren, und erst jetzt bemerkte er, daß er am ganzen Körper zitterte.

Immer noch auf den Stufen zum Schrein sitzend, schreckte Kikutani aus seinen Gedanken auf und griff nach der Packung Zigaretten in seiner Jackentasche. Als er das Streichholz entzündete, besann er sich darauf, daß einem schwindlig werden konnte, wenn man nach so langer Abstinenz das erste Mal wieder rauchte. Doch es geschah nichts dergleichen. Der bittere Tabak prickelte auf der Zunge und brannte in der Kehle; trotzdem nahm er einen weiteren Zug. Plötzlich durchströmte ihn ein neuartiges Lebensgefühl: Es gab nichts mehr, was er nicht zu tun vermochte.

Nach seiner Verhaftung war er vor den Staatsanwalt geführt und dann vor Gericht gestellt worden. Dabei hatte er allerhand Hintergründe erfahren: Die rätselhafte Briefeschreiberin entpuppte sich als Mochizukis Schwägerin. Sie besuchte ebenfalls die Batikkurse und hatte eines Tages nach dem Unterricht zufällig beobachtet, wie Emiko am Hauptbahnhof Chiba in das Auto ihres Schwagers stieg.

Mißtrauisch geworden durch die Heimlichtuerei der beiden, war sie ihnen mit einem Taxi bis zu dem Motel, vor dem Mochizuki parkte, gefolgt.

Nach dieser schockierenden Entdeckung hatte sie ihnen wochenlang nachspioniert. Es stellte sich heraus, daß Mochizuki und Emiko fast jedesmal nach dem Kurs ein Rendezvous in einem Motel hatten. Außerdem beobachtete sie, daß ihr Schwager sich in den Nächten, wenn Kikutani zur Fortbildung oder auf Angeltour unterwegs war, dreist in dessen Haus stahl.

Verzweifelt rang sie mit sich, ob sie ihrer Schwester, die ohnehin schon gesundheitlich angeschlagen war, diesen Schock zumuten konnte. Aus Sorge, Mochizukis Frau würde darüber einen Nervenzusammenbruch erleiden und es körperlich nicht mehr verkraften, beschloß sie, erst einmal Kikutani einen anonymen Brief zu schreiben, in der Hoffnung, er würde Emiko zur Vernunft bringen.

Kikutani erfuhr außerdem, daß Emiko nach acht Messerstichen sofort tot gewesen sei und daß Mochizukis Wunde zwar verheilt, dafür aber eine Hand durch verletzte Nervenstränge gelähmt sei. Der Vorfall stand groß in der Zeitung, und Mochizuki sah sich gezwungen, seine Firma aufzugeben und nach dem Prozeß mit seiner Familie den Wohnort zu wechseln.

Wie kam es, daß ein so vorsichtig kalkulierender Mensch wie Mochizuki derart waghalsig sein konnte, die Affäre mit Emiko sogar unter Kikutanis Dach fortzusetzen? Während der Verhandlungen stellte sich heraus, daß Mochizuki davon ausgegangen war, daß ein Angelfanatiker wie Kikutani niemals eine Hochsee-Exkursion vorzeitig abbrechen würde. Seiner Aussage nach hatte Emiko ihm das versichert, die es außerdem noch erregender fand, Sex mit ihm im eigenen Haus zu haben. Es war also eher auf ihr Drängen hin geschehen. Mit der Zeit, fügte er hinzu, hätten sie dann überhaupt kein Risiko mehr darin gesehen.

Mit anhören zu müssen, wie Mochizuki seine leidenschaftliche Affäre zu Emiko schilderte, brachte Kikutani fast um den Verstand. Die Augen fest geschlossen, hielt er die ganze Zeit den Kopf gesenkt.

Seine Frau, die er immer für keusch und sittsam gehalten hatte, entpuppte sich nun als eine völlig Fremde. Als ihm die ausführliche Beschreibung, wie sehr sie dem Sex mit Mochizuki verfallen gewesen war, zu Ohren kam, empfand er es nur zu gerecht, sie getötet zu haben, und bedauerte es, daß sein Nebenbuhler fast ungeschoren davongekommen war.

Dennoch ... Immer wieder fragte er sich, wie Emiko, die mit ihrem Eheleben ganz zufrieden schien, sich auf Mochizuki einlassen konnte? Er selbst war ihr nie untreu gewesen, noch war er der Spielsucht verfallen. Er war immer brav nach der Schule heimgekehrt. Sie hingegen mußte etwas vermißt haben.

Und als dann der durchtriebene Weiberheld Mochizuki aufkreuzte, konnte sie ihm nicht widerstehen. Kikutani malte sich aus, wie sie seinen Verführungskünsten erlag und dabei nie gekannte Höhenflüge der Lust erlebte.

»Und Sie hatten nicht die geringste Ahnung, daß Mochizuki mit Ihrer Frau ein ehebrecherisches Verhältnis eingegangen war?« fragte der Staatsanwalt.

»Nein«, sagte Kikutani kaum hörbar.

Auch während seiner Haft ging er Tausende Male jedes Detail durch, fand jedoch nicht den leisesten Anhaltspunkt. Weder an den Tagen, wo Emiko zu ihrem Batikkurs ging, war ihm etwas Ungewöhnliches aufgefallen, wenn er von der Schule nach Hause kam, noch bei seiner Rückkehr von den Angelausflügen. Alles war unverändert: Der Aschenbecher stand auf dem Teetisch, und die Sitzkissen lagen wie immer auf den Tatamis.

»Aber Ihnen muß doch irgend etwas merkwürdig vorgekommen sein«, beharrte der Staatsanwalt, ein Mann mittleren Alters, mit leicht amüsiertem Blick. Er fand es offensichtlich komisch, daß jemand so vertrauensselig sein konnte, worauf Kikutani ihn nur beschämt und zugleich ratlos anschaute.

Weshalb war er eigentlich nie mißtrauisch gewesen? Als einzige Antwort blieb, daß Emiko ihm ein perfektes Theater vorgespielt hatte – eine Seite, die er bei seiner Frau nie vermutet hätte.

Während seiner ersten Jahre im Gefängnis träumte er oft davon, wie sein Blickfeld sich rot färbte, und erwachte dann von seinem eigenen Stöhnen. Sobald das Zinnoberrot Besitz von ihm ergriffen hatte, schritt er skrupellos zur Tat. Von den Fingerspitzen bis zum Schultergelenk spürte er, wie das Messer in Emikos Körper drang und die Klinge auf die Rippen stieß. Er erinnerte sich an ihre hilflose Geste, wie sie mit beiden Händen das Messer abzuwehren versuchte, während ihm ihr leerer Blick gespenstisch erschien. Offenbar empfand sie keine Liebe mehr für ihn, nachdem sie in Mochizukis Armen ihre wahre Lust entdeckt hatte, und bereute deshalb auch nichts. Ihr ausdrucksloses Gesicht war ihr letzter Triumph über ihn gewesen.

Der schwache Lichtschein eines Fahrrads schwankte auf dem Weg unterhalb des Schreins. Die Stadt lag jetzt im Dunkeln; es herrschte tiefe Stille.

Was hatte es für einen Sinn, in seine Heimat zurückzukehren? Vielleicht geschah es deshalb, weil hier die Vergangenheit in ihrer ganzen Schärfe erneut zutage trat, als lägen die vielen Jahre überhaupt nicht dazwischen. Er erhob sich von den Stufen und ging zu dem Weihwasserbecken hinüber, wo er den Mund an den am Wasserhahn befestigten Schlauch legte. Es schmeckte weich, nicht kalkhaltig wie in der Stadt – der Geschmack seiner Heimat.

Er beschloß, in die nächste Ortschaft zu gehen und dort die Nacht zu verbringen, um auf den ersten Zug nach Tokio zu warten. Er holte das Bündel Räucherstäbchen aus der Manteltasche und warf es auf den Boden, bevor er auf das Schreintor zuschritt.

7

Die Zeit der Pflaumenblüte war vorbei, und auch die Kirschbäume waren bereits verblüht.

Er hatte nun ein Geheimnis vor Takebayashi. Bei seinem nächsten Besuch erwähnte er die Rückkehr in seine Heimatstadt mit keinem Wort; er berichtete lediglich, daß er mit dem Rauchen angefangen habe. Er wollte nun seinen Handlungsspielraum nach eigenem Gutdünken ausschöpfen, um sich eine gewisse Bewegungsfreiheit zu gönnen. Auf der Arbeit ereiferte sich die gesamte Belegschaft über die Situation des Eiermarkts.

Bis Ende letzten Jahres waren die Preise relativ stabil geblieben, mit der Markteröffnung im neuen Jahr jedoch schlagartig um fast vierzig Prozent gefallen und schienen sich auch vorläufig nicht zu erholen. Ursache hierfür war die Überproduktion: Das überwiegend importierte Hühnerfutter konnte durch den starken Yen billig eingekauft werden, was die Profitrate erhöhte und wiederum dazu führte, daß die Züchter sich mehr Hühner zulegten. Normalerweise ging die Eierproduktion in der kalten Jahreszeit zurück, doch diesmal war es zu allem Überfluß auch noch ein milder Winter gewesen, so daß diese natürliche Reduktion ausblieb. All diese Faktoren hatten dann zum Preissturz geführt.

Sogar die Zeitungen berichteten davon. Akiyama war in seiner Funktion als Vorstand der regionalen Berufsgenossenschaft oft mit dem Auto unterwegs oder hielt mit anderen Verbandsmitgliedern Besprechungen in seinem Büro ab. Laut Koinuma hatten die zuständigen Behörden vorgeschlagen, die Legeperiode der Hennen zu verkürzen, um den Geflügelüberschuß zu regulieren. Akiyama und die anderen Verbandsangehörigen bemühten sich, die Gewerkschaftsmitglieder von dieser Idee zu überzeugen, doch nur wenige reagierten darauf. Diese Situation hatte es übrigens schon wiederholt in der Vergangenheit gegeben, und letztendlich lief alles darauf hinaus, eine natürliche Auslese abzuwarten: bis sich die Produktionsmenge dadurch verringerte, daß die schwächeren Betriebe Pleite machten. Der springende Punkt war also, sich über Wasser zu halten, bis die Lage sich wieder entspannte.

Die Belegschaft war ziemlich besorgt, doch Akiyama wirkte nicht sonderlich pessimistisch. Koinuma verteidigte die gelassene Haltung des Chefs und versuchte seine aufgebrachten Kollegen zu besänftigen.

»Unser Boß regelt das schon mit seinem modernen Management. Er weiß, was er tut. Solche Crashs kommen schon mal vor, und er pflegt dann immer zu sagen, daß es mit den Eiern genauso läuft wie mit den anderen Agrarprodukten: Die Preise schießen hoch und fallen auch wieder. Wer sich zu sehr darum schert, kann in diesem Gewerbe nicht bestehen. In früheren Jahren mit schlechter Konjunktur hat der Betrieb hier trotzdem keine roten Zahlen geschrieben. Wir sitzen zwar momentan ziemlich in der Patsche, aber da wird sich unser Boß schon geschickt durchlavieren. Bloß darf er keine Neuen einstellen und muß den Bonus diesmal etwas kürzen. Damit hat sich's. Es werden bestimmt bald wieder bessere Zeiten kommen.«

Koinuma sprach im Brustton der Überzeugung. Falls der Betrieb geschlossen werden würde, mußte Kikutani seinen Bewährungshelfer bitten, ihm eine neue Stelle zu besorgen. Das war gewiß nicht sonderlich schwierig, aber würde sein zukünftiger Arbeitgeber genauso verständnisvoll reagieren wie Akiyama? Zumal Kikutani nicht zu befürchten brauchte, daß hier irgend jemand etwas über seine Vergangenheit herausfinden würde. Außerdem wollte er lieber mit Hühnern zu tun haben.

Koinuma, zu dem er den engsten Kontakt hatte, war zwar eine Zeitlang neugierig gewesen, schien jetzt aber Ruhe zu geben. Kikutani fühlte sich erleichtert nach Koinumas Versicherung, daß die Farm die Krise überstehen würde. Mitte Juli erhielten die Angestellten ihren Bonus.

Er betrug zwar nur halb soviel wie im Vorjahr, doch für Kikutani war es die erste Zulage, von der er sich einen kleinen Farbfernseher kaufte.

Kaum war er abends zu Hause, schaltete er das Gerät ein. Rauchend und trinkend entspannte er sich dann vor dem Bildschirm, sogar an seinen freien Tagen. Jedesmal, wenn Kikutani seinen Bewährungshelfer besuchte, steckte ihm dessen Frau ohne viel Aufhebens Lebensmittel aus dem Supermarkt ihres Sohnes zu: eine Dose Instantkaffee oder andere Konserven und einmal sogar einen 5-kg-Sack Reis.

»Herr Kiyoura möchte gern, daß du mal bei ihm vorbeischaust«, sagte Takebayashi in seiner ruhigen Art, als er sich von ihm an der Tür verabschiedete.

»Ach, wirklich? Ich dachte, er hätte so viel um die Ohren, da wollte ich ihn nicht stören.«

»Stimmt, er hat tatsächlich viel zu tun. Aber er kennt ja dein rücksichtsvolles Benehmen und hat mich deshalb ausdrücklich gebeten, es dir auszurichten. Du kannst also getrost hingehen.«

Kikutani nickte. Auf dem Heimweg freute er sich darüber, daß Kiyoura, zu dem er so gut wie keinen Kontakt mehr hatte, sich immer noch um ihn sorgte, obwohl er längst Takebayashi anvertraut war. Als er an die Ecke kam, schlug er, ohne zu zögern, den Weg zum Übergangsheim ein.

Seit seiner letzten Begegnung mit Kiyoura unmittelbar vor seiner Fahrt in seine Heimatstadt hatte er keine Lust verspürt, ihn aufzusuchen. Teils, weil er kein besonderes Anliegen hatte, aber hauptsächlich doch, weil er befürchtete, Kiyoura mit seiner Erfahrung und Intuition würde sofort wittern, daß er heimlich nach Sakura gefahren war. Andererseits weckte er vielleicht gerade dadurch Kiyouras Argwohn, daß er sich seither nicht mehr bei ihm meldete. Es war also besser, sich dort blicken zu lassen. Doch abgesehen davon, verspürte er inzwischen auch ein starkes Bedürfnis, seinen ehemaligen Betreuer zu sehen. Als er in das Gebäude trat und durch das Fenster der Anmeldung spähte, sah er Kiyoura am Schreibtisch sitzen. Kiyoura machte ein erfreutes Gesicht und erhob sich sogleich, um Kikutani im Sprechzimmer zu empfangen.

»Erholt siehst du aus«, sagte er gut gelaunt und setzte sich in den Sessel.

Kikutani war tatsächlich etwas zu Kräften gekommen: Nach der Waage im öffentlichen Badehaus hatte er fast fünf Pfund zugenommen.

»Ich habe gehört, du hast mit dem Rauchen angefangen. Finde ich in Ordnung, ist doch prima.«

Kikutani mußte lächeln und senkte verlegen den Blick.

Demnach erfuhr Kiyoura von Takebayashi alle Details aus seinem Leben, und er fühlte sich etwas unbehaglich, als Kiyoura ihn so musterte. Auf die Frage, wie es auf der Arbeit laufen würde, berichtete Kikutani von dem wirtschaftlichen Desaster auf dem Geflügelmarkt und daß sich noch keine Besserung abzeichnete, der Betrieb sich jedoch über Wasser halten würde. Er erwähnte auch seinen ersten Bonus. Kiyoura nickte, während er ihm, eine Zigarette rauchend, zuhörte.

Ein junger Mitarbeiter brachte ihnen zwei Instantkaffee. Kiyoura schüttete sich einen Löffel Milchpulver in seinen Becher und blickte dann zu ihm auf.

»Hast du deinen Bruder eigentlich noch mal gesehen?«

Kikutani verneinte die Frage mit einem leichten Kopfschütteln.

Seit letztem Herbst war der Briefkontakt eingeschlafen. Sein Bruder hatte ihm zwar eine Neujahrskarte geschickt, er jedoch keine an ihn. Als Kikutani sich in Sakura aufhielt, hatte er ebenfalls kein Bedürfnis verspürt, das am Stadtrand gelegene Haus seines Bruders aufzusuchen, geschweige denn, ihm zu begegnen. Im Gefängnis hatte er seine Briefe und gelegentlichen Pakete dankbar entgegengenommen, doch nach der Freilassung war ihm bewußt geworden, wie sehr sein Bruder unter der Fuchtel seiner Frau stand. Es war ihm unangenehm, daß er sich ihretwegen so reserviert verhielt. Resigniert dachte Kikutani, daß es ihm egal sei, wenn ihre Beziehung darüber zerbrach.

Weshalb kam Kiyoura jedoch mit einemmal auf seinen Bruder zu sprechen? Wahrscheinlich war es ganz natürlich nachzufragen, da es sich schließlich um Kikutanis einzigen Blutsverwandten handelte. Trotzdem wurde Kikutani den Verdacht nicht los, daß Kiyoura mit seiner Frage herausfinden wollte, ob er nicht doch nach Sakura gefahren war.

»Wie geht's eigentlich Igarashi?« erkundigte sich nun Kikutani, um das Thema zu wechseln. Tatsächlich fühlte er sich Igarashi, mit dem er nur ein paar Tage zu tun gehabt hatte, verbundener als seinem Bruder, der nach der Pfeife seiner Frau tanzte.

»Gleich nachdem er uns verlassen hatte, war er kurzzeitig krank, aber inzwischen hat er sich wieder erholt und arbeitet jetzt in einer Möbelfabrik. Er besitzt handwerkliches Geschick, und seine Frau ist auch eine tüchtige Person. Ich denke, ihm geht es gut«, erwiderte Kiyoura, den Blick in die Ferne gerichtet.

Wehmütig rief sich Kikutani die Abschiedsszene vor dem Übergangsheim ins Gedächtnis: ein kleiner Mann mit einem Bündel in der Hand, der seiner Frau durch die enge Gasse folgte.

Nach einem kurzen Augenblick des Schweigens sagte Kiyoura plötzlich: »Ich habe neulich Post von deinem Bruder erhalten. Vor etwa zwei Wochen schrieb er mir, daß seine älteste Tochter bei einem Verkehrsunfall ums Leben gekommen sei. Es passierte in der Stadt, in der sie gearbeitet hatte.«

Kikutani schaute auf.

»Er war sich nicht sicher, ob er dich davon unterrichten sollte. Aber die Totenwache und Beerdigung haben ohnehin bereits stattgefunden. Dir gar nichts davon zu sagen fand er auch nicht richtig, und deshalb hat er mich gebeten, dir die traurige Nachricht zu überbringen.«

Kikutani erwiderte nichts. Nach einem tiefen Seufzer fuhr Kiyoura fort: »Um ehrlich zu sein, bin ich froh, daß du nicht bei der Trauerfeier warst. Es mag hart für dich klingen, aber wenn dich dort jemand erkannt hätte, wäre es für deinen Bruder und seine Familie sicher unangenehm geworden. Vermutlich hat er dich deshalb auch nicht gleich benachrichtigt. Ich denke, du solltest seine Gefühle respektieren und ihm einen Beileidsbrief schreiben. Es ist besser, es dabei bewenden zu lassen und von einem Kondolenzbesuch erst mal abzusehen. Wie ich neulich bereits sagte, die Zeit ist noch nicht reif dafür. Du solltest den Ort vorerst meiden.«

Sein Gesichtsausdruck wirkte gequält, während er sprach.

Kikutani fragte sich, was er dort überhaupt sollte.

Er hatte seine Nichte als pausbäckiges, fröhliches Kind in Erinnerung, das er, als sie noch klein war, auf das Fest am Makata-Schrein mitgenommen oder bei einem Umtrunk im Hause seines Bruders auf den Knien geschaukelt hatte.

Er hatte sich überhaupt nicht vorstellen können, daß jenes kleine Mädchen inzwischen zu einer jungen Frau mit einer Anstellung herangewachsen war. Bestimmt hatte der abgrundtiefe Haß seiner Schwägerin auch auf ihre Tochter abgefärbt.

Kikutani verspürte nicht den geringsten Wunsch, die Familie seines Bruders, geschweige denn weitere Angehörige zu sehen. Er wußte es zu schätzen, daß sein Bruder sich trotz seiner Frau um ihn sorgte. Aber selbst wenn sein Bruder höchstpersönlich gestorben wäre, würde er dort nicht aufkreuzen. Kiyoura hatte ihm geraten, einen Kondolenzbrief zu schreiben, doch sein Bruder würde ihn garantiert nach dem Lesen verbrennen oder zerreißen, damit seine Frau ihn nicht fand.

»Übrigens ...«, wechselte Kiyoura das Thema, während er sich im Sessel zurücklehnte und eine Zigarette anzündete. »Findest du es eigentlich immer noch zumutbar, so weit zur Arbeit zu fahren? Wäre es nicht doch bequemer, in die Nähe der Farm zu ziehen? Auch dort gibt es einen Bewährungshelfer; ich könnte mich mit ihm in Verbindung setzen.«

»Nein, ich möchte hierbleiben«, entgegnete Kikutani spontan. »Ich freue mich jedesmal auf meinen Besuch bei Herrn Takebayashi.«

Er konnte sich keinen anderen Bewährungshelfer vorstellen. Es war so wohltuend, bei dem alten Mann zu sitzen, wenn dieser, seinen Blick auf den Garten gerichtet, ruhig seinem Bericht lauschte. Er hatte eine besänftigende Wirkung auf Kikutani, als würde sich seine Körperwärme auf ihn übertragen, und die Herzlichkeit seiner Frau rührte ihn manchmal fast zu Tränen.

»Kann ich gut nachvollziehen«, nickte Kiyoura und schaute hoch zur Decke. »Er ist wirklich eine Art Buddha.«

Als Kikutani sich zum Gehen anschickte, sagte Kiyoura:

»Schau mal wieder vorbei.«

Draußen blieb Kikutani einen Moment stehen, schlug dann aber nicht den Heimweg ein, sondern ging in die entgegengesetzte Richtung. Er war erschöpft von seinem Doppelbesuch bei Takebayashi und Kiyoura und wollte nach Shinjuku ins Kaufhaus gehen, um sich oben auf der Dachterrasse ein wenig auszuruhen.

Er lief durch die menschenleeren Gassen des Stundenhotelviertels.

Als er um die Ecke bog, nahm er auf der linken Seite ein zweistöckiges Gebäude mit einer weißgetünchten Seitenfassade wahr, dessen schmuddeliges Schild in die Straße ragte. Auf einer Standtafel neben dem Eingang waren die Preise für verschiedene Sorten von »Bädern« aufgelistet. Er spähte flüchtig hinein, als er an dem Haus vorbeilief, doch es war kein Mensch zu sehen.

Koinuma nahm regen Anteil an seinem Privatleben, zumal er wußte, daß Kikutani alleinstehend war. Vor etwa zehn Tagen hatte Koinuma ihn in der Pause verschmitzt angeschaut und dabei den kleinen Finger gehoben.

»Du hast doch eine, oder?«

Kikutani hatte lächelnd den Kopf geschüttelt, doch Koinuma ließ nicht locker: »Und wie besorgst du es dir dann? Ach so, na klar. Bei dir in der Gegend gibt's ja 'ne Menge dieser Badehäuser, wo man nicht bloß in die Wanne steigt. Da kommst du sicher auf deine Kosten. Was treibt man denn da so?«

Koinumas Augen blitzten vor Neugier.

»Kann ich dir auch nicht sagen, ich bin noch nie da drinnen gewesen. Ich wüßte auch gar nicht, wo so was zu finden ist.«

»Komm, nun hab dich nicht so. Du bist schließlich Single, das braucht dir nicht peinlich zu sein. Ist doch die natürlichste Sache von der Welt.«

»Aber wenn ich es doch sage: Ich war noch nie dort. Habe auch keine Lust dazu.«

Das Lächeln erstarb auf Kikutanis Gesicht.

»Was soll'n das heißen? Du hast keine Lust ...«

»Ich finde es schmutzig«, erwiderte Kikutani schroff.

»Schmutzig?« jaulte Koinuma.

Kikutani schwieg.

»Die benutzen doch Kondome. Damit fängt man sich garantiert nichts ein. Ich stelle mir das himmlisch vor, von einem hübschen Mädchen verwöhnt zu werden. Würde selbst mal gern in eins dieser Dinger gehen, aber ein Landei wie ich weiß doch gar nicht, wo es so was gibt und was das kostet. Du hingegen wohnst in dieser Puffgegend und warst noch nie da?«

Koinuma schaute ihn ungläubig an.

Kikutani mußte an jenes Gespräch mit Koinuma denken, als er jetzt an einem dieser Badehäuser vorbeikam.

Bei dem Wort »schmutzig« dachte er gar nicht so sehr an Geschlechtskrankheiten, sondern er konnte sich vor allem nicht vorstellen, mit einer Frau Sex zu haben, die es an einem Tag mit mehreren Männern trieb.

In der Sportzeitung, die er manchmal während der Zugfahrt las, standen hin und wieder Artikel über derartige Etablissements, in denen ausführlich beschrieben wurde, was die Frauen dort mit den Kunden machten. Es mochte Männer geben, die großes Vergnügen an der Lektüre fanden; er hingegen überblätterte die Berichte meistens.

Vor ihm tauchte das Gesicht eines Mitinsassen namens Suzuki auf, der ebenfalls in der Werkstatt beschäftigt war. Suzuki hatte auf einer renommierten Universität Jura studiert und zwanzig Jahre für eine Handelsfirma gearbeitet, bevor er wegen Unterschlagung zu einer Gefängnisstrafe verurteilt wurde.

Durch seinen Beruf war er ein luxuriöses Leben gewöhnt und brüstete sich zuweilen mit noblen Restaurants und sexuellen Eskapaden mit Bardamen und Clubhostessen. Obwohl die meisten Häftlinge sein aufgeblasenes Gehabe widerwärtig fanden, hörten sie sich sein Geschwätz wortlos an, zumal es von Dingen handelte, die dem Knastleben allzu fern lagen. Der etwa gleichaltrige Suzuki wußte von Kikutanis Verbrechen, und wenn sie unter sich waren, spielte er sich besserwisserisch vor ihm auf: »Du bist doch wirklich eine komische Nummer, ein echter Langweiler.«

Geschwätzig, wie er war, tat Suzuki dreist seine Meinung kund und verpaßte Kikutani sein Etikett.

Einige von Suzukis vorlauten Bemerkungen hatten sich so in Kikutanis Bewußtsein eingefressen, daß er sich von Zeit zu Zeit daran erinnerte:

- Wenn jeder seine Frau, nur weil sie einen betrügt, gleich umbringen würde, bestünde die Welt fast nur aus Mördern. Die Gerichtsmühlen würden nicht mehr mahlen und die Gefängnisse aus allen Nähten platzen.
- Sobald man länger verheiratet und beruflich etabliert sei,

würde man seiner Frau überdrüssig werden und sich zuweilen wünschen, daß sie plötzlich an einer Krankheit oder an sonst was stürbe. Man träume davon, bei der nächsten Brautsuche wählerischer zu sein und mit einer jüngeren, attraktiveren Frau sein zukünftiges Leben zu verbringen. Mit den Jahren allerdings würde dieser Wunsch nachlassen, da man sich dann schon zu sehr an seine Alte gewöhnt habe.

- Falls die eigene Frau einem untreu werde, sei dies doch eine gute Gelegenheit, sie dem Nebenbuhler anzudrehen. Damit hätte man sie endgültig vom Hals und könne sich nach einer besseren Frau umschauen. Es gebe schließlich noch genügend andere weibliche Wesen auf der Welt.
- Er, Kikutani, hingegen sei ein verklemmter Spießer, der Amok gelaufen sei. Wie könne man nur so dumm sein und seine Frau umbringen. Es gebe doch so viele andere. Er lebe völlig hinter dem Mond. Ein weltfremder Moralapostel, der noch nie außerehelichen Sex gehabt habe. Sein tierischer Ernst sei ihm schließlich zum Verhängnis geworden, denn damit habe er sich obendrein noch eine lebenslange Gefängnisstrafe eingehandelt.

Natürlich wurmte Kikutani dieses altkluge Geschwätz, doch er hatte keine Wut auf ihn und schwieg dazu. Im Gegenteil: In manchen Punkten mochte Suzuki, der einen völlig anderen Lebensstil pflegte, sogar recht haben.

Suzuki war der Ansicht, daß Kikutani nur deshalb im Affekt gehandelt habe, weil er sich nie mit anderen Frauen abgegeben habe, doch diese Auffassung entsprang natürlich seinem eigenen ausschweifenden Lebenswandel und besaß keine Allgemeingültigkeit. Dennoch bestand ein unleugbarer Zusammenhang zwischen Kikutanis Prüderie und dem Mord an seiner Frau.

Seit seiner Freilassung hatte Kikutani schon manchmal Verlangen nach einer Frau gehabt, doch es wäre ihm nicht in den Sinn gekommen, in solch ein Etablissement zu gehen, auf das

Koinuma angespielt hatte. Er wußte genau, was passieren würde: Er würde die Frau dafür hassen, daß sie ihren Körper für Geld anbot, und dabei jegliche Lust auf Sex verlieren, was lediglich zu einer peinlichen Situation führen würde.

Er lief durch mehrere Straßen, passierte das Wohnviertel und die kleinen Gassen mit den Restaurants und Bars, bevor er den Boulevard überquerte und schließlich das Kaufhaus betrat.

Dort fuhr er mit der Rolltreppe hoch auf die Dachterrasse und sank auf einen der Plastikstühle.

Von einer Ecke des Dachs spannten sich Taue nach oben, wo rote und weiße Werbeballons reglos vor weißen Wölkchen schwebten. Es war ein windstiller Tag. Seit seiner Fahrt nach Sakura verfolgte ihn immer wieder das Bild von den weißen Schenkeln seiner Frau, die er damals durch den Spalt der Vorhänge erblickt hatte. Sie waren gespreizt, und an der Art, wie sie ihre Zehen streckte und krümmte, war zu erkennen gewesen, daß sie sich auf dem Höhepunkt ihrer Lust befunden haben mußte.

Er erinnerte sich an seine kühle Besonnenheit, mit der er sich in die Küche gestohlen und das Messer ergriffen hatte. Suzuki hatte gemeint, er sei außer sich geraten, doch in Wirklichkeit war sein Verstand, abgesehen von dem zinnoberroten Farbflash, unheimlich klar und ruhig gewesen.

Er holte sich eine Zigarette aus der Packung und zündete sie sich mit einem Einwegfeuerzeug an. Wie konnte er nur so kaltblütig sein? Er hatte, ohne zu zögern, mit äußerster Präzision gehandelt, als hätte er die Tat im voraus mehrfach geprobt: Mochizuki hatte zu ihm aufgeblickt, so wie er es sich vorgestellt hatte, und Kikutani hatte ihm das Messer in die Schulter gerammt, als sei die Tat geplant. Und als er anschließend auf seine Frau einstach, tat er es kraftvoll und konzentriert, gleich einem geübten Zimmermann, der Nägel in die vorgesehenen Stellen treibt. Vermutlich war seine Miene dabei völlig reglos geblieben.

Als er noch ganz klein war, hatte sich seine Mutter Sorgen gemacht, er könnte an schwachen Nerven leiden.

Noch heute sah er ihr ratloses Gesicht vor sich, als er fast wahnsinnig wurde, weil ihr Haushund von Filariose befallen war. Der Mischling spuckte beim Husten Blut, und der kleine Kikutani flehte seine Mutter an, sie möge doch etwas unternehmen. Sie brachten ihn noch zum Tierarzt, doch es war hoffnungslos. Am nächsten Morgen war er tot; ein Rinnsal Blut floß aus seinem Maul.

Der Junge aß nichts mehr und weinte ohne Unterlaß. Selbst die Ohrfeigen seiner Mutter brachten ihn nicht zur Vernunft. In der Schule war es nicht anders: Er wurde zum Gespött aller Mitschüler, die ihn hänselten und quälten. Die Kinder trieben Schabernack, indem sie Gräser in die Schwänze von Libellen steckten und sie damit fliegen ließen oder mit einem Strohhalm den Darm eines Frosches aufbliesen, bis er platzte. Kikutani wurde bei diesen Spielen jedesmal übel, und er drückte sich davor mitzumachen. Sobald die Kinder seinen Widerwillen bemerkten, jagten sie hinter ihm her, packten ihn und drückten ihm die Viecher ins Gesicht. Von Alpträumen geplagt, stöhnte und weinte der kleine Kikutani nachts im Schlaf.

Auch als Erwachsener hatte er diese Art Ängstlichkeit nie ganz ablegen können. Wurde er Zeuge eines Verkehrsunfalls mit Schwerverletzten, ergriff er sofort die Flucht. Selbst blutige Szenen im Kino oder Fernsehen konnte er nicht mit ansehen. Wenn Schüler sich bei einer Keilerei gegenseitig verletzten, brachte ihn das dermaßen aus der Fassung, daß die Jungen ihn dafür auslachten. Wie konnte er dann trotz seiner hypersensiblen Veranlagung seine Frau töten, und das auch noch in aller Seelenruhe? Mit jedem Stich spritzte Blut heraus, doch die Erinnerung an diese Szene ließ ihn völlig kalt. Er schaute empor zu den Werbeballons.

In seinem Inneren schien ein rätselhaftes Wesen zu lauern, das in dem Zinnoberrot Gestalt angenommen und von ihm

Besitz ergriffen hatte. Was immer ihn dazu getrieben hatte zu töten, ließ sich nicht rational erklären, sondern nur mit dieser prachtvollen, grell leuchtenden Farbe darstellen.

Nicht einmal er selbst wußte, wie ihm damals geschah. Alles lag verschwommen im Nebel. Die einzige Gewißheit, die er hatte, war, daß er keine Reue empfand. Im Gegenteil: Seine Tat erschien ihm vielmehr gerechtfertigt.

Vielleicht würde eine Reise guttun, überlegte er sich.

Die Rückkehr in seine Heimatstadt war eine bittere Konfrontation mit der Vergangenheit gewesen, doch jetzt wollte er irgendwohin fahren, um sich zu erholen.

Nach einem Jahr in Freiheit hatte sich sein Leben inzwischen stabilisiert. Sogar am Trinken und Rauchen hatte er Geschmack gefunden. Körperlich fehlte ihm soweit nichts, so daß er es bestimmt noch zehn weitere Jahre machen würde. Dennoch litt er unter Gemütsschwankungen und fühlte sich unausgeglichen. Eine Veränderung würde nicht schaden und ihn vielleicht etwas friedlicher stimmen.

Es gab verschiedene Möglichkeiten, und eine davon schien ihm ein kleiner Ausflug zu sein, und zwar zu einem Ort, der positive Erinnerungen barg. Während er den Ballon betrachtete, kam ihre Urayasu, ein Städtchen irn Süden Chibas, in den Sinn, in dem er in seinem zweiten Universitätsjahr gewesen war. Ein mit ihm befreundeter Student, den er aus dem literarischen Zirkel kannte, hatte ihn eingeladen, seinen Onkel zu besuchen. Dieser besaß eine Leichtmetallfabrik und eine Werft, die im Hafen von Urayasu Boote für die Netzfischerei baute.

Kikutani und sein Freund fuhren mit der Sôbu-Linie bis zur Station Matoyawata und nahmen von dort aus den Bus nach Urayasu. Sie warteten in einer Bootspension am Kanal auf den Wagen des Onkels, der mitsamt seiner Familie etwas später eintraf.

Mehrere kleine Kutter dümpelten auf dem Wasser, als sie ein längliches Fischerboot mit knatterndem Motor bestiegen, auf dem sie dann den Kanal entlangschipperten. Während der Fahrt schwelgte der Fabrikbesitzer in Erinnerungen, die Kikutani bis heute im Gedächtnis geblieben waren: Gegen Ende des Krieges war der Onkel, damals noch Student an einer Fachhochschule, zum Arbeitseinsatz auf der Werft am linken Flußufer mobilisiert worden. Dort wurden hölzerne Transportschiffe gebaut, und die Studenten waren für den Stapellauf eingesetzt. In kleinen Booten überquerten sie den Fluß, um vom anderen Ufer aus unter Aufbietung aller Kräfte an den Tauen zu ziehen und das Schiff ins Wasser zu lassen.

An jenem Tag mußten sie im Schlafquartier der Werft übernachten, bekamen jedoch abends einen Festschmaus zu essen. Die köstlichen Krabben und der in Sojasauce gekochte Seetang auf Reis waren ihm unvergeßlich in Erinnerung geblieben.

Deshalb mache er auch heute noch hin und wieder diesen vergnüglichen Bootsausflug, aus reiner Nostalgie sozusagen.

Hundert Meter weiter von der Kanalmündung flußabwärts zeigte ihnen der Onkel die Stelle, wo einst die Werft gestanden hatte. Doch jetzt befanden sich dort nur noch ein paar halb verfallene, mit Unkraut überwucherte Gebäude.

Das Fischerboot fuhr weiter. Der Steuermann stellte den Motor aus und fing an zu rudern. Bald darauf ankerte er, woraufhin ein Fischer vom Bug aus mit Schwung das Netz auswarf. Als es wieder eingezogen wurde, tummelten sich Flußbarsche und Meeräschen darin. Das Netz wurde abermals ausgeworfen und das Boot an einer langen Stange, die aus den Fluten ragte, angetäut. Vor ihnen erstreckte sich eine schilfbewachsene Insel, und Wildenten flogen über ihre Köpfe hinweg.

Der Steuermann und der Fischer brachten einen Kocher, Töpfe und Geschirr und bereiteten Misosuppe zu. Dann filettierten sie den Fisch für rohes Sashimi oder frittierten ihn zu Tempura. Zu dem köstlichen Mahl gab es Sake zu trinken. Als die Sonne sich bereits neigte, traten sie mit tuckerndem Motor die Rückfahrt an. Kikutani genoß die frühabendliche Brise, die seine glühenden Wangen kühlte.

Urayasu, das an der Mündung des Edo lag, war trotz seiner Nähe zu Tokio ein traditioneller Fischerort geblieben.

Überall roch es nach Meeresgetier, und Männer mit Stirnbändern debattierten lautstark am Kai, während typische Fischersfrauen mit ihren Säuglingen auf dem Rücken durch das Viertel schlenderten.

Jener Bootsausflug war ein luxuriöses Vergnügen für den jungen Kikutani gewesen und hatte einen tiefen Eindruck bei ihm hinterlassen. Noch viele Jahre später im Gefängnis erinnerte er sich an die köstlichen Speisen, die der Fischer damals zubereitet hatte, und auch an die idyllische Szene mit dem raschelnden Schilf im Wind.

Kikutani überlegte sich, dorthin zu fahren. Er würde zu Fuß bis nahe der Mündung laufen und dann am Ufer Rast machen, um von dort aus die schilfbewachsene Insel zu betrachten.

Versunken in den Anblick des Ballons, steckte sich Kikutani eine weitere Zigarette an.

An seinem nächsten freien Tag machte sich Kikutani nach dem Frühstück einen Imbiß aus Reisklößchen und drei gekochten Eiern. Es gab sicher auch Restaurants in dem Ort, aber er wollte seine eigene Lunchbox auspacken, wenn er am Ufer saß und sich den Wind um die Nase wehen ließ.

Auf dem Weg zum Bahnhof war er aufgeregt wie ein Schuljunge, der sich auf den bevorstehenden Klassenausflug freute. Sich an den Halteriemen klammernd, schaute er aus dem Zugfenster.

Nach der verregneten Nacht zogen lediglich noch ein paar vereinzelte Wölkchen über den Himmel. In Ochanomizo stieg er in die Sôbu-Linie um und suchte sich in dem fast leeren Abteil einen Sitzplatz am Fenster. Das Lunchbündel im Schoß, betrachtete er die vorbeiziehende Kulisse.

Jetzt in dem gleißenden Sonnenlicht erschienen ihm die zu

beiden Seiten emporragenden, blendendweißen Betonbauten noch imposanter als in jener Nacht, als er die gleiche Strecke nach Sakura gefahren war. Es war eine beeindruckende Metamorphose. Entlang des breiten Flusses schlängelte sich inzwischen das endlose Band einer Autobahn.

Nachdem sie die Station Ichikawa passiert hatten, war draußen mehr Grün zu sehen. Er erhob sich und hielt sich zum Aussteigen in Motoyawata bereit.

Im Bus nach Urayasu fand er einen Sitzplatz und wartete auf die Abfahrt. Motoyawata war einst ein friedlicher Wohnort gewesen, doch nun stand eine lange Taxischlange vor dem Bahnhof, und in der Einkaufspassage herrschte reger Betrieb.

Erneut wunderte er sich über den bemerkenswerten Wandel, wobei ihm jedoch nicht in den Sinn kam, daß Urayasu sich ebenfalls stark verändert haben könnte.

Man konnte Urayasu nur mit dem Bus erreichen. Obwohl es in der Nähe von Tokio lag und lediglich durch den Edo-Fluß von der Metropole getrennt war, glich der Ort einer entlegenen Insel. Die Stahlbetonbauweise, die wie eine riesige Woge auf die kleineren Ortschaften übergeschwappt war, fand man zum Beispiel in Sakura lediglich in dem Stationsgebäude und in der Bahnhofsgegend wieder. Ansonsten war die Stadt so geblieben, wie er sie im Gedächtnis behalten hatte.

Deshalb war kaum zu erwarten, daß sich in Urayasu, das nicht einmal wie Sakura an einer Bahnlinie lag, der hauptstädtische Einfluß großartig bemerkbar machen würde.

Der Bus fuhr los. Die Route führte durch ein belebtes Geschäftsviertel und anschließend eine schnurgerade Straße entlang. Nach Kikutanis Erinnerung hätten sogleich offene Felder kommen müssen, doch statt dessen war die Straße von lückenlosen Häuserreihen gesäumt. Die sengende Sonne hatte den Asphalt gebleicht. Der Bus fuhr nun einen Damm entlang und überquerte dann über eine lange Brücke den Edo.

Alsbald konnte Kikutani sich deutlich an die Route erinnern: eine schmale gewundene Straße, die an verwitterten, dunklen Häusern, die zum Teil noch Strohdächer trugen, vorbeiführte – ein Fischerdorf wie im Bilderbuch.

Nach einer Weile bogen sie an einer Ampelkreuzung rechts ab in eine breite Verkehrsstraße. Die hatte allerdings mit der alten Route nichts mehr gemein. Schließlich kündigte die weibliche Lautsprecheransage als nächste Haltestelle die Bahnstation Urayasu an. Kikutani glaubte zunächst, sich verhört zu haben, und lehnte sich nach vorne, um durch die Windschutzscheibe einen Blick auf die Gegend, die vor ihnen lag, zu erhaschen. Er erblickte eine Hochbahn mit einem überdachten Stationsgebäude. Demnach gab es zu dem Fischerort, der einst nur mit dem Bus zu erreichen war, inzwischen auch eine Bahnverbindung. Als sie hinter der Unterführung hielten, stieg Kikutani als letzter aus.

Wie angewurzelt stand er vor dem Bahnhofsgebäude und starrte es eine Weile fassungslos an, bevor er die Halle betrat. Auf dem Plan über den Fahrscheinautomaten entdeckte er, daß sein vermeintliches Fischerdorf inzwischen durch eine U-Bahnlinie mit der Innenstadt von Tokio verbunden war.

Wieder draußen, hielt er einen Moment inne und schaute sich um. Er sah sich umgeben von Betonklötzen – Wohnblocks, Supermärkte, Banken –, die einen breiten, gepflasterten Boulevard säumten.

Das Fischerdorf am Ende einer Sackgasse war gänzlich ausgelöscht und hatte einer Betonwüste Platz gemacht. Auf einmal kam er sich lächerlich vor, daß er aus lauter Sentimentalität diese langwierige, holprige Busfahrt auf sich genommen hatte. Doch dann besann er sich.

Selbst wenn das Dorf zu einer Stadt expandiert war, die Flußmündung gab es schließlich immer noch. Der Edo floß wie eh und je.

Er war hergekommen, um die schilfbewachsene Insel zu betrachten, also sollte er auch dorthin gehen und ein wenig am Ufer verweilen, um den Geruch des Wassers einzuatmen.

Er wandte sich an eine Frau, die einen Kinderwagen vor

sich her schob, und fragte sie nach dem Weg zum Fluß. Dann lief er in die gezeigte Richtung.

Die entgegenkommenden Passanten waren großstädtisch gekleidet und wirkten keineswegs wie Fischersleute. Als er durch die Geschäftszeilen lief, hatte er das beunruhigende Gefühl, unbekanntes Terrain zu betreten. Irgendwann gelangte er zu einem Schrein an einer Straßengabelung. Plötzlich fiel ihm ein, daß rechts davon der Kanal verlief, der beidseitig von schmalen Promenaden gesäumt war. Dieses Bild von Urayasu hatte sich tief in sein Bewußtsein eingeprägt.

In freudiger Erwartung schlug er diesen Weg ein und fand, als er weiterlief, seine Erinnerung bestätigt. Die Gegend hier am Kanal sah noch fast genauso aus wie damals in seiner Studentenzeit. Vertäute Kutter schaukelten auf dem Wasser, und zwischen den flachen Häusern standen vereinzelt verwitterte Holzhütten. Auch die Frauen, die schwatzend vor den Hauseingängen herumstanden, hatten wenig Ähnlichkeit mit denen, die ihm im Bahnhofsviertel begegnet waren, sondern wirkten noch wie waschechte Fischersfrauen.

Das aus der Häuserzeile hervorspringende Holzschild, das er unterwegs erblickte, bestätigte ihm, das er sich nicht geirrt hatte: Hier befand sich die Pension mit der Anlegestelle, von der aus sie damals den Bootsausflug gestartet hatten. Am Kanal war das Flair des alten Fischerdorfs also noch erhalten geblieben.

Kikutani blieb vor der Pension stehen und warf einen Blick hinein, konnte jedoch niemanden entdecken, weder im Eingangsbereich noch im Wohnzimmer hinter den offenstehenden Schiebetüren.

Er lief am Kanal weiter und überquerte dann eine kurze Brücke, um seinen Weg am anderen Ufer fortzusetzen. Damals war die Promenade mit weißen Muscheln übersät gewesen, die wundervoll knackten und knirschten, wenn man drauftrat. Doch jetzt war der Weg gepflastert und führte an der Schleuse vorbei. Nach der von Betonschutzwällen flankierten Schleuse machte die Promenade einen Bogen nach links und verlief offenbar bis zum Deich des Edo-Flusses.

Kikutani lief weiter, bis er zu einer in der Mole eingelassenen Steintreppe kam, die er nach kurzem Zögern hochstieg.

Der Deich entpuppte sich tatsächlich als eine Befestigung des Edos; oben angelangt, erstreckte sich vor ihm der breite Strom. Als er seinen Blick flußabwärts schweifen ließ, entfuhr ihm ein entsetzter Aufschrei: Zu beiden Seiten der Mündung, wo einst die Schilfinsel lag, befand sich jetzt ein breiter Streifen aufgeschüttetes Land mit einer Skyline von Hochhäusern, die sich bis in die Ferne zum Meer erstreckte. Mitten hindurch schlängelte sich eine Autobahn, auf der glitzernde Punkte hin und her flitzten.

Er starrte wie gebannt auf die unwirkliche Kulisse, besann sich jedoch nach einer Weile und drehte sich um. Ein neuer Seufzer entfuhr seiner Kehle, als er das Meer von Hochhäusern vor sich sah. Nicht einmal in Tokio war ihm ein derart monströser Komplex von Wohnsilos begegnet. Einige Gebäude hatten Balkone, auf denen Wäsche zum Trocknen hing.

Fassungslos betrachtete er diese Betonwüste – eine Schlafstadt für Pendler. Auch die U-Bahn-Anbindung war eigens dafür geschaffen worden, und das gewaltige Urbanisierungsprojekt schien noch lange nicht abgeschlossen zu sein.

Er dachte an die vielen Jahre, die er hinter Gittern verbracht hatte. Das Inventar dort wurde zwar von Zeit zu Zeit erneuert, doch das Gebäude als solches blieb weitgehend unangetastet. Währenddessen hatte sich außerhalb der Gefängnismauern ein unvorstellbarer Wandel vollzogen – ein Akt von Zerstörung und Neuaufbau in gewaltigem Ausmaß, den er nun mit eigenen Augen erblickte.

Inmitten dieser reißenden Strömung war das Gefängnis wie ein Fels in der Brandung stehengeblieben. Abgeschirmt von der Außenwelt, waren die Insassen auch jetzt noch damit beschäftigt, Schuhe in Handarbeit zu fertigen oder mit antiquierten Maschinen Druck-Erzeugnisse herzustellen.

Die schilfbewachsene Insel war verschwunden; nur der Strom floß unbeirrt weiter.

Kikutani betrachtete den Fluß. Es schien gerade Ebbe zu sein, denn auf dem Wasser trieben ein toter Karpfen und Abfälle in Richtung Meer. Ein Motorboot mit einer Gruppe junger Männer und Frauen an Bord jagte von der Mündung flußaufwärts und entfernte sich in Richtung Eisenbahnbrücke. Die Wellen schwappten noch eine Weile ans Ufer.

8

Kikutani erzählte Takebayashi nichts von seinem Ausflug nach Urayasu. Anders als bei der Rückkehr nach Sakura hätte der Bewährungshelfer diesmal bestimmt nichts dagegen gehabt, daß Kikutani einen Ort aufsuchen wollte, der mit positiven Erinnerungen besetzt war.

Doch Kikutani ging es gegen den Strich, über eine derart unbedeutende Tagesreise Rechenschaft ablegen zu müssen. Er hätte sich darin wie am Gängelband gefühlt. Im Hühnerstall vermehrten sich die Fliegen.

Kikutani war wieder vollauf damit beschäftigt, öfter als sonst den Kot zu beseitigen, mit einem Schlauch Insektizide zu versprühen und Larvenpulver auszustreuen.

Der Eiermarkt zeigte noch keine Anzeichen von Erholung. Ende August rief der Chef Koinuma zu sich und beauftragte ihn, das Schlachten der Althühner zu beschleunigen, so wie es die Behörde empfohlen hatte.

Kikutani begleitete Koinuma auf die Zweitfarm, wo die Junghennen für den Austausch geimpft und ihnen die Schnäbel gestutzt wurden. Sobald sie damit fertig waren, kamen die Männer vom Schlachthof mit ihren Lkws. Koinuma blieb draußen stehen und schaute zu, wie sie die Althennen in die mitgebrachten Käfige pferchten. Kikutani hingegen hatte alle Hände voll zu tun, den Hühnermist mit Larvenpulver zu bestreuen.

Nachdem das Altgeflügel weggeschafft worden war,

herrschte Stille im Hühnerstall. Zumindest vorübergehend, denn als kurz darauf die Junghennen in die leeren Käfige gesperrt wurden, gackerte und gluckte es lauter denn je. Auch die Fütterungsanlage lief auf Hochtouren. Auf dem Förderband glitt ein ununterbrochener Strom von Eiern in die Verarbeitungshalle.

Die Junghennen hatten sich bereits eingelebt, als Kikutani eines Abends bei der Heimkehr ein braunes Kuvert in seinem Briefkasten fand. Zuerst dachte er, sein Bruder habe ihm geschrieben, um ihm den Tod seiner Nichte mitzuteilen, doch die krakelige Handschrift und der fehlende Absender deuteten auf eine andere Person.

Kikutani hatte nicht die leiseste Ahnung, wer ihm diesen Brief geschickt haben könnte. Beklommen schaute er auf den Umschlag, der ihn an die anonyme Mitteilung über die Affäre seiner Frau erinnerte. Schließlich schlitzte er ihn auf und faltete den Bogen auseinander.

Als er den Text überflog, der mit einer kurzen Entschuldigungsfloskel statt der üblichen Einleitung begann, wußte Kikutani sofort, das er von einem Mitinsassen stammte, denn im Gefängnis war das die typische Kurzformel beim Postkartenschreiben. Der Verfasser teilte ihm mit, daß er in der gleichen Strafvollzugsanstalt wie Kikutani gesessen habe, jedoch zu ihm als »Lebenslänglichen« keinen Kontakt aufgenommen habe, sondern ihn nur vom Sehen her kenne. Nach seiner Freilassung, schrieb er weiter, sei er von seinem Bewährungshelfer an einen Hühnerschlachthof vermittelt worden und habe dann zufällig auf einer seiner Touren neulich Kikutani gesehen. Die Begegnung habe ihn dermaßen schockiert, daß er am liebsten sofort davongelaufen wäre.

Sein Arbeitgeber sei natürlich über sein Vorleben informiert, doch sonst wüßte niemand davon. Nun mache er sich fürchterliche Sorgen, daß Kikutani etwas über seine Vergangenheit herumerzählen würde, und könne deshalb nachts nicht mehr ruhig schlafen. Der Brief endete mit den Worten: Bitte haben

Sie Erbarmen mit einem Mitinsassen, der das gleiche Schicksal teilt, und verraten Sie mich nicht. Ich flehe Sie an!

Unterzeichnet war das Schreiben mit Jirô Takasaki.

Den Brief in der Hand, versuchte Kikutani sich den Tag ins Gedächtnis zu rufen, an dem der Laster vom Schlachthof gekommen war. Etwa ein Dutzend Männer hatten die Käfige in den Stall getragen und die ausgedienten Hennen auf ziemlich brutale Weise hineingestopft. Takasaki schrieb, daß Kikutani ihn mehrmals angeschaut habe, doch er konnte sich nicht darauf besinnen, überhaupt auf jemanden geachtet zu haben, da er mit dem Ausstreuen des Larvenpulvers beschäftigt gewesen war. Er konnte sich lediglich vage daran erinnern, wie Männer in Uniform und Käppi emsig Käfige vom Stall zum Laster schleppten. Wahrscheinlich war Takasaki ein Kurzzeitgefangener gewesen, denn die wußten normalerweise über die Lebenslänglichen und deren Straftaten Bescheid. Insofern hatte Kikutani erst recht Grund zur Sorge, daß jemand etwas gegen ihn in der Hand hatte, während er den anderen überhaupt nicht kannte.

Ein kalter Schauer lief ihm über den Rücken, als er, auf den Tatamis sitzend, weiter darüber nachdachte. Der Gedanke, daß jemand, der über sein schweres Verbrechen Bescheid wußte, Verbindung zur Hühnerfarm hatte, machte ihm angst.

Erneut schaute er auf den Briefbogen.

Er hatte zwar von Häftlingen gehört, die sich im Knast angefreundet hatten und später nach ihrer Freilassung als Komplizen weitere Verbrechen planten und ausübten. Die meisten ehemaligen Strafgefangenen lebten jedoch inkognito aus Angst, man könnte etwas über ihre Vergangenheit aufdecken. Dieser Takasaki hätte eigentlich davon ausgehen müssen, daß Kikutani genauso bangte wie er selbst. Aber statt dessen schien er nur die eigene Bedrohung im Auge zu haben. Seine plumpe, fehlerhafte Schreibweise ließ auf einen fast lächerlich ernsthaften Charakter schließen. Doch wie hatte er die Adresse herausbekommen?

Falls der Mann seine Ängste dem Bewährungshelfer anvertraut hatte, war er sicher auf Verständnis gestoßen, aber es war zu bezweifeln, daß er von ihm die Adresse in Erfahrung gebracht hatte. Vielleicht war ihm Takasaki aus lauter Panik nach Hause gefolgt? Bei diesem Gedanken wurde Kikutani nervös: Er hatte auf einmal das unbehagliche Gefühl, beobachtet zu werden.

Am nächsten Morgen, als er seine Wohnung verließ, wappnete er sich innerlich. Bis dahin war er mehr oder weniger mechanisch zur Arbeit gefahren, doch jetzt fühlte er sich lauernden Blicken ausgesetzt. Auf dem Weg zum Bahnhof beobachtete er die Gesichter entgegenkommender Passanten und bildete sich sogar ein, von Autofahrern, die im Stau standen, angestarrt zu werden. Als er dann auf dem Bahnsteig auf den Zug wartete, schaute er sich verstohlen nach den anderen Fahrgästen um.

Irgendwo in dieser Stadt gab es Menschen, die aus Sakura stammten oder mit ihm im selben Gefängnis gesessen hatten und seine Vergangenheit kannten. Obwohl er stets damit rechnen mußte, hatte er bisher eher unbekümmert vor sich hin gelebt.

Erst der Brief von Takasaki führte ihm vor Augen, wie riskant seine Unachtsamkeit war. Ein Schauder des Entsetzens durchlief ihn, als er sich vorstellte, von jemandem beobachtet zu werden, der über ihn Bescheid wußte.

Eine vertrackte Situation: Takasaki hatte ihm aus der gleichen Befürchtung, wie sie Kikutani hegte, einen Brief geschrieben. Nur dadurch hatte Kikutani erfahren, daß er von einem Schlachthofarbeiter erkannt worden war. Diese erste Konfrontation nach seiner Freilassung war vielleicht nur die Spitze des Eisbergs: Wie viele Menschen mochten ihn wohl in den letzten anderthalb Jahren, in denen er gedankenlos draußen herumlief, erkannt und sich an sein Verbrechen erinnert haben?

Im Abteil setzte er sich auf einen unauffälligen Platz und hielt den Blick die ganze Fahrt über gesenkt.

Er war sich erst wieder sicher, als er in das laute Gegacker im Hühnerstall eintauchte. In dem ruhelosen Meer zuckender Kämme fühlte er sich nicht mehr von Blicken verfolgt und konnte endlich erleichtert aufatmen. Am Nachmittag nahm Koinuma zwei Hennen, die ihr Futter verweigerten, aus dem Käfig und drehte ihnen geschwind die Hälse um. Kikutani ging hinter den Aufzuchtstall, um sie zu verscharren. Er hob ein großes Loch aus, warf die Kadaver hinein und schaufelte Erde darauf.

Anschließend wusch er sich auf der Toilette gründlich die Hände. In seinen Handflächen war noch deutlich die Wärme der Tierkörper spürbar. Angewidert verzog er das Gesicht, als er an die offenen Schnäbel mit den heraushängenden Zungen dachte.

Als er aus der Toilette trat, erblickte er Akiyama, der unten an der Treppe zum Hühnerstall stand und nun auf ihn zukam.

Kikutani nahm seine Mütze ab und verneigte sich. Akiyama wollte offensichtlich mit ihm sprechen.

»Hat dir ein gewisser Herr Takasaki geschrieben?« erkundigte er sich und sah ihn dabei prüfend an. Seitdem er den Brief erhalten hatte, war Kikutani innerlich aufgewühlt. Er erschrak aufs neue und wurde blaß. Wie konnte Akiyama davon wissen? Eigentlich hatte Kikutani keinen Grund, sich deshalb zu fürchten, denn sein Chef war über seine Vergangenheit informiert und protegierte ihn noch dazu. Ihm konnte er unbedenklich vertrauen und war ihm deshalb eine ehrliche Antwort schuldig.

»Gestern, als ich nach Hause kam, fand ich seinen Brief im Postkasten.«

Kikutani forschte in Akiyamas Miene.

»Aha«, erwiderte dieser und nickte.

Dann erklärte ihm sein Chef, daß Takasaki vor einem Jahr aus der Haft entlassen worden sei und eine Stelle als Installateur gefunden habe. Als er jedoch erfuhr, daß die Frau eines Ladeninhabers in der Nachbarschaft aus seinem Heimatort stammte, kündigte er sofort. Daraufhin hatte ihm sein Bewährungshelfer den Job im Hühnerschlachthof vermittelt, wo er sich offenbar gut eingearbeitet hatte. Durch die Protektion des Geschäftsführers konnte er wieder ein ruhiges Leben führen.

Doch dann habe ihn die Begegnung mit Kikutani dermaßen aus der Bahn geworfen, daß es sogar seinem Arbeitgeber auffiel, woraufhin er ihn zur Rede stellte. Takasaki vertraute ihm seine Befürchtung an, Kikutani könnte etwas über sein Vorleben ausplaudern. Er wollte Kikutani deshalb einen Brief schreiben und ihn um darum bitten, Stillschweigen zu bewahren. Sein Arbeitgeber versuchte ihn zu überzeugen, daß Kikutani vermutlich ähnliche Ängste ausstehen würde. Doch Takasaki ließ sich nicht beschwichtigen, sondern spielte sogar mit dem Gedanken zu kündigen. Daraufhin rief der Geschäftsführer Akiyama an, um sich nach Kikutanis Adresse zu erkundigen.

»Der Mann hat dir also tatsächlich geschrieben. Er scheint sich ernsthaft darüber Sorgen zu machen, wie du auf ihn reagierst. Sein Arbeitgeber hat mich eben noch mal angerufen und mich gebeten, dich danach zu fragen. Du würdest doch nichts ausplaudern, oder?«

Akiyama fixierte ihn eindringlich.

»Ganz bestimmt nicht. Vor allem kenne ich den Mann ja nicht mal. In seinem Brief behauptet er, ich hätte ihn mehrfach angeschaut, aber das stimmt gar nicht. Ich kann mich überhaupt nicht erinnern, wer das sein sollte. Falls ich jemanden aus demselben Gefängnis entdeckt hätte, wäre ich selbst vor Angst gestorben. Warum sollte ich also anderen davon erzählen?«

Kikutani sprach aus, was er dachte.

Akiyama nickte. Seine Züge entspannten sich zu einem Lächeln.

»Ach so, na dann ... Er ist dir nicht mal aufgefallen. Es war also pure Einbildung. Ich werde gleich zurückrufen und versichern, daß er unbesorgt sein kann.«

Daraufhin drehte sich Akiyama um und ging zurück zur Werkhalle, während Kikutani die Treppe zum Hühnerstall hochstieg.

Auf der Heimfahrt machte er sich Gedanken über diesen Exhäftling. Takasaki würde vermutlich erleichtert sein, wenn sein Boss ihm die Nachricht von Akiyama ausrichtete, aber total beruhigt wäre er bestimmt nicht. Überempfindlich, wie er war, schien ihn der geringste Anlaß aus der Fassung zu bringen.

Bei seiner Schwarzmalerei war er trotz aller Versicherung seines Chefs imstande, auch diesen Job zu kündigen. Dann müßte er sich erneut nach einem verständnisvollen Arbeitgeber umschauen, was sicher nicht leicht war. Unter Umständen würde er sogar ohne Anstellung bleiben und dadurch in der Gosse landen.

Kikutani beschloß, ihm zu antworten. Wenn er ihm seine Gedanken schriftlich mitteilte, gäbe es für Takasaki keinen Grund mehr zur Sorge, und er würde wieder Frieden finden.

Als er aus dem Bahnhof kam, steuerte er sofort eine Telefonzelle in der Einkaufspassage an und wählte die Privatnummer von Akiyama, der gleich neben der Farm wohnte. Er hätte sich die Adresse des Hühnerschlachthofes zwar auch am nächsten Tag im Büro holen können, aber dann wäre die Sekretärin vielleicht neugierig geworden. Ein Anruf schien ihm sicherer. Akiyamas Frau meldete sich und übergab das Gespräch gleich ihrem Mann.

»Was ist denn los?« fragte Akiyama mit besorgter Stimme, da Kikutani ihn zu Hause anrief. Als er erfuhr, daß es um Takasaki ging, sagte er, daß er es ihm bereits ausgerichtet habe.

Kikutani dankte ihm und erklärte, daß er Takasaki gern schreiben würde, um ihn vollends zu beruhigen. Akiyama, der dies für eine gute Idee hielt, kam nach einer kurzen Unterbrechung an den Apparat zurück und teilte ihm die Anschrift mit.

Anschließend besorgte sich Kikutani unterwegs noch ein paar gekühlte Dosen Bier sowie ein Fertiggericht und kehrte dann in seine Wohnung zurück. Nach dem Essen legte er sich einen Schreibblock auf dem flachen Eßtischchen zurecht und nahm einen Kugelschreiber zur Hand. Er schrieb, daß ihm unter den Arbeitern, die das Altgeflügel abtransportiert hätten, niemand aufgefallen sei, den er vom Gefängnis her kannte. Er selbst hätte genau die gleiche Angst, entdeckt zu werden, und würde deshalb nie auf die Idee kommen, etwas über ihn auszuplaudern. Und bei der nächsten Begegnung auf der Hühnerfarm könnten sie weiterhin ja so tun, als ob sie sich nicht kennen würden. Kikutani schloß mit den Worten, daß er allein leben würde und somit keine Gefahr bestünde, daß Takasakis Brief in fremde Hände geriete. Er könne ihm also getrost schreiben, falls er seinen Kummer loswerden wolle.

Kikutani las sich den Text nochmals durch, vereinfachte einige schwierige Zeichen mit Silbenschrift und steckte den Bogen dann in ein Kuvert, auf dem er Takasakis Namen und die Anschrift des Schlachthofs notierte. Daraufhin verließ er sein Apartment, um den Brief gleich einzuwerfen.

Die Antwort kam fünf Tage später. Wie der erste Brief begann auch dieser mit einer kurzen Entschuldigungsformel, worauf Takasaki schrieb, daß ihm zunächst sein Chef die Nachricht übermittelt und er dann den Brief erhalten habe. Ihm sei jetzt wirklich ein Stein vom Herzen gefallen, und er könne nachts wieder ruhig schlafen.

Daraufhin ließ er sich umständlich über seine Straftat aus: Takasaki hatte in eine Familie eingeheiratet, die eine Spirituosenhandlung in einem Provinznest besaß. Bereits nach den ersten paar Monaten bekam er den Haß seiner Schwiegermutter zu spüren, und mit der Zeit schlug sich auch seine Frau immer mehr auf deren Seite. Obwohl sie ein gemeinsames Kind hatten, wurde er schließlich aus dem Schlafzimmer verbannt und mußte auf den Dielen im Laden übernachten. Seine Schwiegermutter traktierte ihn in einem fort, bis er gezwungenermaßen auf die gemeinsamen Mahlzeiten verzichtete und sich mit den Essensresten in der Küche begnügte. Er ließ sich ihre Schikanen die ganze Zeit über gefallen, bis sie ihm eines Tages androhte, ihn aus dem Haus zu werfen. Da verlor er die Beherrschung und schlug sie tot. Seine Frau, die einzugreifen versuchte, wurde dabei verletzt.

Für seine Tat sei er aufgrund mildernder Umstand zu sieben Jahren Haft verurteilt worden. Nach seiner Entlassung im letzten Herbst stünde er noch unter Bewährung. Kikutani, den er aus der Gefängnisdruckerei kannte, sei ihm wegen seines ruhigen, intelligenten Gesichts aufgefallen, und er habe sich immer gewundert, wie solch ein Mann ein derartiges Verbrechen begehen konnte. Nach der schockierenden Begegnung auf der Hühnerfarm habe er geglaubt, seine Vergangenheit würde nun auffliegen, und sei deshalb zu Tränen gerührt gewesen, als er Kikutanis warmherzigen Brief erhalten habe. Sein Schlußsatz lautete: Ich möchte ein neues Leben beginnen und wäre Ihnen dankbar, wenn Sie mir auf dem Wege behilflich sein könnten.

Kikutani legte den Brief auf das Tischchen, goß sich Bier ins Glas und trank einen Schluck.

Das freimütige Bekenntnis bewies, daß Takasaki zu ihm Vertrauen hatte und bei ihm Hilfe suchte. Es war die Einsamkeit, die sie einander in die Arme trieb, um ihr gemeinsames Geheimnis zu teilen – ein typisches psychologisches Muster bei Exhäftlingen. Kikutani machte da keine Ausnahme: Auch er fand es tröstlich, daß der andere ähnlich fühlte wie er. Es rührte ihn, daß Takasaki derart sentimental auf seinen Brief reagiert hatte, und er empfand Sympathie für diesen Menschen, der ihm so vertraut erschien.

Die glühende Hitze hatte nachgelassen; es wurde langsam herbstlich.

Kikutani ließ zwei Wochen verstreichen, bevor er Takasaki zurückschrieb, doch die Antwort kam postwendend. Er schrieb, daß er in sehnlicher Erwartung eines neuen Briefes den alten mit sich herumgetragen und ihn immer und immer wieder gelesen habe. Er sei seinem Arbeitgeber und seinem Bewährungshelfer dankbar, daß sie ihm so verständnisvoll zur Seite stünden. Er habe zuerst in der Fabrik gearbeitet, doch die zerlegten Hühnerteile auf dem Fließband hätten ihn zu sehr an seine Tat erinnert. Statt dessen transportierte er nun Altgeflügel und lieferte Hühnerfleisch an Lebensmittelfirmen. Beim Einschlafen würde er sich Kikutanis Gesicht vorstellen, um beruhigt seine Augen schließen zu können. Er solle ihm doch bitte wieder schreiben.

Durch seine langjährige Tätigkeit als Korrektor störte sich Kikutani ein wenig an der fehlerhaften Schreibweise, doch die unbeholfene Vertrauensseligkeit ging ihm dafür um so mehr zu Herzen. Vermutlich hatte Takasaki sonst niemanden, dem er schreiben konnte, und dieser Briefwechsel war sein einziger Trost. Kikutani erging es ähnlich. Insgeheim leckten sie sich gegenseitig die Wunden. Sie setzten ihren Briefwechsel fort: Takasaki schrieb sich seinen Kummer von der Seele, und Kikutani ging darauf ein.

Takasaki stammte aus der Präfektur Iwate. Sein Vater starb, als er noch ganz klein war, und hinterließ die Familie in Armut. Nachdem er die Mittelschule absolviert hatte, ging Takasaki nach Tokio, wo er in einem Getränkegroßhandel arbeitete und nebenher eine Abendschule besuchte.

Nach seiner abgeschlossenen Ausbildung blieb er weiterhin als Lieferant für den Großhandel tätig, bis der Besitzer eines Spirituosenladens, dem der fleißige Mann schon lange aufgefallen war, ihn als Ehemann für seine Tochter erkor und zusätzlich adoptierte. Alles lief soweit gut, doch als sein Schwiegervater starb, geriet er an seine Schwiegermutter, was schließlich zu dem tragischen Ende führte.

Während er in Haft saß, schickte ihm seine Frau die Scheidungspapiere, die er anstandslos unterschrieb und besiegelte. Die Beziehung zur Familie brach daraufhin vollständig ab. Später erfuhr er, daß seine Frau inzwischen wieder verheiratet sei. Ihr gegenüber empfand er nicht das geringste Bedauern, sondern nur blanken Haß. Seine Tochter, die inzwischen eingeschult sein mußte, fehlte ihm hingegen sehr. Seine Sehnsucht nach ihr war so stark, daß er sich schon oftmals überlegt hatte, sie heimlich auf ihrem Schulweg zu beobachten.

Doch jedesmal überkam ihn solche Angst, in diese Stadt zu fahren, daß er sein Vorhaben aufgegeben hatte.

Seine Mutter und Schwester lebten noch immer in der Heimat. Die Briefe seiner Mutter waren schroff und vorwurfsvoll, doch zwischen den Zeilen konnte er auch ihre Liebe zu ihm lesen. Sie gab ihm die Schuld dafür, daß seiner Schwester nie ein Heiratsantrag gemacht wurde, weil sein Verbrechen schwer auf der Familie lastete. Deshalb untersagte sie ihm, in das Heimatdorf zurückzukehren, nachdem er ihr seine Freilassung mitgeteilt hatte. Ihrem Willen gehorchend, wollte er auch in Zukunft den Ort meiden.

An seinem freien Tag Ende September verließ Kikutani sein Apartment, um Takebayashi einen Besuch abzustatten. Er hatte zwar seinen Ausflug in den Heimatort und nach Urayasu verheimlicht, wollte ihm jedoch von seiner Korrespondenz mit Takasaki erzählen.

Durch die Briefe, in denen er sein Herz ausschütten konnte, schien Takasaki sein seelisches Gleichgewicht wiedererlangt zu haben. Auch er selbst hatte an dem Austausch mit einem Mann, dessen Gesicht er nicht einmal kannte, Gefallen gefunden und fühlte sich dadurch in seiner Einsamkeit getröstet. Sein Bewährungshelfer, dem die Rehabilitation eines ehemaligen Strafgefangenen am Herzen lag, müßte diesen Briefwechsel doch eigentlich gutheißen, zumal ihre beiden Arbeitgeber sie dazu ermuntert hatten. Ein solch vorbildliches Verhältnis zu seinem Chef erfreute Takebayashi bestimmt.

Als Kikutani ihm in seinem Wohnzimmer gegenübersaß,

berichtete er wie üblich von seinem Arbeitsplatz. Die außergewöhnliche Krise auf dem Eiermarkt halte an, und einige Betriebe hätten bereits Konkurs angemeldet. Akiyama hingegen zeige sich nach wie vor zuversichtlich, berichtete Kikutani. Takebayashi erzählte ihm daraufhin, daß im Supermarkt seines Sohnes die Eier zwar billiger verkauft werden würden, der Umsatz jedoch nicht gestiegen sei.

Nach einer kurzen Schweigepause wechselte Kikutani das Thema und kam auf seinen Briefwechsel mit Takasaki zu sprechen.

»So so ... Davon habe ich schon gehört«, reagierte Takebayashi gelassen.

Kikutani schaute ihn verwundert an.

»Sie wissen es bereits?«

Takebayashi nickte und ließ seinen Blick über den Garten schweifen.

»Ich habe jedesmal gehofft, daß du mir davon erzählst. Wahrscheinlich hieltest du es nicht für besonders erwähnenswert. Ich bin froh, es nun aus deinem Munde zu hören. Erzähl mir ruhig alles, was dich betrifft, egal, wie belanglos es dir erscheint.« Die letzten Worte hatte er fast geflüstert.

»Das werde ich«, versprach ihm Kikutani in ernstem Ton.

»Ich habe gehört, daß Jirô Takasakis Verhalten im Strafvollzug vorbildlich gewesen sein soll. Er ist ein gewissenhafter Mensch, aber gerade solche Personen neigen dazu, sich nach der Entlassung über die geringsten Kleinigkeiten den Kopf zu zerbrechen und sich damit das Leben schwerzumachen. Für ihn ist es sicher eine große Entlastung, sich mit dir darüber auszutauschen. Insofern ist euer Briefkontakt eine wunderbare Sache. Ich würde mich freuen, wenn du ihn weiterhin aufmunterst.«

Kikutani kam es vor, als würde Takebayashi nicht nur von der Korrespondenz wissen, sondern sogar den Inhalt ihrer Briefe kennen. Diese Vorstellung behagte ihm gar nicht, denn er hatte geglaubt, es wäre ein Geheimnis zwischen ihm und Takasaki.

Auf dem Heimweg grübelte er darüber nach, wie sein Bewährungshelfer davon erfahren haben konnte.

Die einzigen Personen, die sonst noch davon wußten, waren Takasakis Chef und Akiyama, die dem Kontakt Vorschub geleistet hatten. Vielleicht hatte Akiyama, der einen Exsträfling bei sich arbeiten ließ, Kiyoura aus reinem Pflichtbewußtsein davon in Kenntnis gesetzt. Dieser mußte es dann Takebayashi weitererzählt haben. Andererseits war Akiyama mit seinem ausgeprägten Geschäftssinn und seiner Großmütigkeit nicht der Typ, der hinter Kikutanis Rücken etwas ausplaudern würde.

Demnach kam nur noch Takasaki in Frage. Offenbar hatte er seinem Betreuer schon ziemlich früh von dem Briefwechsel berichtet. Bestimmt hatte Takasakis Bewährungshelfer dies in seinem Bericht der Behörde gemeldet, die ihrerseits Takebayashi darüber informiert haben könnte. Kikutani hatte plötzlich das Gefühl, in einem wohlorganisierten Netz gefangen zu sein, das jede noch so kleine Bewegung von ihm registrierte.

Der Herbst schritt unaufhaltsam voran. Aus dem Zugfenster sah Kikutani Tag für Tag die hellbraune Silhouette der fernen Bergkette, die sich scharf umrissen vor dem klaren Himmel abzeichnete. Die Fliegen hatten sich endgültig aus dem Hühnerstall verzogen; statt dessen schwirrten nun kleine rote Libellen durch die Luft. Einige Bäume im Wäldchen neben der Farm färbten sich bereits rot.

Von Takasaki kam ein weiterer Brief; doch Kikutani zögerte diesmal mit der Antwort. Ihr Briefwechsel war für ihn wie eine heimliche Affäre, mit dem Hauch von Lust, den Liebende verspüren, wenn sich ihre warmen Körper im Dunkeln aneinanderschmiegen. Doch jetzt hatte er den Verdacht, daß Takebayashi sogar wußte, was sie sich gegenseitig schrieben. Ihn bedrückte die Vorstellung, genauso kontrolliert zu werden wie im Gefängnis, wo jegliche private Korrespondenz zensiert wurde.

Mit jedem Tag wuchs seine Neugier, wie Takebayashi davon erfahren haben konnte. Zweifellos hatte Takasaki etwas durchsickern lassen. Doch um herauszufinden, wieweit die Überwachung reichte, mußte er ihm erneut schreiben und ihn zur Rede stellen, wann und wem er etwas von ihrem Schriftverkehr erzählt hatte.

Er legte sich das Briefpapier zurecht. Er schrieb, er sei sehr überrascht gewesen, daß sein Bewährungshelfer bereits von der Korrespondenz wußte, und er vermute, daß Takasaki mit jemandem darüber gesprochen habe. Es sehe ganz so aus, als würde sein eigener Betreuer sogar den Inhalt der Briefe kennen. Ob Takasaki die Briefe jemandem gezeigt habe? Der Angelegenheit entsprechend, verfiel er automatisch in einen vorwurfsvollen Ton.

Als Kikitani ein paar Tage später die postwendende Antwort las, mußte er feststellen, daß die Wirklichkeit seine Vermutungen sogar noch übertraf. Kurz nachdem Takasaki ihn auf der Hühnerfarn erblickt und nach seinem Brief eine Antwort von Kikitani erhalten hatte, war er vor lauter Freude sofort zu seinem Bewährungshelfer gerannt und hatte ihm alles haarklein erzählt. Auch bei den folgenden Terminen waren die Briefe jedesmal Gesprächsthema. Takasaki gab die Briefe seinem Betreuer zwar nicht zu lesen, aber sie sprachen über den Inhalt. Was Kikutani erstaunte, war, daß Takasakis Antwort auf seine verärgerte Nachfrage kein bißchen schuldbewußt oder eingeschüchtert klang.

Für Takasaki schien es eine selbstverständliche Pflicht zu sein, alle Angelegenheiten mit seinem Betrcuer zu besprechen. Demzufolge hatte er auch kein Gespür dafür, daß es für Kikutani einem Vertrauensbruch gleichkam, wenn er sich so detailliert über ihre Korrespondenz ausließ. Kikutani erkannte darin erneut den todernsten Charakter von Takasaki, der die ihre auferlegten Regeln gewissenhaft befolgte und sich seinem Betreuer vollständig anvertraut hatte.

Es war zwar unangenehm, daß ihr Briefwechsel überwacht wurde, doch jetzt, da Kikutani die Hintergründe kannte, war ihm schon etwas wohler zumute. Er selbst hatte ja seinem Bewährungshelfer davon erzählt, wodurch die Korrespondenz gewissermaßen veröffentlicht wurde. Alles in allem schienen ihre Betreuer die Angelegenheit gutzuheißen und wohlgefällig zu beobachten. Obwohl Kikutani vollständig eingeschränkt war durch den Rahmen, den ihm das Bewährungsamt setzte, fand er seinen inneren Frieden wieder. Dies ähnelte seiner Situation im Gefängnis, wo er trotz des radikalen Freiheitsentzugs ein ausgeglichenes, stabiles Leben geführt hatte.

Die Tage wurden kälter, und Kikutani mußte sich einen Mantel überziehen, wenn er morgens zur Arbeit fuhr. Den Weg von der Bushaltestelle zur Farm lief er wie üblich zu Fuß, die Hände in den Taschen vergraben. Das Laub war bereits heruntergefallen; Reifkristalle glitzerten an den Zweigen. Die Klimaanlage pustete warme Luft aus den Röhren, während Kikutani langsam die Reihen der Käfige abschritt.

Abends, wenn er in sein Apartment zurückkehrte, stand die Luft im Zimmer still, als wäre sie eingefroren. Noch im Mantel schaltete er den Heizlüfter an und hockte sich davor, um sich erst einmal die Hände zu wärmen. Dann zündete er den Gasherd an und kochte sich ein Mahl. Im vorigen Winter hatte er sich beinahe dagegen gesträubt, einen Ofen zu kaufen, und sogar manchmal vergessen, ihn anzustellen. Doch erstaunlicherweise war sein abgehärteter Körper im Laufe des einen Jahres empfindlicher gegen Kälte geworden. Er eilte sogar schon nach Hause, wenn er aus dem öffentlichen Badehaus kam, aus Angst, sich zu verkühlen.

Die anderen Mieter schienen tatsächlich nur nachts zu arbeiten, denn wenn er morgens aufbrach und spätabends heimkehrte, war es mucksmäuschenstill im Haus. Auch an seinen freien Tagen waren erst am Nachmittag Geräusche wie gedämpfte Stimmen oder Musik zu hören. Doch nach einer leichten Unruhe gegen Abend, wenn vermehrt Türen klapperten und Schritte auf der Treppe erklangen, herrschte wieder Totenstille.

Nachts wurde Kikutani eigentlich selten wach, es sei denn, ihn trieb der Harndrang aus dem Bett. Dann hörte er das gesamte Haus rumoren. Manchmal zankte sich ein Paar unter der Außentreppe.

Seit etwa zwei Monaten drang aus der Nachbarwohnung hin und wieder die erregte Stimme einer Frau zu ihm herüber, entweder frühmorgens oder spätnachmittags an seinen freien Tagen.

Zunächst klang es wie eine Art abgehacktes Schluchzen, erst schwach und dann lauter werdend, bis es sich schließlich zu heftigem Stöhnen und Schreien steigerte. Nach einer anschließenden kurzen Stille vernahm Kikutani eine tiefe männliche Stimme, der eine weibliche antwortete. Vor einiger Zeit war nebenan ein neuer Mieter eingezogen, ein korpulenter Mann von etwa dreißig Jahren, dem Kikutani gelegentlich auf der Treppe begegnete. Vermutlich arbeitete er als Koch, denn er trug sein Haar ganz kurz geschnitten und verließ die Wohnung immer erst am späten Nachmittag. Er wohnte allein, brachte aber gelegentlich seine Freundin mit nach Hause.

Jedesmal, wenn Kikutani die Frauenstimme nebenan hörte, verharrte er still im Zimmer und rief sich die intimen Stunden mit Emiko ins Gedächtnis. Doch diese Erinnerungen verknüpften sich unweigerlich mit jener Nacht, als er sich durch den Kücheneingang in sein Haus geschlichen und das Küchenmesser ergriffen hatte. Eine sich aufbäumende Gestalt mit den Zügen seiner Frau tauchte vor ihm auf, und er hielt sich verzweifelt die Ohren zu.

Die weibliche Stimme wurde langsam zu einer Tortur, so daß er nachmittags an seinen freien Tagen aus der Wohnung floh.

Anfang Dezember hörten die Geräusche nebenan plötzlich

auf. Es standen auch keine abholbereiten Schüsseln und Teller vom Lieferservice mehr vor der Wohnung, und Türklappern war ebenfalls nicht vernehmbar. Der Nachbar war offenbar ausgezogen, und das Apartment schien leerzustehen. Die Korrespondenz mit Takasaki lief weiter; sie schrieben sich zweimal pro Monat. Takasaki berichtete, daß er wegen der Absatzkrise auf dem Eiermarkt neuerdings zu bankrott gegangenen Hühnerhöfen fahren und dort nicht nur das Altgeflügel, sondern auch Junghennen und Küken zum Schlachten abtransportieren müsse. Kürzlich habe er seinen Betreuer um Erlaubnis gebeten, daß Grab seiner Schwiegermutter besuchen zu dürfen, um dort Buße zu tun. Sein Gesuch sei jedoch abgelehnt worden, und statt dessen würde er nun vor einem eigens angefertigen Namenstäfelchen für ihren Seelenfrieden beten.

Kikutani antwortete ziemlich reserviert, um seine eigenen Gefühle in der Angelegenheit nicht preiszugeben. Doch Takasakis nächster Brief Anfang des neuen Jahres bewegte sein Gemüt stärker. In seiner zaudernden, unbeholfenen Art äußerte Takasaki darin den schon länger gehegten Wunsch, sich mit Kikutani zu einem Gespräch zu treffen. Außer seinem Betreuer habe er doch niemanden, dem er sein Herz ausschütten könne, und er würde sich freuen, wenn Kikutani etwas Zeit für ihn fände. Der Ausdruck »sein Herz ausschütten« war eine übliche Phrase bei Strafgefangenen. Takasaki schien immer noch ein Leben wie im Gefängnis zu führen, obwohl er bereits über ein Jahr auf freiem Fuß war.

Kikutani fühlte sich durch seine überschwengliche Sentimentalität etwas abgeschreckt, wollte aber Takasaki, der in ihm offenbar einen seelischen Halt gefunden hatte, auch nicht vor den Kopf stoßen. Außerdem hatte er selbst schon des öfteren mit dem Gedanken gespielt, seinen Briefpartner zu treffen. Die ähnliche Vergangenheit, die sie vor anderen zu verbergen suchten, machte sie gewissermaßen zu Verbündeten, und es war nur zu natürlich, daß sie ihre Freundschaft durch eine persönliche Begegnung vertiefen wollten. Takasakis Vorschlag kam ihm demnach sogar entgegen, und er willigte ein. In den folgenden Briefen vereinbarten sie ein Treffen.

Sie verabredeten sich für einen Mittwoch, Kikutanis Urlaubstag. Takasaki hatte sich mit Erlaubnis seines Arbeitgebers ebenfalls freigenommen, um sich auf Kikutanis Vorschlag hin mit ihm am Nachmittag in Shinjuku auf der Dachterrasse des Kaufhauses zu treffen. Er schrieb Kikutani, daß er rechtzeitig da sein und auf ihn warten würde.

Beim nächsten Besuchstermin erzählte Kikutani seinem Bewährungshelfer von der Verabredung.

»Das höre ich gern«, brummte Takebayashi mit einem beifälligen Nicken.

Am Vorabend des Treffens saß Kikutani mit einem Glas Sake vor dem Fernseher, konnte sich jedoch nicht auf die Handlung des Spielfilms konzentrieren. Nach Igarashi war es das erste Mal, daß er Kontakt zu einem Exhäftling hatte, und er war ziemlich aufgeregt, fast ein wenig beklommen. Worüber sollten sie sich unterhalten? Vermutlich würde die Stimmung erst einmal steif sein, bevor sie langsam auftauten und redseliger werden würden. Kikutani versuchte, sich ein Bild von dem unbekannten Mitinsassen zu machen: Bestimmt war er untersetzt, mit breiten Schultern. Nach seinen gefühlsbetonten Briefen zu urteilen, konnte er aber genausogut ein schlanker, feingliedriger Brillenträger sein. Die Wirkung des Sake machte sich bemerkbar. Kikutani genoß es, beschwipst zu sein. Am nächsten Morgen nach dem Frühstück wusch er, wie immer an seinem freien Tag, seine Unterwäsche und hängte sie auf die Wäscheleine am Fenster. Das kleine Fleckchen Himmel zwischen seinem Haus und dem Nachbargebäude war grau. Er setzte sich an den Heizlüfter und schaute bis zum Mittag fern. Dann kochte er sich aus dem restlichen Reis vom Vortag eine Suppe. Nach dem Essen rasierte er sich und kleidete sich an: Anzug, Oberhemd und Krawatte.

Bevor er die Wohnung verließ, schaltete er den Heizlüfter

aus und drehte den Gashahn zu. Es war noch zeitig genug, um zu Fuß zu gehen, doch er schlug den Weg durch die Einkaufspassage zum Bahnhof ein. Da sie sich um drei trafen, würden sie eventuell anschließend etwas essen gehen, wahrscheinlich in einem der Kaufhaus-Restaurants. Vielleicht würden sie dort auch etwas trinken. In diesem Fall sollte er eigentlich die Rechnung bezahlen, denn schließlich war er der Ältere und hatte außerdem länger gesessen.

Als er in Shinjuku ausstieg, stellte er fest, daß noch über eine halbe Stunde Zeit war. Er ging zum Kiosk, um Zigaretten zu kaufen, und setzte sich dann auf eine Bank. Takasaki wollte schließlich zuerst da sein und auf ihn warten, und Kikutani war darauf bedacht, seinen Wunsch zu respektieren und pünktlich zur verabredeten Zeit zu erscheinen. Eine Zigarette rauchend, betrachtete er den Strom der Fahrgäste, die auf beiden Seiten aus- und einstiegen.

Kikutani schaute alle paar Minuten auf die Bahnhofsuhr, bis er sich schließlich erhob und durch die Sperre zur Unterführung ging. Sein Herz klopfte vor Aufregung bei dem Gedanken, gleich Takasaki oben auf der Dachterrasse zu treffen, so wie damals bei seinen vorehelichen Rendezvous mit Emiko.

Durch die Lebensmittelabteilung im Untergeschoß gelangte er zu den Fahrstühlen. Vielleicht befand sich Takasaki unter den Wartenden und tippte ihm gleich auf die Schulter. Den Blick stur nach vorn gerichtet, betrat Kikutani den Lift.

Mit jedem Stockwerk wurde der Fahrstuhl leerer, bis er das Dachgeschoß erreichte, wo Kikutani als letzter ausstieg.

In der Zooabteilung rechts zwitscherten Vögel in den Käfigen, während links eine Reihe von Aquarien mit tropischen Fischen stand. Eine junge Verkäuferin saß etwas gelangweilt auf einem Hocker. Als Kikutani die Tür nach draußen zum Dachgarten aufstieß, schlug ihm kühle Luft entgegen.

Er ging auf die Pflanzenabteilung zu, wo sie verabredet waren.

Den ganzen Sommer über bis in den Herbst waren hier Unmengen Familien versammelt gewesen, deren Kinder sich vergnügt um den Ausstellungs- und Verkaufsstand von Insekten geschart oder mit Papierkeschern in den Goldfischbassins herumgefischt hatten. Jetzt war das lebhafte Treiben jedoch vorbei. Die kleine Eisenbahn und die Raumschiffe in der Karussellecke standen still, und es war auch kein Personal zu sehen.

Am Treffpunkt wartend, schaute sich Kikutani die Pflanzen an. Etwas weiter hinten liefen zwei Männer um die Kübel herum und blieben vor einem Exemplar stehen, um es zu begutachten. Sie wirkten jedoch noch älter als Kikutani. Er vermutete, Takasaki sei inzwischen eingetroffen, und schaute sich um, doch es war niemand in Sicht.

Kikutani warf einen Blick auf die Wanduhr im Eingangsbereich: Es waren noch fünf Minuten bis zum ausgemachten Zeitpunkt. Er setzte sich auf den nächsten Stuhl. Kikutani hatte ihm zwar eine Orientierungsskizze geschickt, aber da Takasaki eigentlich früher da sein wollte, hatte er sich vielleicht doch verlaufen. Vermutlich hatte er seit seiner Entlassung noch keinen Schritt ins Kaufhaus gewagt, aus Angst vor Rolltreppen und Fahrstühlen. Und jetzt irrte er womöglich durch die Abteilungen und kam über die Treppen nach oben gelaufen.

Kikutani hielt schützend die Hand vor das Feuerzeug, als er sich auf seinem zugigen Platz eine Zigarette anzündete.

Die Zeiger der Wanduhr rückten unbeirrt vorwärts. Eine Viertelstunde verging. Er bemerkte einen Mann in der Nähe, der sich gerade Zierkarpfen in einem Bassin anschaute. Er war klein und mager, schätzungsweise Anfang Vierzig. Ein rotes Mal zog sich von der Wange bis zum Hals, vermutlich von einer Verbrennung.

Der Mann trat zurück und kam Kikutani entgegen, der damit rechnete, daß er vor ihm stehenblieb und ihn ansprechen würde. Doch der Mann lief an ihm vorbei.

Eine halbe Stunde war bereits vergangen, und Kikutani heftete seinen Blick auf den Eingang. Bei einigen Männern, die nach und nach auf die Terrasse hinaustraten, dachte er zunächst, es sei Takasaki, doch alle liefen dann in andere Richtungen weiter oder machten gleich wieder kehrt, weil es ihnen offensichtlich zu kalt war. Langsam wurde er gereizt. Hatte Takasaki etwa den Tag verwechselt? Aber das schien ihm doch eher unwahrscheinlich, da sie den Termin mehrmals schriftlich bestätigt hatten. Vielleicht war ihm unterwegs etwas zugestoßen, so daß er verhindert war.

Plötzlich kam ihm die Idee, daß Takasaki eventuell in einer anderen Ecke auf der Dachterrasse auf ihn wartete. Er erhob sich und drehte eine eilige Runde. Das Stehcafé, das im Herbst noch geöffnet hatte, war geschlossen. Auch die Spielothek, vor deren Eingang eine Kette mit dem Schild ›Vorübergehend geschlossen‹ hing, war dunkel.

Kikutani hetzte zum Ausgangspunkt zurück, da er befürchtete, Takasaki könnte inzwischen doch noch eingetroffen sein. Doch der Platz war leer. Nur ein ausländisches Pärchen schlenderte durch die Abteilung und schaute sich Topfpflanzen, Steinlaternen und Miniatur-Wassermühlen an, aber ansonsten war weit und breit niemand zu sehen, und er setzte sich wieder hin.

Es war bereits über eine Stunde vergangen. Selbst wenn Takasaki sich heillos verlaufen hatte, hätte er inzwischen da sein müssen. In seinen Briefen hatte er immer wieder begeistert betont, wie er sich auf das Treffen treue und daß er Kikutani viel zu erzählen habe. Sein Nichterscheinen ließ also darauf schließen, daß etwas Unerwartetes passiert war.

Kikutani überlegte kurz, ob er aufbrechen sollte, traute sich dann aber doch nicht, den Platz zu verlassen. Noch bestand die Möglichkeit, daß Takasaki hier völlig aufgelöst angehetzt kam. Kikutani starrte unentwegt auf die Eingangstür. Eigentlich hatte Takasaki das Treffen vorgeschlagen, doch durch die ungeduldige Warterei war er nun derjenige, der ihm entgegenfieberte. Es machte ihm nichts aus zu warten, sofern noch ein Fünkchen Hoffnung bestand, daß sie sich begegneten.

Draußen wurde es zunehmend kälter. Die Fassaden der aufragenden Hochhäuser verdunkelten sich, und nach und nach gingen immer mehr Lichter hinter den Fenstern an.

Kikutani warf seine Zigarettenkippe in einen Aschenbecher, erhob sich und schritt auf den Eingang zu. Außer ihm befand sich kein Mensch mehr hier oben. Er stieß die Tür auf und drückte den Knopf des Fahrstuhls, der gleich darauf kam und ihn nach unten brachte.

An den folgenden Tagen schaute er sofort im Postkasten nach, wenn er abends von der Arbeit heimkehrte. Er erwartete natürlich eine Erklärung von Takasaki, weshalb dieser ihre Verabredung nicht eingehalten hatte, fand jedoch keine Nachricht vor.

Kikutani machte sich Sorgen, daß Takasakai ernstlich erkrankt sein oder einen Unfall gehabt haben könnte, und schrieb ihm drei Tage später einen Brief. Die erhoffte Antwort blieb jedoch aus. An seinem nächsten freien Tag hatte er einen Gesprächstermin bei seinem Bewährungshelfer. Takebayashi lag mit einer Erkältung im Bett, erschien dann aber, eingemummelt im wattierten Kimono, im Wohnzimmer. Er sah blaß aus, und die weißen Bartstoppeln, die aus seinem Kinn sprossen, ließen ihn gealtert erscheinen. Besorgt um seinen Zustand, machte Kikutani Anstalten aufzustehen und sagte, er würde nächste Woche wiederkommen, doch der alte Mann versicherte ihm, daß das Fieber bereits gesunken sei und er ganz beruhigt sein könne. Die Beine unter dem Heiztisch, lauschte er Kikutanis Bericht. Nachdem er ihn wie üblich über seine aktuelle Situation informiert hatte, kam er auf das geplatzte Treffen zu sprechen.

»Er soll aber da gewesen sein«, sagte Takebayashi, ohne eine Miene zu verziehen.

Kikutani starrte ihn fassungslos an. Mit dieser Bemerkung

hatte er nicht gerechnet. Takebayashi schob den Kimonokragen zurecht und fügte erklärend hinzu: »Herr Hagino, Takasakis Betreuer, ist ein ehemaliger Grundschuldirektor. Er hat mich zweimal deswegen angerufen.«

Er griff nach der Schale Tee, die ihm seine Frau gebracht hatte. Gespannt lauschte Kikutani seinem anschließenden Bericht.

Laut Hagino sei Takasaki etwas früher als verabredet auf der Dachterrasse erschienen und habe sich dann in einiger Entfernung vom Treffpunkt aufgehalten. Als Kikutani aufkreuzte, wollte er erst auf ihn zugehen, habe dann aber doch den Mut verloren und Kikutani von seinem Versteck aus beobachtet. Obwohl er sich schreckliche Vorwürfe machte, Kikutani stundenlang warten zu lassen, habe er es nicht über sich gebracht, auf ihn zuzugehen. Als Kikurani dann im Dunkeln die Terrasse verließ, habe er ihn zum Abschied mit einer stummen Geste um Verzeihung gebeten.

»Herr Hagino hat ihn anschließend zur Rede gestellt, warum er sich nicht getraut habe, wo er sich doch so auf den Tag gefreut hatte. Aber Takasaki brachte kein vernünftiges Wort heraus, sondern stammelte bloß etwas von schlotternden Knien und Schüttelfrost. Nach geduldigem Nachfragen stellte sich dann heraus: Er konnte es einfach nicht ertragen, daß jemand über seine Vergangenheit Bescheid wußte. Herr Hagino mußte zugeben, daß ihm nach all den Jahren als Bewährungshelfer die Psyche von Exhäftlingen immer noch ein Rätsel sei.«

Takebayashi runzelte die Stirn, als er zu Ende gesprochen hatte.

Kikutani betrachtete stumm sein Profil.

»Das wäre ja alles nicht so schlimm, wenn es dabei geblieben wäre«, fuhr Takebayashi fort. »Aber inzwischen habe ich erfahren, daß Takasaki seinen Job gekündigt hat. Der Brief, den du ihm geschickt hattest, ist von seinem Arbeitgeber an Herrn Hagino weitergeleitet worden.«

Kikutani war entsetzt.

»Und was will er jetzt tun?« fragte er stockend.

»Soweit ich weiß, arbeitet er als Tagelöhner. Er muß sich jeden Morgen aufs neue nach einem Job umsehen, und es kann auch passieren, daß er an manchen Tagen leer ausgeht.«

Takebayashis Miene verdüsterte sich, als er seine Teeschale an die Lippen setzte.

»Warum hat er denn bloß ...«, murmelte Kikutani.

»Tja, warum nur ...«, fragte sich Takebayashi ebenso und legte den Kopf nachdenklich zur Seite.

In dem Augenblick kam seine Frau ins Zimmer und stellte ein Tablett mit einem Kännchen frischgebrühten Tee auf den Tisch.

»Es schneit«, sagte sie und nahm ebenfalls am Kotatsu Platz.

Draußen sah man weiße Flocken durch die Luft wirbeln.

Kikutani starrte in den Garten hinaus.

Zum Abend schneite es stärker, was in der Nacht zu einem heftigen Schneegestöber ausartete. Die sonstige Geräuschkulisse aus Stimmen, Musik und Verkehrslärm wurde durch den Schnee verschluckt, und eine tiefe Stille senkte sich über die Stadt, nur hin und wieder unterbrochen vom Sirenengeheul der Rettungswagen. Kikutani saß in Gedanken versunken auf den Tatamis und nippte von Zeit zu Zeit an seinem Becher Sake. Wo mochte sich Takasaki auf der Dachterrasse verborgen haben? Er hatte sich doch mehrmals gründlich umgeschaut, jedoch niemanden entdeckt. Vielleicht hatte sich Takasaki im Gewächshaus der Pflanzenabteilung versteckt oder hinter dem Aufbau in der Nähe der Zierkarpfenbassins. Womöglich war er sogar ganz dicht an Takasaki vorbeigegangen, als er kurzzeitig seinen Platz verlassen und eine eilige Runde auf der Dachterrasse gedreht hatte.

Weshalb hatte Takasaki ihn da nicht angesprochen?

Es fand das Ganze zwar höchst verwunderlich, konnte aber

Takasakis Gefühl sehr gut nachvollziehen. In seinem ersten Brief an Kikutani hatte er ihn inständig darum gebeten, Stillschweigen über seine Vergangenheit zu bewahren. Seine größte Sorge bestand darin, daß sein Geheimnis herauskommen könnte. Während des Briefwechsels hatte er sich jedoch immer mehr offenbart: seine Kindheit geschildert, sich ausführlich über seine Straftat ausgelassen und seine Gefühle schonungslos preisgegeben. Außerdem war er derjenige gewesen, der um ein persönliches Treffen gebeten hatte, und war auch tatsächlich am verabredeten Ort erschienen.

Doch als er dann Kikutani wirklich vor sich sah, besann er sich auf all die intimen Mitteilungen in seinen geschwätzigen Briefen, die er vertrauensselig einem Unbekannten geschickt hatte, so als würde er seine Geständnisse in ein dunkles Loch rufen. Der leibhaftige Kikutani, der alles über ihn wußte und nun auf einem Stuhl auf ihn wartete, mußte ihn völlig aus der Fassung gebracht haben.

Vielleicht sah er in Kikutani, der wie er einem anderen Menschen das Leben geraubt hatte, auch sein eigenes Spiegelbild, und diese Erkenntnis hatte ihm dann so zugesetzt, daß er weiche Knie und Schüttelfrost bekommen hatte.

Kikutani konnte ihm sein Versteckspiel nicht verübeln, aber es war ihm unangenehm, daß er über längere Zeit heimlich beobachtet worden war. Durch die Kündigung war Takasaki nun in unbekannte Gefilde entschwunden, wo ihn Kikutani nicht mehr erreichen konnte. Das Bündnis zwischen ihnen war unwiderruflich zerstört, der Briefwechsel beendet.

Kikutani hatte vorgehabt, Takasaki bei dem Treffen allerhand Fragen zu stellen, und er bedauerte es sehr, daß er nun nicht mehr die Möglichkeit dazu hatte. Takasaki hatte einmal geschrieben, daß er das Grab seiner Stiefmutter aufsuchen wollte, was ihm jedoch verwehrt worden war, so daß er als Ersatz vor ihrem Totentäfelchen Andacht hielt. Kikutani hätte gern von ihm gewußt, ob er das aus Reue tat. Doch bevor er ihm diese Frage hätte stellen können, hätte er selbst preisgeben müssen, daß er heimlich zu dem Grab der alten Mutter von Mochizuki gefahren war. Er hatte sogar Räucherstäbchen mitgenommen, doch als er schließlich davorstand, war sein Haß auf den Nebenbuhler erneut zum Ausbruch gekommen und hatte jegliches Gefühl von Reue erstickt. Er war dann unverrichteter Dinge wieder fortgegangen. Übrig blieb allein die Überzeugung, daß der Tod der alten Frau eine zwangsläufige Begleiterscheinung gewesen war.

Kikutani hätte Takasaki gerne gefragt, ob er ernsthaft vor dem Täfelchen bete oder ob dies nur eine zur Schau gestellte Geste sei, um den Bewährungshelfer zu beeindrucken.

»Ich möchte wissen, was Sie tatsächlich tief in Ihrem Herzen fühlen. Ich selbst weiß nur zu gut, daß Mord das Abscheulichste und Beschämendste ist, was ein Mensch verüben kann. Trotzdem empfinde ich keine Reue für das, was ich meiner Frau angetan habe, sondern halte es, so befremdlich das auch klingen mag, für eine unausweichliche Tat. Den Tod der Mutter habe ich nicht absichtlich verursacht, es geschah aus Versehen. Doch andererseits war ihr Tod die Konsequenz daraus, einen solchen Mann zum Sohn zu haben. Aber wie ist es bei Ihnen? Ist der Haß auf Ihre Schwiegermutter, die mit ihrer boshaften Schikane Ihre menschliche Würde zerstört hatte, jetzt völlig verraucht? Bereuen Sie wirklich von ganzem Herzen, sie getötet zu haben?«

Was hätte Takasaki wohl geantwortet? Er rief sich die Begründung nach der Urteilsverkündung ins Gedächtnis: »Der Angeklagte zeigt tiefe Reue für seine Verbrechen. Auch vor diesem Gericht hat er sich offen zu seiner Schuld bekannt und betet inständig für das Seelenheil seiner Frau Emiko und Teru Mochizuki.«

Mit dieser Erklärung hatte der Richter die Strafminderung gerechtfertigt und ihn daraufhin zu lebenslänglicher Haft verurteilt.

Als Kikutani auf der Anklagebank die Schlußrede vernahm, war er tief bewegt: Die Worte des Richters sprachen ihm aus der Seele. Doch später während der Haft hatte sich seine Einstellung verändert. Er fühlte sich zwar weiterhin an dem Tod von Mochizukis Mutter schuldig, doch die Reue für den Mord an Emiko wurde immer schwächer, bis sie vollends versiegte. Schließlich hielt er seine Tat nicht einmal mehr für ein Verbrechen, sondern übrig blieb nur der Zorn auf seine Frau und ihren Liebhaber. Was hatten eigentlich die sechzehn Jahre für einen Sinn gehabt?

In den ersten Jahren war er oft aus Alpträumen erwacht, die ihm die schreckliche Nacht immer wieder lebhaft vor Augen führten, und hatte sich hinterher schreckliche Vorwürfe gemacht. Doch als die Träume seltener wurden, ließ auch seine Reue nach. Die vielen Jahre im Gefängnis hatten seine Schuldgefühle gewissermaßen verwittern lassen.

Takasaki hatte vermutlich Ähnliches über Bußfertigkeit zu hören bekommen. Doch wenn man seine ausführlichen Schilderungen las, wie sehr ihn die Schwiegermutter gedemütigt hatte, mußte er eigentlich immer noch Haßgefühle gegen sie hegen.

Und falls Takasaki, wenn vielleicht auch nur zögernd, zugegeben hätte, daß er ganz ähnlich wie Kikutani empfand, hätte Kikutani ihm eine weitere Frage gestellt: Er wollte herausfinden, was sie beide zu Mördern gemacht hatte, um seine Tat noch einmal zu reflektieren.

Natürlich hatte Kikutani vor jener schrecklichen Nacht nicht einmal im Traum daran gedacht, jemals einen Mord zu begehen. So lautete auch die Urteilsbegründung. Es war in der Tat kein vorsätzlicher Mord gewesen, obgleich er sich in der Hafenpension krank gestellt hatte, um eher nach Hause fahren zu können.

Vielmehr, so argumentierte das Gericht weiter, habe »der Angeklagte im Affekt getötet«, und zwar in dem Moment, als er Zeuge des sexuellen Verkehrs zwischen seiner Frau und Mochizuki wurde. Kikutani hatte still den Worten des Richters gelauscht, sich jedoch insgeheim gefragt, ob das tatsächlich stimmte. Und später in der Haft, als er sich den Wortlaut immer wieder ins Gedächtnis rief, entsprachen sie seiner Ansicht nach nicht mehr dem wirklichen Sachverhalt.

Weder war es ein vorsätzlicher Mord gewesen, noch hatte er im Affekt gehandelt. In dem Augenblick, als er durch den Spalt der Vorhänge Mochizukis Hüfte zwischen den Beinen seiner Frau erblickt hatte, war er von einer klaren Besonnenheit bestimmt, als würde ihn frisches, kühles Wasser durchspülen. Es war kein Vorsatz, seine Füße trugen ihn mechanisch ins Haus. Seine Hand ergriff das Messer und stach zu – erst Mochizuki und dann Emiko, immer und immer wieder.

Seine Erinnerung an die Szene war erstaunlich klar, doch er war nicht mehr sein eigener Herr gewesen, sondern wurde geradezu von einem fremden Willen gesteuert. Kein Haß, kein Zorn. Wenn man so will, eigentlich überhaupt keine Emotionen.

Das Gericht hatte den konsequenten psychologischen Ablauf in allen Einzelheiten geschildert. Zwischen dieser schemahaften Darstellung und dem tatsächlichen Geschehen gab es jedoch eine enorme Diskrepanz.

Wie mochte das bei Takasaki gewesen sein? Hatte er in Rage getötet? Oder hatte er jene verhängnisvollen Minuten wie Kikutani in einem emotionslosen Vakuum erlebt? Doch Takasaki war nicht mehr erreichbar, ihn konnte er nicht mehr danach fragen. Höchstwahrscheinlich würde er bis an sein Lebensende auch niemandem mehr begegnen, der ihm darüber Auskunft geben konnte. Die einzige Chance war damit vertan.

Durchs Fenster sah er die Schneeflocken fallen: schimmernde Kristalle in künstlicher Beleuchtung. Hin und wieder warf er einen Blick nach draußen, während er an seinem Sake nippte.

9

Kikutani verbrachte eine Zeit der Leere.

Jeden Abend, wenn er nach Hause kam, schaute er in der leisen Hoffnung auf einen Brief im Postkasten nach, doch nach etwa einem Monat gab er es auf. Er fühlte sich ausgelaugt und zog sich zweimal eine Erkältung zu. Abermals wurde ihm bewußt, daß der Briefwechsel mit Takasaki seinem Leben einen neuen Impuls gegeben hatte, und nun, da die Korrespondenz abgebrochen war, empfand er sich innerlich wie ausgehöhlt.

Die Kälte ließ nach, und an manchen Tagen war es schon frühlingshaft mild. Eines Abends auf seinem Heimweg vom Bahnhof blieb er vor einem Laden in der Einkaufspassage stehen. Neben den modern ausgestatteten Geschäften wirkte dieser veraltet und verstaubt und schien lange nicht mehr renoviert worden zu sein. Auf dem Ladenschild war in verblichener Pinselschritt ›Zierfische‹ zu lesen. Draußen lagen verschiedene Sorten von Seetang aus, und daneben stand ein Holzkübel mit Schildkröten, deren Panzer aussahen, als seien sie in einem kitschigen Giftgrün angemalt worden.

Kikutani traute sich ausnahmsweise hinein, denn der alte Inhaber, der sonst immer hinten saß und auf die Straße blickte, kümmerte sich gerade um eine Kundin. Sie wollte Fischfutter kaufen, das im Regal auf der rechten Seite stand. Kikutani schritt auf die links aufgereihten Bassins zu.

In dem sprudelnden Wasser der angestrahlten Becken tummelten sich exotische Goldfische: Teleskopfische, japanische Goldfische, Kalikos-Fische, Ranchû-Goldfische und junge Zierkarpfen. Er entdeckte auch Bitterlinge, die aber im Vergleich zu denen, die er früher geangelt hatte, mickriger waren und sich nicht so flink bewegten. Auf dem Boden unterhalb der Bassins stand ein Bottich mit Kärpflingen.

Als die Kundin mit ihrem Einkauf fertig war, wandte sich der Inhaber Kikutani zu, der sich daraufhin so gelassen wie möglich von den Bassins entfernte und den Laden verließ.

Auf dem Heimweg erinnerte er sich an die Fliege, die ihm eine Zeitlang in der Zelle Gesellschaft geleistet hatte. Bei dieser komischen und zugleich traurigen Reminiszenz huschte ein bitteres Lächeln über sein Gesicht.

Nach etwa sechs Monaten Haft begann ihn die untätige Zeit zwischen Abendessen und Schlafengehen zu bedrücken. Tagsüber war er abgelenkt durch die Arbeit in der Druckerei. Trotz der Nachtruhe konnte er die Anwesenheit der anderen Gefangenen spüren, vernahm hin und wieder das Geräusch einer Klospülung. Ab und zu näherten sich auch die Schritte eines diensthabenden Wärters, um sich dann, nachdem dieser einen Blick zu ihm in die Zelle geworfen hatte, wieder zu entfernen.

Die Tatsache, daß mit ihm zahlreiche andere Männer inhaftiert waren, bot ihm keinen Trost für die unerträgliche Einsamkeit, die er in seiner Einzelzelle empfand.

Er hatte gehört, daß einmal einem zum Tode Verurteilten die letzte Bitte gewährt wurde, sich einen Vogel halten zu dürfen. Kikutani konnte gut nachvollziehen, daß der Mann, der nicht mehr zur Werkstatt gehen durfte und den ganzen Tag in Erwartung der Vollstreckung in seiner Zelle hockte, darin einen seelischen Trost fand.

Er soll den Vogel gehegt und gepflegt, ihm täglich zu fressen gegeben haben, wobei er auch nicht vergaß, sein Wasserschälchen nachzufüllen. Doch nach der Exekution fand der Wärter das Tier tot in der Zelle am Boden liegen – erwürgt. Vermutlich war der Häftling eifersüchtig gewesen, daß der Vogel ihn überleben würde. Dem Mann wurde diese Bitte nur deshalb gewährt, weil ihm die Todesstrafe bevorstand; bei einem normalen Strafgefangenen wäre dies undenkbar.

Kikutani hatte mit ausgestreckten Beinen in der Zelle gesessen und die großen Zehen hin und her bewegt. So ähnelten sie Lebewesen, und er spielte ein Weilchen damit herum. In dem Augenblick kam eine Stubenfliege, die sich in den Gefängnistrakt verirrt hatte, durch die Gitterstäbe in seine Zelle geflogen.

Der dicke Brummer summte erst um ihn herum und ließ sich schließlich auf dem Regalbrett nieder. Kikutani konnte seinen Blick nicht mehr davon abwenden, denn seitdem er hier im Gefängnis saß, war diese Fliege das erste lebendige Wesen, das ihn in seiner Zelle besuchte. Als sie erneut losflog, glaubte er, sie würde ihn gleich wieder verlassen, doch statt dessen blieb sie in der Ritze zwischen den beiden Tatamimatten sitzen. Nachdem sie sich mit den gekrümmten Beinchen über die Flügel gestrichen hatte, verharrte sie still.

Mit angehaltenem Atem kroch Kikutani behutsam rückwärts und griff nach der Kappe, die auf der zusammengefalteten Arbeitsuniform lag. Die Fliege strich sich abermals mit den Beinchen über die Flügel. Kikutani machte einen Satz und stülpte blitzschnell die Kappe über sie. Es kam ihm vor wie ein Wunder, ein solch behendes Tier gefangen zu haben. Er richtete sich auf und wickelte die flach an den Boden gehaltene Mütze ganz langsam auf, bis ein Flügel in dem schmalen Hohlraum zwischen Stoff und Tatami zum Vorschein kam.

Nach kurzer Überlegung riß er ihr notgedrungen beide Flügel zur Hälfte aus, damit sie nicht wegfliegen konnte. Dann hob er die Mütze vorsichtig hoch und nahm die Fliege zwischen die Finger.

Aus Angst, sie könnte immer noch wegfliegen, sobald er sie losließe, zog er einen Faden aus einem Handtuch heraus und fixierte ihn unterhalb der Flügel, um den Leib damit zu umwickeln. Es war gar nicht so einfach, doch als er es geschafft hatte, machte er einen Knoten und band das Ende des Fadens an einen Bleistift. Die Fliege schlug heftig mit den Flügelstümpfen, doch unfähig loszufliegen, krabbelte sie bloß auf dem Boden herum.

Kikutani betrachtete sie aus nächster Nähe. Unten an den Beinchen waren krallenartige Haken, und dicht bei den Augen traten zarte Fühler aus dem Kopf. Vom Rücken zum Bauch verliefen mit feinen Härchen besetzte Querstreifen. Am nächsten Morgen stellte er erleichtert fest, daß die Fliege über die Tatamis krabbelte. Auch während des Frühstücks ließ er sie nicht aus den Augen. Vermutlich würde sie krepieren, wenn er in der Werkstatt war. Als er dann gegen Abend in seine Zelle zurückkehrte, war sie immer noch am Leben und kratzte sich die Beinchen an den Tatanis. Mit einem Eßstäbchen träufelte er ihr einen Tropfen Gemüsebrühe auf den Kopf, worauf sich gleich ihr Mundwerkzeug bewegte.

Er beobachtete sie den ganzen Abend lang.

Am nächsten Morgen lag sie tot auf dem Rücken. Die Beinchen waren stark gekrümmt, die gestutzten Flügel bereits welk.

Etwa eine Woche lang ließ er sie so liegen. An ihrer Haltung änderte sich nichts, nur der Körper schrumpfte zusehends.

Weshalb erinnerte ihn der Anblick der Zierfische an diese Fliege? Er dachte über sein häusliches Leben nach. Immer wenn er die Wohnung aufschloß, stand die Luft still, wie erstarrt. Um diese Starre aufzulockern, schaltete er den Fernseher an und setzte einen Kessel mit Wasser auf. Dann bereitete er sich einen Abendimbiß zu und schaute essend und Sake trinkend fern.

Er hatte sich zwar an diese Routine gewöhnt, doch die langen Abendstunden schienen ihm öde, nachdem der Briefkontakt mit Takasaki abgebrochen war. Entweder schnitt er sich die Finger- und Fußnägel oder zupfte sich mit Hilfe eines kleinen Handspiegels weiße Haare aus. Meistens lag er jedoch einfach nur da und starrte geistesabwesend an die Decke. Er wünschte sich etwas Lebendiges in seinem Heim, etwas, das sich bewegte und auf ihn wartete, wenn er von der Arbeit nach Hause kam – so wie damals die Fliege, die in seiner Zelle herumgekrabbelt war. Das würde ihn bestimmt aufheitern. Vermutlich hatte ihn dieses tiefe Bedürfnis in den Zierfischladen getrieben, an dem er sonst immer vorbeigelaufen war.

Kikutani betrat seine Wohnung und setzte sich, ohne den Mantel auszuziehen, auf die Tatamis. Der Mietvertrag verbot das Halten von Hunden und Katzen, also kamen nur Fische und Vögel in Frage. Da er auf der Arbeit bereits von Federvieh umgeben war, stand ihm der Sinn eigentlich nicht mehr nach einem Wesen mit Schnabel und Flügeln. Also Fische.

Er stellte sich die Goldfische vor, wie sie mit wedelnden Schwanzflossen durch das angestrahlte Wasser glitten. Er brauchte keine kostspieligen exotischen Exemplare, ordinäre Goldfische würden ihm genügen.

In seiner Jugend und auch später, als er verheiratet war, hatte er sich mehrmals Goldfische angeschafft, doch sie waren stets eingegangen. Einmal trieben sämtliche Fische auf dem getrübten Wasser mit dem Bauch nach oben, während ein anderes Mal einer der Fische einen merkwürdigen Flaum auf seinen Schuppen hatte, worauf sich die restlichen infizierten und nacheinander starben.

Beim nächsten Mal befolgte er den Rat eines Zierfischexperten, indem er vorsichtiger das Wasser wechselte und die Futtermenge dosierte, aber es ging wieder schief, bis er schließlich die Lust daran verlor. Es wäre ziemlich frustrierend, wenn er bei seiner Heimkehr einen toten Goldfisch vorfinden würde.

Dann besann er sich auf die Kärpflinge in dem Bottich unterhalb der Bassins. Sie waren bestimmt pflegeleichter als die Goldfische. Das Wasserwechseln würde nicht so aufwendig sein, und außerdem brauchten sie nicht so viel Futter. Als

Haustiere waren sie zwar ziemlich klein geraten, aber ein ganzer Schwarm davon, der sich munter im Becken tummelte, konnte durchaus eine Augenweide sein.

Nach dem Abendessen verließ er die Wohnung und ging abermals in die Einkaufspassage. Seine Anschaffungen beliefen sich bisher nur auf notwendige Dinge des Alltags, so daß es ihm wie purer Luxus vorkam, für etwas Geld auszugeben, das eher einem Hobby glich. Als er den Laden betrat, steuerte er sogleich auf den Bottich zu, in dem ein Holztäfelchen auf dem Wasser schwamm: › 10 Stück für 400 Yen‹ lautete der Preis in schwarzer Tuscheschrift.

Kikutani schaute zu dem Inhaber auf, der in dem Moment auf ihn zukam.

»Ich hätte gern zehn davon.«

Der alte Mann nickte und verschwand nach hinten, um kurz darauf mit einer durchsichtigen, viereckigen Kunststoffwanne zurückzukehren. Wortlos fischte er die Kärpflinge mit einem kleinen Kescher aus dem Bottich und ließ sie in eine mit Wasser gehüllte Plastiktüte gleiten. Kikutani bezahlte und verließ dann mit dem Behälter und der Tüte den Laden. Wieder zu Hause, stellte er die Wanne auf den Boden und kippte den Inhalt der Tüte behutsam hinein.

Die Fische verharrten einen Moment hilflos in dem schwappenden Wasser, doch sobald es sich beruhigt hatte, schwammen sie munter drauflos und stießen dauernd mit dem Kopf gegen die durchsichtige Plastikwand.

Kikutani kauerte sich vor das Bassin und schaute ins Wasser. Er hatte angenommen, die Fische seien alle gleich groß, doch bei genauerer Betrachtung entdeckte er, daß manche schlank und andere rundlicher waren – vermutlich ein Merkmal des Geschlechts, das Kikutani jedoch nicht ausmachen konnte. Ihre Äuglein waren pechschwarz, und in dem Licht, das durch ihre durchsichtigen Körper schimmerte, schienen sie zu phosphoreszieren. Er hatte sie ursprünglich für ordinäre Süßwasserfische gehalten, doch wie sie jetzt vor seinen

Augen hin und her flitzten, fand er sie wundervoll, so flink und anmutig.

Am Sake nippend, schaute er dem munteren Treiben weiter zu, und als sich ein leichter Rausch einstellte, trat ein friedliches Leuchten in seine Augen.

Die Pflaumenblüte war vorbei, und die Knospen der Kirschblüten wurden immer praller. Zu dieser Zeit erreichten die Hennen ihren jährlichen Legehöhepunkt, während die Fliegen wieder einmal aus dem Nichts auftauchten. Akiyama hielt den Betrieb aufrecht, indem er, die Preise des Importfutters im Auge behaltend, Schnäppchenkäufe in Barzahlung tätigte und vorerst keine neuen Mitarbeiter einstellte, auch wenn eine Stelle frei geworden war.

Die größeren Unternehmen mit moderner Ausstattung bemühten sich angestrengt darum, die Legequoten zu senken, doch die Bauern, die sich Hühner als Nebenverdienst hielten, leisteten der Überproduktion unvermindert Vorschub, was zu einem weiteren Preissturz führte. Auf Anraten der Behörden begann der Berufsverband seinen Entschluß, zehn Millionen Eier in Kühlhäusern zu konservieren, in die Tat umzusetzen.

Die Situation verschlimmerte sich noch dadurch, daß der Verbrauch von Mayonnaise, Speiseeis, Kuchen und dergleichen, der sonst 40 Prozent des gesamten Eierkonsums ausmachte, ebenfalls zurückgegangen war, so daß sich die Marktlage auch dadurch nicht entspannen konnte.

Selbst Koinuma wirkte inzwischen verunsichert, tönte aber zuversichtlich, offenbar um sich selbst Mut zu machen: »Unser Chef ist ein zäher Bursche. Er übersteht die Krise mit links, und irgendwann werden sich die Preise auch wieder normalisieren.«

Die Zeitungen berichteten allerdings über die katastrophale Flaute. Kikutani versuchte Akiyamas Miene zu entnehmen, wie es um den Betrieb stand. Der Chef zeigte jedoch keine Anzeichen von Panik, sondern unterhielt sich vergnügt mit dem jungen Angestellten des Futterlieferanten oder anderen Besuchern in seinem Büro. Abends, wenn er von der Arbeit heimkehrte, stellte Kikutani das Bassin auf den kleinen Tisch unter die Lampe und beobachtete die Fische, während er aß und Sake trank. Er hatte eine Methode gefunden, das Wasser sauberzuhalten, indem er eine Schale mit abgestandenem Leitungswasser einmal pro Woche vorsichtig ins Becken kippte. Die Kärpflinge wurden dadurch nicht gestört und schwammen munter in dem frischen, lichtdurchfluteten Wasser. Wenn er eine Prise Fischfutter – ein Pulver aus Wasserflöhen – ins Becken streute, schwammen die Kärpflinge herbei und schnappten danach. Allmählich wurden sie fetter und ihre Farben intensiver.

Kikutani besorgte außerdem Seetang für das Becken.

Die Kärpflinge waren in seinem Bewußtsein mit der gefesselten Fliege verknüpft. Damals, als er von der Werkstatt in seine Zelle zurückkehrte, hatte er befürchtet, sie könnte nicht mehr am Leben sein, und nun machte er sich die gleichen Sorgen um die Fische, die sich aber als verläßlicher erwiesen.

Jeden Morgen, bevor er zur Arbeit ging, stellte er das Bassin an eine Stelle auf dem Boden, wo im Laufe des Tages für kurze Zeit die Sonne ins Zimmer schien. Die Fische waren quicklebendig, und Kikutani empfand regelrecht Bewunderung für die kleinen Geschöpfe, die in der tagsüber verwaisten Wohnung so unbeschwert vor sich hin schwammen.

Eines Abends, als er sein Aquarium betrachtete, fiel ihm ein winziger Organismus auf, der sich außer den Fischen im Wasser bewegte. Als er näher hinschaute, entdeckte er im Bereich des Seetangs noch viel mehr davon. Die Mikroorganismen bewegten sich ganz sachte, einige schienen sogar nur zu schweben und waren transparent mit schwach erkennbaren Pünktchen vorn – offenbar die Augen.

Allmählich dämmerte ihm, daß es sich um die Brut handelte. Es rührte ihn, daß seine Fische trotz des kläglichen Futters und der beengten Verhältnisse den Geschäften des Lebens nachgingen und die kleinen Wesen auf die Welt gebracht hatten.

Demnach mußten sich auch Weibchen in dem Schwarm befinden, und er schaute sich daraufhin die Kärpflinge mit ihren wedelnden Flossen noch einmal genauer an.

Neben den schlanken gab es nach wie vor auch plumpere Exemplare, die er jetzt unter die Lupe nahm. An ihren prallen Bäuchen hafteten durchsichtige Kügelchen, die aussahen wie Rogen, und einige Fische zogen schleimige Fäden mit aufgereihten Laichperlen gleich Rosenkränzen hinter sich her.

Jetzt war ihm klar, daß die Brut aus den befruchteten Eier ausgeschlüpft war. Dabei fiel ihm ein, was ein Angelkollege, mit dem er sich vor seiner Inhaftierung gut verstanden hatte, ihm einmal erzählt hatte. Der Mann, Inhaber eines Lebensmittelgeschäfts, hatte ein Betonbecken hinter seinem Haus, in dem er sich geangelte Karauschen hielt. In der Laichzeit, erzählte er, legten die Weibchen ihre Eier zwar ab, doch wenn man sie dort ließ, würden die Fische sie mitsamt der bereits ausgeschlüpften Brut auffressen. Als Kikutani die sanften, anmutigen Bewegungen der Kärpflinge verfolgte, erschienen sie ihm ganz anders als die hektisch herumflitzenden Karauschen, die angeblich ihre Jungen verspeisten. Offenbar ignorierten seine Fische den Laich sogar, selbst wenn sie ganz dicht daran vorbeischwammen. Aber als Artgenossen hatten sie bestimmt ähnliche kannibalische Instinkte und fraßen ihre Nachkommenschaft auf.

Diese Vorstellung beunruhigte ihn sehr, und er sorgte sich darum, daß die erwachsenen Kärpflinge jeden Augenblick zuschnappen könnten.

Der wortkarge, fast mufflige Inhaber des Zierfischladens erschien ihm zwar als Verkäufer ungeeignet, doch mit Fischen schien er sich gut auszukennen. Bestimmt würde er ihm fachmännisch Auskunft geben, auch wenn es Kikutani etwas peinlich war, sich nach der Fortpflanzung von Kärpflingen zu erkundigen.

Er stand auf und verließ das Apartment.

Es waren keine weiteren Kunden im Laden. Der Besitzer, der hinten auf einem Hocker hinter der alten Theke saß, erhob sich sogleich, als Kikutani eintrat.

Kikutani erzählte ihm von dem Laich und daß er gehört habe, die Fische würden ihre Brut auffressen, wenn man sie im Becken lasse. Er wolle nun wissen, ob das stimmte.

»Natürlich«, erwiderte der Alte trocken.

Kikutani fragte, ob es eine Möglichkeit gebe, dies zu verhindern.

»Man könnte noch ein zweites Becken einrichten, um die Algen, an denen die Fischeier abgelegt wurden, dort hineinzutun. Aber noch günstiger wäre es, die Fische selbst in den neuen Behälter zu geben, denn der Laich und die Jungfische sind sehr empfindlich gegen Temperaturwechsel und haben bessere Überlebenschancen, wenn sie im selben Milieu bleiben.«

Der Inhaber fügte hinzu, er solle beide Behälter täglich mit dem abgestandenen Leitungswasser auffüllen, damit die Wassermenge konstant gehalten würde.

Kikutani bedankte sich, kaufte ein zusätzliches kleines Bassin und verließ das Geschäft. In sein Apartment zurückgekehrt, machte er sich sofort daran, Flüssigkeit aus dem alten Becken ins neue umzugießen, wobei er die Kärpflinge mit den Händen hinüberschöpfte. Dann kippte er vorsichtig das abgestandene Wasser aus der Schüssel in beide Behältnisse.

Er erinnerte sich an die Worte des Ladenbesitzers, daß der Laich an den Algen haftete, und zog die Büschel behutsam aus dem Wasser. Tatsächlich klebten dort an den Stielen, aber auch an den Verzweigungen und Blättern unzählige dieser kleinen, transparenten Eier, die im Lampenschein schimmerten. Er ließ die Pflanzen wieder ins Wasser gleiten.

An den folgenden Tagen freute er sich darauf, nach Hause zu kommen und die Entwicklung im Becken zu beobachten. Die Brut schlüpfte jetzt nacheinander aus, und er fand jedesmal mehr Jungfische vor. Die frisch ausgeschlüpften hielten sich noch im Schutz der Algen auf, doch die etwas größeren wagten sich bereits ins Freie. Ihre Bewcgungen waren monoton: ein kurzer Ruck nach vorn, eine Pause, und wieder ein Ruck nach vorn. Die schwarzen Äuglein waren jetzt schon deutlicher erkennbar.

Etwa eine Woche später hatten sich alle Nachkommen hervorgetraut und tummelten sich im Becken. Wenn Kikutani das Futter ins Wasser bröselte, bildeten die Fischlein einen Schwarm und schnappten danach.

Erneut zog er die Algen aus dem Wasser und fand jetzt nur noch undurchsichtige Resteier, vermutlich unbefruchtete, die allesamt mit einem weißlichen Schimmelpelz überzogen waren.

Er schloß daraus, daß das Laichen zu Ende war, und wusch die Algen unter fließendem Wasser ab, um sie in das Becken zu den erwachsenen Kärpflingen zu geben. An den prallen Bäuchen der Weibchen klebten immer noch Rogen, und am nächsten Tag, als er die Algen begutachtete, hingen bereits neue Eier daran. Zwei Tage darauf setzte er die Wasserpflanzen in den Brutbehälter um, und ab dem folgenden Tag waren wieder ausgeschlüpfte Jungfische im Algendickicht zu sehen.

Bei seinem nächsten Besuchstermin berichtete er Takebayashi von seiner erfolgreichen Fischzucht.

»Ja, das ist faszinierend«, erwiderte der alte Mann mit lächelnden Augen und erzählte ihm von der Laichzeit seiner Prachtkarpfen.

Ein trächtiges Weibchen sei von einigen Männchen bis an den Rand des Teiches gejagt worden, wo es sich windend auf die Seite warf und an einer ins Wasser gepflanzten Palme rieb, um die Eier an einem der Stengel abzulegen. Plötzlich brodelte es: Die Männchen zischten herbei und rangelten sich darum, ihr Sperma auf den Palmwedel zu spritzen, woraufhin das Wasser sich milchig trübte und aufschäumte. Takebayashi setzte die Palme in ein anderes Bassin, bis die Brut ausgeschlüpft war. Bedauerlicherweise hatten sämtliche Jungfische mißgebildete Rücken- und Schwanzflossen, so daß er sie alle an die Nachbarskinder verschenkte.

»Aber bei Kärpflingen gibt es keine gelungenen und mißlungenen Exemplare. Wenn sie den Winter heil überstehen, werden sie nächstes Frühjahr ebenfalls laichen. Dann kannst du bald ein Geschäft damit aufmachen.«

Takebayashis Bemerkung brachte Kikutani zum Lachen. An diesem Tag schien der alte Mann besonders gut gelaunt zu sein. Es stimmte ihn zufrieden, daß Kikutani Spaß an den Fischen fand, nachdem er sich zuvor wegen des abgebrochenen Kontakts zu Takasaki sehr gegrämt hatte.

Sie gingen in den Garten hinaus und hockten sich an den Rand des Teiches, um die Karpfen zu füttern. Das Wasser spritzte auf, als die Fische im Schwarm herbeischossen und sich um das Fressen rangelten. Manche saugten sogar schmatzend an Kikutanis Fingern, die er an der Wasseroberfläche hielt.

Er wunderte sich, daß die unbändigen Kreaturen tatsächlich zur selben Gattung gehören sollten wie die Fischlein zu Hause, und er fand, daß seine sanftmütigen Kärpflinge viel besser zu ihm paßten.

Als die Regenzeit einsetzte, machten die Jungfische einen merklichen Schuß. Ein paar waren ohne ersichtlichen Grund eingegangen. Kikutani holte die weißlich verfärbten Kadaver, die auf den Grund des Glases abgesunken waren, mit Eßstäbchen heraus und warf sie weg. Die Jungfische ruckten nun nicht mehr bloß roboterhaft vor und zurück, sondern schwammen frei im Becken herum, wobei sie mit wedelnder Schwanzflosse schwungvolle Kehrtwendungen vollführten.

Bei seinen Besuchen berichtete Kikutani jedesmal begeistert von seiner Fischzucht, wenn Takebayashi sich danach erkundigte. Etwa dreißig Jungfische hatten überlebt und nahmen zusehends die Färbung der ausgewachsenen Kärpflinge an.

Während ihres Gesprächs Ende Juli stellte ihm Takebayashi, nachdem er einen Schluck Tee genommen hatte, plötzlich eine überraschende Frage: »Hast du eigentlich schon mal daran gedacht, wieder zu heiraten?«

Kikutani starrte ihn, die Teetasse in der Hand, entgeistert an. Er glaubte, sich verhört zu haben, oder vielmehr schien das Gesagte wie ein Lufthauch an ihm vorbeigehuscht zu sein.

»Du hast dich allem Anschein nach gut eingelebt und bist psychisch gefestigt. Also könntest du doch langsam Pläne schmieden. Um ehrlich zu sein, habe ich mit Kiyoura bei unserem Tretton neulich bereits darüber gesprochen. Er fand die Idee gut und wollte Akiyama zu Rate ziehen. Inzwischen hat er mit deinem Chef telefoniert, der ebenfalls begeistert darauf reagiert hat. Er will, daß wir das in die Wege leiten.«

Ein Lächeln erschien auf Takebayashis Gesicht.

Kikutani starrte ihn immer noch wortlos an. Wie kam sein Betreuer nur auf diese Idee? Wahrscheinlich hatte ihm Akiyama berichtet, daß Kikutani ein fleißiger, zuverlässiger Mitarbeiter sei, der niemals fehlte oder zu spät kam. Sein Gehalt reichte aus, um seine Lebenshaltungskosten zu bestreiten. Außerdem wurde seine psychische Verfassung vom Bewährungsamt, unter dessen Aufsicht er stand, als bedenkenlos eingestuft. Es war zu vermuten, daß sämtliche Faktoren – das Halten der Fische, sein Interesse an der Aufzucht, seine bescheidene Lebensweise und psychische Stabilität – ihn auf diesen Einfall gebracht hatten.

Erneut empfand Kikutani eine tiefe Dankbarkeit, daß sich die drei Männer so um seine Zukunft kümmerten. Auf der anderen Seite führte ihm die Tatsache, daß sie sich gemeinsam über ihn berieten, wieder einmal deutlich vor Augen, daß er sich nur in einem festgesteckten Rahmen bewegen konnte.

»Es liegt natürlich ganz bei dir. Ich wollte dir damit nur sagen, daß du von uns aus gesehen soweit bist, diese Möglichkeit in Betracht zu ziehen«, fügte Takebayashi hinzu und richtete seinen Blick auf ihn.

»Ans Heiraten habe ich überhaupt nicht gedacht«, stieß Kikutani hastig hervor und stellte seine Teetasse auf den Tisch zurück.

»Ich wußte, daß du das sagen würdest. Überleg es dir einfach. Herr Kiyoura ist ebenfalls der Ansicht, daß ein normales Familienleben unerläßlich ist, um sich endgültig in die Gesellschaft einzugliedern. Du hast dazu alle Voraussetzungen«, sagte Takebayashi, immer noch lächelnd.

Kikutani spürte Ärger in sich aufsteigen. Takebayashis Einschätzung mochte auf die meisten Menschen zutreffen, doch für ihn galt dies nicht. Selbst wenn er heiraten wollte, er würde bis an sein Lebensende unter Aufsicht des Bewährungsamtes stehen, es sei denn, man begnadigte ihn. Und überhaupt: Welche Frau würde jemanden wie ihn, der zwei Menschen auf dem Gewissen hatte, schon zum Mann nehmen?

Es kam überhaupt nicht in Frage, und es wurmte ihn, daß Takebayashi, der das eigentlich mehr als jeder andere wissen sollte, ihm diesen Vorschlag machte und sich obendrein auch noch mit Kiyoura und Akiyama beratschlagte. Damit schien er die Situation völlig zu verkennen. Kikutani runzelte die Stirn und wandte seinen Blick ab.

»Übrigens«, sagte Takebayashi und griff nach seiner Teetasse, »ich habe bereits jemanden für dich im Auge.«

Kikutanis schaute erschrocken auf. Er war sprachlos: Takebayashi hatte also nicht bloß von einer Idee gesprochen, sondern bereits eine konkrete Person im Sinn.

»Es ist die Frau, die uns vorhin den Tee serviert hat. Sie heißt Toyoko Orihara und arbeitet in dem Supermarkt meines Sohnes.«

Kikutani wußte gleich, wer gemeint war, denn sie brachte nicht nur Tee, sondern überreichte ihm auch manchmal auf Geheiß von Frau Takebayashi eine Tüte, vollgepackt mit Kaffee und Konserven. Dennoch hatte er nur einen ganz verschwommenen Eindruck von ihr: eine zierliche, hellhäutige

Erscheinung, die immer nur kurz hereinkam und gleich wieder verschwand.

»Sie hatte viel Pech im Leben, wirkt aber keineswegs verbittert. Eine bescheidene, tüchtige Person. Meine Frau findet auch, daß sie gut zu dir passen würde«, erklärte Takebayashi besonnen.

»Ich weiß Ihre Bemühungen zu schätzen«, erwiderte Kikutani beherrscht, seine Gefühle im Zaum haltend, »aber ein solcher Gedanke liegt mir fern. Ich bin mit meinem jetzigen Leben vollauf zufrieden.«

Es störte ihn ungemein, daß Takebayashi sich in sein Leben einmischte und sogar schon die Frau für ihn ausgesucht hatte. Ihm war klar, daß er sich den Anweisungen seines Bewährungshelfers zu fügen hatte, doch seine Grundrechte als menschliches Individuum sollten gefälligst gewahrt bleiben. Darüber schien sich Takebayashi allerdings hinwegzusetzen, was Kikutani ganz und gar gegen den Strich ging.

»Ich weiß, es kommt alles ein wenig plötzlich. Aber eins sollst du noch wissen: Ich habe mit Frau Orihara darüber gesprochen, und sie würde dich gerne heiraten, falls du bereit dazu bist …«

Takebayashis Augen blickten nach wie vor sanftmütig.

Kikutani hatte genug von dem Gerede. Sein Bewährungshelfer sprach mit ihm über eine zweite Ehe, als hätte er einen Menschen mit normalen Lebensbedingungen vor sich. Auch wenn es hieß, er habe seinen Weg in die Gesellschaft zurückgefunden, so lebte er doch tagtäglich in der Angst, daß seine Vergangenheit ans Tageslicht gezerrt würde. Er führte ein dürftiges Leben, dem es dennoch an nichts mangelte – nicht mehr und nicht weniger. Im Grunde unterschied er sich kaum von einem wilden Tier, das menschenscheu in seiner Höhle hauste.

»Ich tauge nicht für die Ehe. Das sollten Sie eigentlich am besten wissen, Herr Takebayashi. Weshalb beharren Sie denn so darauf?«

Kikutani war den Tränen nahe. Die Unterhaltung behagte ihm überhaupt nicht.

»Offen gesagt, habe ich Frau Orihara bereits über deine Situation aufgeklärt. Sie ist dennoch dazu bereit.«

Kikutani spürte, wie ihm das Blut aus dem Gesicht wich.

»Finden Sie das korrekt, Herr Takebayashi? Als Bewährungshelfer sollten Sie doch eigentlich darauf bedacht sein, Diskretion über unsere Vergangenheit zu bewahren. Was gibt Ihnen das Recht, mit fremden Leuten darüber zu sprechen?«

Seine Stimme zitterte vor Empörung.

»Es kommt auf die Umstände und den Zeitpunkt an. Wenn es der Zukunft unserer Schutzbefohlenen dient und ein besonnener und erfahrener Mensch wie Herr Kiyoura seine Zustimmung gibt, dann ist es schon manchmal ratsam, anderen davon zu erzählen. Selbstverständlich habe ich Frau Orihara um absolute Verschwiegenheit gebeten.«

Takebayashi ließ sich nicht aus der Ruhe bringen.

Kikutani wandte seinen Blick von ihm ab und schaute in den Garten.

»Ich will dich keineswegs dazu drängen. Herr Kiyoura und ich haben nur an dein weiteres Leben gedacht und meinen, daß es zu deinem Wohl beitragen würde, eine Familie zu haben. Es war reiner Zufall, daß ich ausgerechnet eine Frau in meiner unmittelbaren Umgebung kenne, von der ich dachte, sie würde gut zu dir passen. Nimm's nicht so tragisch. Viele Exhäftlinge auf Bewährung heiraten wieder, manche sogar Frauen, die zwanzig Jahre jünger sind, mit denen sie dann Kinder bekommen. Ich selbst kenne eine Menge solcher Fälle, und so kam ich auf die Idee, mit dir darüber zu sprechen.«

Das Lächeln auf Takebayashis Gesicht war verschwunden.

»Also dann«, sagte Kikutani nach einem Moment des Schweigens, »ich melde mich wieder.«

Er erhob sich vom Sitzkissen und verneigte sich.

Takebayashi begleitete ihn zur Haustür und sagte zu Kikutani, der sich gerade die Schuhe anzog: »Ich weiß, daß du nie krank machst oder zu spät zum Dienst kommst. Aber du solltest dich nicht überanstrengen und dir freinehmen, wenn du dich nicht wohlfühlst. Du bist schließlich auch nicht mehr der Jüngste, und Gesundheit geht vor.«

Kikutani verneigte sich abermals und trat auf die Straße.

10

Auf der Hühnerfarm wurden der Austausch und das Schlachten des Geflügels vorzeitig in die Wege geleitet, um die Produktionsrate zu senken. Das laute Gackern der Junghennen erfüllte den Stall. Sie verbrauchten weitaus mehr Futter als die alten. Mit verdrossenen Mienen nahmen die Mitarbeiter ihre Sommerzulage entgegen, die der Umstände wegen diesmal ziemlich spärlich ausfiel.

Kikutanis Ärger auf Takebayashi hatte sich inzwischen weitgehend verflüchtigt. Zwar haderte er immer noch mit der Tatsache, daß er der Frau von seiner Haft erzählt hatte, aber inzwischen sah er ein, daß es vielleicht doch von Fall zu Fall gerechtfertigt war, seine Vergangenheit zur Sprache zu bringen.

Immerhin hatte er den Job auf der Hühnerfarm auch nur deshalb bekommen, weil Kiyoura mit Akiyama über ihn gesprochen hatte. Ebenso hatte Takebayashi der Heiratskandidatin reinen Wein eingeschenkt, um ihre Gesinnung zu prüfen. Gewiß gab es Exhäftlinge, die wieder heirateten und es vor ihrer Frau zu verbergen suchten. Doch für jemanden wie ihn, der sein Leben lang unter Aufsicht stehen würde, war dies schier unmöglich. Falls er je wieder heiraten sollte, mußte es eine Frau sein, die alles über ihn wußte und trotzdem bereit war, mit ihm zusammenzuleben. Aber welches weibliche Wesen würde jemanden akzeptieren, der zwei Menschen auf dem Gewissen hatte? Von Takebayashi wußte er, daß Frau

Orihara viel Pech in ihrem Leben gehabt hatte, doch das war sicher nicht mit seiner Vergangenheit vergleichbar. Ihr unglückliches Leben erklärte noch lange nicht, weshalb sie ihn zum Mann nehmen wollte.

Bei seinem nächsten Besuch verlor Takebayashi kein Wort mehr darüber. Statt dessen klagte er über die Hitze und wie sehr sie ihm körperlich zusetze. Die Frau ließ sich diesmal nicht blicken; statt ihrer servierte ihnen Frau Takebayashi Tee und Süßigkeiten.

Anfang August erschien Akiyama während der Pause überraschend in der Kantine und hielt eine kurze Ansprache: Auf dem Eiermarkt sei es zu einem weiteren Preissturz gekommen, und man stünde nun vor einer ernsthaften Krise. Einige der landesweit führenden Betriebe hätten bereits schließen müssen; in der gesamten Branche herrsche ein heilloses Durcheinander.

»Auch wir sitzen im Schlamassel. Ich versuche natürlich, alles Erdenkliche zu tun, um das Schlimmste zu verhindern. Es bleibt zu hoffen – und das sage ich jetzt nicht aus Schadenfreude –, daß sich durch den Bankrott der großen Firmen das Gleichgewicht von Angebot und Nachfrage wieder einspielt, damit die Preise steigen. Wir müssen noch ein bißchen die Zähne zusammenbeißen. Tut mir leid für euch, daß der Bonus diesmal so mager ausgefallen ist. Bitte habt noch etwas Geduld!«

Akiyamas Miene wirkte ungewöhnlich grimmig, während er sprach.

Nachdem er gegangen war, ergriff sogleich Koinuma das Wort:

»Ich denke, das bedeutet Licht am Ende des Tunnels«, sagte er und zündete sich eine Zigarette an. »Und wenn der Markt erst wieder in Schwung kommt, werden wir auch eine großzügige Zulage bekommen. Auf diese Wende hat unser Chef praktisch die ganze Zeit gewartet.«

Knapp zwei Wochen später erschien ein großer Artikel in

der Zeitung, der bestätigte, was Akiyama gesagt hatte. Unter der Überschrift ›Mehrere Firmenpleiten nach dem Preissturz auf dem Eiermarkt‹ wurde über einen Viehzucht-Konzern berichtet, der mit einer Rekordsumme von 25 Milliarden Yen Schulden in Konkurs ging und weitere Firmenpleiten von beteiligten Unternehmen nach sich zog. Der Kilopreis von Eiern war inzwischen von 320 Yen im vorletzten Jahr auf 140 Yen gefallen. Einige Supermärkte würden schon so weit gehen, zehn mittelgroße Eier zum Schleuderpreis von 50 Yen zu verkaufen. Aufgrund dieser Verbilligung führten auch die Mayonnaisehersteller Preissenkungen von sieben Prozent durch.

Unter einer kleiner gedruckten Schlagzeile ›Firmenpleiten greifen um sich‹ stand, daß drei Geflügelfarmen mit einem Bestand von insgesamt drei Millionen Hühnern als Tochterunternehmen des Großkonzerns ebenfalls in Mitleidenschaft gezogen worden seien. Bei einer durchschnittlichen Legerate von 0,8 Eiern pro Huhn würden dadurch täglich 2,4 Millionen Eier vom Markt verschwinden. Vorübergehende Schließungen und Konkurse seien auch in nächster Zeit zu erwarten, was eine weitere Verringerung der Produktionsmenge zur Folge habe. Dadurch sei zu erwarten, daß der Eiermarkt wieder in Schwung komme.

Der Herbst hielt spürbar Einzug.

Bei seinen Pflichtbesuchen machte sich Kikutani jedesmal darauf gefaßt, daß das Thema Heirat wieder zur Sprache kommen würde, doch Takebayashi verlor kein Wort mehr darüber, so als hätte er es bereits vergessen.

An manchen Abenden träumte Kikutani, vom Sake leicht benebelt, vor sich hin, wie es wäre, mit dieser Frau zusammenzuleben.

Sie würde ihm morgens das Frühstück hinstellen und einen Imbiß für die Mittagspause zubereiten. Vermutlich arbeitete sie weiterhin im Supermarkt, doch Takebayashi würde dafür sorgen, daß sie rechtzeitig nach Hause käme, um für ihren

Mann zu kochen. Sie würden gemeinsam essen, er würde anschließend Sake trinkend fernsehen, und sie würde ihm dabei Gesellschaft leisten. Dann würden sie die Futons ausrollen, und er würde sie im Bett in die Arme nehmen. Ob er, für den es bisher nur Emiko gegeben hatte, diese Frau überhaupt begehren könnte?

Sein Verbrechen markierte einen Riß in seinem Leben, und er sollte vielleicht die Zeit davor einfach verdrängen, als hätte es sie nie gegeben. Damit würde auch seine Ehe mit Emiko bedeutungslos werden. Er wäre darin frei für ein komplett neues Dasein. Die andere Frau schien die Vierzig bereits überschritten zu haben und dürfte demnach nicht mehr schwanger werden. Sie würden also nur zu zweit leben, aber das wäre vielleicht immer noch besser als ganz allein.

Dennoch, die Schuld, die er durch sein Verbrechen auf sich geladen hatte, stünde ewig wie eine trennende Wand zwischen ihnen, auch wenn die Frau alles über sein Vorleben wußte. Ließe sie sich von diesen Händen, die einst mit Emikos Blut besudelt waren, überhaupt anfassen?

Nach all diesen Überlegungen kam eine Heirat für ihn doch nicht in Frage, und falls Takebayashi wieder davon anfangen sollte, würde er das ein für allemal klarstellen. In den Schaufenstern gesellte sich zu der ausgestellten Herbstmode nun auch die neue Winterkollektion. Zeitweise schaltete Kikutani schon den Heizlüfter an, wenn er sich in der Wohnung aufhielt.

Eines Tages Ende Oktober fand er bei seiner Heimkehr ein gefaltetes Stück Papier in seinem Postkasten. Zuerst dachte er, es sei vielleicht eine Nachricht von Takasaki, der es sich anders überlegt haben und in seiner Abwesenheit hier aufgekreuzt sein könnte. Doch der Zettel stammte von Kiyoura: Er möge sich bitte umgehend im Übergangsheim melden.

Kikutani ahnte nichts Gutes, als er die hastig mit Kuli geschriebene Notiz las. Was, wenn seine Bewährung widerrufen worden war? Aber soweit er sich besinnen konnte, hatte er sich nichts zuschulden kommen lassen. Schon allein der Vorschlag von Takebayashi, sich wieder zu verheiraten, bewies doch, daß er sich nach Ansicht des Bewährungsamtes mustergültig verhielt.

Wie auch immer, das beste war, sofort zu Kiyoura zu gehen, um zu erfahren, was los war. Er brachte kurz die Lunchbox in sein Apartment und verließ das Haus. Eilig lief er durch die Einkaufspassage, überquerte die Fußgängerbrücke und bog in die Gasse, in der sich das Übergangsheim befand. Dort angelangt, rief er durch das Schalterfenster, woraufhin ein junger Mitarbeiter die Tür zum angrenzenden Sprechzimmer öffnete und Kiyoura Bescheid gab. Kiyoura schien gerade Besuch zu haben.

Die gläserne Schiebetür vom Sprechzimmer wurde aufgeschoben, und Kiyoura schlurfte in Pantoffeln herbei.

»Takebayashi ist tot«, sagte er unvermittelt.

Kikutani lief ein Schauer über den Rücken. Entsetzt starrte er in Kiyouras Gesicht.

»Als er nachts von der Toilette kam, brach er plötzlich im Korridor zusammen. Ein Rettungswagen brachte ihn zwar sofort ins Krankenhaus, doch er starb kurz darauf. Es war ein akuter Herzinfarkt.«

Noch vor fünf Tagen hatte Kikutani ihn besucht. Takebayashi hatte ihm erzählt, daß er mit seiner Frau in den Kurort Kusatsu gefahren sei. Er hatte von dem prachtvollen Herbstlaub geschwärmt und sich darüber gefreut, endlich mal wieder eine schöne Reise unternommen zu haben. Und jetzt sollte er nicht mehr auf dieser Welt sein? Es war unfaßbar.

»Übermorgen ist ein unheilvolles Datum für Beerdigungen, deshalb ist die Totenwache schon für heute abend angesetzt. Ich werde jetzt mit meinen Mitarbeitern hingehen. Die Trauerfeier beginnt morgen um eins. Kommst du auch?«

Kiyoura blickte ihn fragend an.

»Du mußt nicht, wenn du nicht willst. Es besteht kein Zwang«, fügte er hinzu und erklärte ihm, daß es im Todesfall eines Bewährungshelfers nichts Ungewöhnliches sei, wenn seine Schutzbefohlenen dem Begräbnis fernblieben. Immerhin wüßten die Trauergäste, welches Amt der Verstorbene ausgeübt hatte, und würden einen unbekannten Anwesenden automatisch für einen Exhättling halten. Um diesem Risiko zu entgehen, hätte es sich bei den ehemaligen Strafgefangenen eingebürgert, erst an einem der folgenden Tage in aller Stille einen Beileidsbesuch abzustatten.

Schockiert über die Nachricht seines Todes, konnte Kikutani noch gar keinen klaren Gedanken fassen.

»Ich weiß, Herr Takebayashi hat sich wie ein Vater um dich gekümmert, deshalb habe ich dich auch gleich benachrichtigt. Aber heute abend, denke ich, wäre es besser, wenn du nicht kommst. Es sind nur seine engsten Freunde versammelt. Und morgen mußt du arbeiten. Wie wäre es, wenn du deinen Kondolenzbesuch erst nach der Trauerwoche abstattest? Ich würde es Frau Takebayashi ausrichten.«

Kikutani nickte zustimmend.

»Bis dann«, verabschiedete sich Kiyoura und kehrte ins Sprechzimmer zurück.

Geistesabwesend lief Kikutani nach Hause. Die grellen Neonreklamen blendeten ihn fast schmerzhaft. Zurück in seinem Apartment, machte er Licht und setzte sich auf die Tatamis. Er rief sich Takebayashis blaßes Gesicht mit den weißen Stoppeln ins Gedächtnis – an jenem Tag, als er erkältet aus dem Schlafzimmer kam. Der alte Mann hatte zwar immer rüstig gewirkt, aber tatsächlich war er körperlich wohl doch schon sehr geschwächt gewesen. Als Kikutani ihn sich vorstellte, wie er am Teich stand und die Karpfen fütterte, wurde er von Trauer überwältigt.

Eigentlich war es ein Pflichtbesuch, den Kikutani seinem Bewährungshelfer zweimal im Monat abstatten mußte, doch er hatte sich jedesmal darauf gefreut. Er fühlte sich bei dem Ehepaar stets willkommen, und Takebayashi hatte immer geduldig nickend seinem Bericht gelauscht, während sein sanftmütiger Blick auf ihm ruhte.

Kikutani konnte sich natürlich auch auf Kiyoura und Akiyama verlassen, aber für Takebayashi empfand er tiefe Zuneigung und Dankbarkeit, daß er ihm dieses Gefühl von Geborgenheit vermittelt hatte. Bei einem so hochbetagten Menschen hatte man natürlich jederzeit mit dem Tod rechnen müssen, doch gerade ihm hätte er ein noch viel längeres Leben gewünscht. Er ging in die Küche und drehte den Hahn an der Spüle auf. Während er sich unter fließendem Wasser das Gesicht wusch, schluchzte er laut.

Anschließend setzte er sich still auf die Tatamis und hielt den Blick gesenkt. Die Sirene eines Polizeiwagens ertönte von der Einkaufsstraße. Nach einer halben Stunde stand er auf und verließ die Wohnung.

Er lief an Häuserblocks vorbei, bis er schließlich an die Ecke von Takebayashis Straße kam. Vorne links spannte sich eine Lichterkette über einer Reihe von Girlanden, und vor dem Haus war ein Zelt aufgebaut, um das sich zahlreiche Menschen scharten. Das vertraute Haus sah völlig verändert aus.

Kikutani lief bis ans Ende der Straße. Kiyoura hätte das gar nicht zu erwähnen brauchen, er würde sich ohnehin nicht ins Helle trauen. Der Anblick des Hauses, in dem die Totenwache voll im Gang war, reichte aus, um sich von Takebayashis Ableben zu überzeugen.

Kikutani spürte Tränen in sich aufsteigen. Dort drinnen lag aufgebahrt Takebayashis kalter Leichnam, die gütigen Augen für immer geschlossen. Aber wenn er noch länger hier stehenblieb, würden die Trauergäste bestimmt auf ihn aufmerksam werden. Er brachte es jedoch nicht über sich, gleich nach Hause zurückzukehren, und ging statt dessen auf Takebayashis Haus zu.

Als er näher trat, hörte er von drinnen Sutrengesänge. Einige Frauen gingen ins Zelt, gefolgt von einem weißhaarigen Mann, der gerade aus seinem Auto gestiegen war. Kikutani blieb auf der anderen Straßenseite stehen und verneigte sich tief vor Takebayashis Haus, an dessen Fassade Bambusrollen mit der Aufschrift ›In Trauer‹ hingen. Dann trat er den Heimweg an. In seinem Rücken konnte er die Blicke einiger Männer spüren, doch er sagte sich im stillen, daß er richtig gehandelt habe.

Am nächsten Morgen fuhr er früher als sonst zur Arbeit und lief zu Akiyamas Haus hinter der Farm. Als er die Tür öffnete und nach drinnen rief, erschien Akiyamas Frau, die gleich darauf verschwand, um ihren Mann zu holen. Akiyama kam in Strickjacke zur Tür und schaute etwas verdutzt, da es das erste Mal war, daß Kikutani ihn privat aufsuchte, noch dazu so früh am Morgen.

»Was ist denn los?« fragte er.

Kikutani erzählte ihm, daß Takebayashi gestorben sei. Dann bat er darum, heute eher Feierabend machen zu dürfen, um zur Trauerfeier gehen zu können.

Über Akiyamas Gesicht fiel ein Schatten.

»Das tut mir sehr leid. Ich weiß, du hast diesem Mann viel zu verdanken. Geh also getrost hin. Ich selbst habe heute einen Termin beim Berufsverband und kann leider nicht kommen. Nimm bitte eine Beileidsgabe von mir mit, ja? Ich lege sie im Büro für dich bereit.«

Kikutani verneigte sich und schloß die Tür.

Als Koinuma bald darauf eintraf, erklärte ihm Kikutani, daß jemand, der sich wie ein Vater um ihn gekümmert habe, gestorben sei, und er heute früher Schluß machen würde. Koinuma zeigte sich einverstanden, und kurz nach elf verließ Kikutani den Hühnerstall. Er ging im Büro vorbei, um Akiyamas Kuvert abzuholen, und verließ daraufhin das Gelände. Am blauen Himmel kräuselten sich ein paar Schäfchenwolken.

Auf dem Heimweg machte Kikutani einen Abstecher in die Einkaufspassage, wo er ein Kuvert für seine Beileidsgabe und eine preiswerte schwarze Krawatte besorgte. Zu Hause zog er sich um, legte einige Geldscheine in den Umschlag und verließ die Wohnung.

Ihm war bange, sich an einen Ort zu begeben, wo praktisch jeder sich denken konnte, wer er war. Doch in Anbetracht der Güte, die Takebayashi ihm von Anfang an entgegengebracht hatte, war er es dem Toten schuldig. Dem Gedränge am vorherigen Tag nach zu urteilen, war die Trauergemeinde sicherlich groß, so daß er in der Menge vielleicht gar nicht auffallen würde.

Männer und Frauen unterhielten sich in Grüppchen auf beiden Straßenseiten vor Takebayashis Haus. Vermutlich hatten sie ihren Kondolenzbesuch bereits abgestattet.

Trotz der vermuteten Menschenansammlung fühlte sich Kikutani unter all den Blicken beklommen. Er hielt sich hinter zwei schwarz gekleideten Männern, die auf Einlaß warteten.

Im Zelt überreichte er, nachdem er sich ins Gästebuch eingetragen hatte, die beiden Beileidskuverts. Dann stellte er sich an und rückte – den Blick die ganze Zeit gesenkt und in dichtem Abstand zu seinem Vordermann – Schritt für Schritt auf. Die Schlange der Wartenden reichte vorn hinteren Ende des Gartens bis zur Veranda, wo eine Schale mit Räucherwerk aufgestellt war. Vor dem Familienaltar im Wohnzimmer saßen drei Mönche, flankiert von den Angehörigen, die jeden eintreffenden Besucher mit einer Verbeugung begrüßten.

Als Kikutani an der Reihe war, entdeckte er Frau Takebayashi, die links in der Gruppe saß. Er verneigte sich vor ihr, worauf sie ihm zunickte. Tränen der Rührung schossen ihm in die Augen. Seine Schultern bebten heftig, als er mit zittrigen Fingern den Weihrauch anzündete. Nach einer kurzen Andacht beeilte er sich wegzukommen.

Bestimmt war er dadurch aufgefallen, daß er die Fassung verloren und seine Trauer offen gezeigt hatte. Er zog sich nach hinten an den Teich zurück, um dort in aller Stille seine Tränen zu trocken. Die anderen Gäste begaben sich nach der Kondolenz wieder nach draußen auf die Straße. Er verspürte kein Bedürfnis, sich zu ihnen zu gesellen. Nach einer Weile ließ der Andrang nach, und die Mönche unterbrachen ihre Rezitation.

Kurz darauf erschien eine Gruppe von Männern in dunkelblauen Jacken, vermutlich die Leichenbestatter. Sie stiegen auf die Veranda, und einer von ihnen schob den Gebetstisch beiseite. Die Sutrengesänge setzten wieder ein, wohl um dem Toten das letzte Geleit zu geben. Der Sarg wurde vom Altar gehoben, und die Familie versammelte sich darum. Einige schluchzten laut, als die Hammerschläge ertönten und der Deckel festgenagelt wurde.

Frau Takebayashi trat auf die Veranda und ließ ihren Blick über den Garten schweifen, bis sie Kikutani entdeckte. Sie winkte ihn zu sich.

»Danke, daß Sie gekommen sind. Würden Sie uns dabei behilflich sein, den Sarg meines Mannes zu tragen?«

Ihre Augen waren stark gerötet, und sie wrang ein Taschentuch in den Händen. Der Sarg wurde von der Veranda in den Garten gelassen, wo ihn die Leichenbestatter in Empfang nahmen.

Kikutani eilte hinzu und half mit, den Sarg von unten zu stützen. Er wog schwer. Erneut füllten sich seine Augen mit Tränen. Bemüht, sich auf den schlotternden Beinen zu halten, trug er gemeinsam mit den anderen den Sarg durch den Garten auf die Straße, wo sie ihn in den Laderaum des Leichenwagens schoben.

Anschließend mischte er sich unter die umstehenden Trauergäste und trocknete sich die Tränen mit einem Taschentuch. Ein Mann in den Sechzigern mit schütterem Haar, der ziemliche Ähnlichkeit mit dem alten Takebayashi hatte, begrüßte im Namen der Familie die Anwesenden. Daraufhin verteilten sich die Angehörigen und Freunde auf die einzelnen Wagen, um zum Krematorium zu fahren. Frau Takebayashi und ihr Sohn trugen jeder ein gerahmtes Foto sowie ein buddhistisches Namenstäfelchen bei sich. Mit dem Leichenwagen an der Spitze setzte sich die Autokolonne in Bewegung. Kikutani und die anderen Anwesenden verneigten sich vor der Prozession. Als der Minibus als Schlußlicht der Kolonne um die Ecke gebogen war, löste sich die Menschentraube auf.

Kikutani lief in die Richtung, in der der Leichenzug verschwunden war. Noch am selben Tag, nachdem er zu Abend gegessen hatte, ging Kikutani zum Übergangsheim.

Durch Takebayashis Tod hatte er seinen Bewährungshelfer verloren und mußte sich bei Kiyoura erkundigen, wie es nun weitergehen sollte. Zum Glück war Kiyoura schon wieder zurück und empfing ihn im Sprechzimmer.

»So, du warst also auch auf der Trauerfeier«, sagte Kiyoura und ließ sich in einen Sessel fallen. »Ich war überrascht, dich bei den Sargträgern zu sehen. Dann habe ich dich aber aus den Augen verloren und mußte ja auch gleich zum Krematorium. Frau Takebayashi hat sich sehr gefreut, daß du da warst.«

»Herr Akiyama war so freundlich, mich früher gehen zu lassen. Er hat mir auch eine Beileidsgabe mitgegeben.«

»Aha«, sagte Kiyoura nickend und holte sich eine Zigarette aus der Jackentasche.

»Ich bin gekommen, um zu fragen, an wen ich mich wenden soll, jetzt, da Herr Takebayashi verstorben ist«, sagte Kikutani mit gefaßter Stimme.

»Darüber habe ich gerade vorhin am Telefon mit dem Inspektor vom Bewährungsamt gesprochen. Er hat mich gebeten, diese Aufgabe zu übernehmen, und ich habe eingewilligt. Alle anderen Betreuer hier in diesem Bezirk scheinen überlastet zu sein. Irgendwann wird sich die Situation wieder ändern, aber so lange bin ich für dich zuständig. Außerdem habe ich mit dir ohnehin keine Scherereien. Komm einfach zu den vereinbarten Gesprächsterminen.«

Kiyoura nahm einen Schluck Tee, den ihnen ein junger Mitarbeiter gebracht hatte. Kikutani war froh. Etwas Besseres konnte ihm nicht passieren. Er hatte schon gebangt, wer wohl als nächstes für ihn zuständig sein würde. Auf Kiyoura konnte er sich verlassen. Er war immer verständnisvoll gewesen, sogar als Kikutani noch gesessen hatte.

»Vielen Dank.«

Kikutani verneigte sich förmlich, während ihm ein Stein vom Herzen fiel.

»So, das wäre also geregelt. Du solltest auf jeden Fall bei Frau Takebayashi vorbeischauen, um ihr für alles zu danken, was sie für dich getan hat. Ich habe auch vor, sie zu besuchen, aber erst nach der Trauerwoche. Laß uns doch zusammen hingehen.«

Kiyoura lehnte sich im Sessel zurück. Sie verabredeten sich für übernächsten Mittwoch, wenn Kikutani freihatte.

An jenem Tag war es kalt. Kikutani zog seinen Mantel an und ging zum Übergangsheim.

Kiyoura ließ einen Strauß Blumen besorgen, an denen sich Kikutani zur Hälfte beteiligte.

Sie fuhren mit Kiyouras Wagen zu Takebayashis Haus.

Vor dem Familienaltar war ein Tisch aufgestellt, bedeckt mit einem weißen Tuch. Darauf stand ein Kasten mit der Urne und dem Namenstäfelchen des Verstorbenen. Kiyoura wartete, bis Kikutani das Räucherwerk angezündet hatte, bevor er der Witwe die Blumen überreichte. Frau Takebayashi war die Erschöpfung anzumerken.

»Ich habe mich sehr gefreut, Sie auf der Trauerfeier zu sehen«, wandte sie sich an Kikutani. »Normalerweise trauen sich das die ehemaligen Häftlinge gar nicht, auch wenn sie es gerne täten. Das weiß ich von meinem Mann. Es war wirklich sehr nett von Ihnen. Mein Mann hätte es sehr zu schätzen gewußt.«

Frau Takebayashi sah ihn warmherzig an. Es gab sicher eine Reihe von Exhäftlingen, die unter Takebayashis Obhut gestanden hatten, doch außer Kikutani hatte sich niemand blicken lassen auf der Beerdigung. Zweifellos hatte sie ihn deshalb gebeten, den Sarg mitzutragen, als wäre er ein alter Freund der Familie.

Kikutani saß schweigend da und blickte auf seinen Schoß.

»Mein Mann hatte Herrn Kikutani sehr in sein Herz geschlossen und immer davon geredet, daß er eine Familie haben sollte. Deshalb hatte er sich auch mit Ihnen beratschlagt. Wissen Sie noch, Herr Kiyoura? Im Laden meines Sohnes arbeitet eine nette Frau. Mein Mann hatte sich gewünscht, daß die beiden heiraten sollten, wenn die Zeit reif dafür sei.«

Daraufhin wandte sie sich wieder an Kikutani: »Sie haben sich bisher dagegen gesträubt, und mein Mann hat Ihre Entscheidung respektiert. Aber ich dachte, ich könnte Sie noch mal darauf ansprechen. Finden Sie nicht, daß Sie die Vergangenheit langsam hinter sich lassen sollten?«

Ihr Ton klang ein wenig strenger.

»Das denke ich auch«, stimmte Kiyoura ihr zu. »Es heißt zwar, daß du mit deinem Verbrechen gegen das Gesetz verstoßen hast, aber man könnte genausogut sagen, daß es eine zwangsläufige Verkettung von Ereignissen war. Das Gesetz, das die Ordnung der Gesellschaft garantieren soll, hat dich viele Jahre hinter Gitter gebracht. Deine vorzeitige Entlassung auf Bewährung bedeutet, daß du genug Strafe verbüßt hast und jetzt wieder ein ganz normales Leben führen solltest, so wie andere auch. Du brauchst nicht dein ganzes Leben zu verpfuschen nur wegen eines tragischen Moments, in dem du dich zu dieser Tat hast hinreißen lassen. Deswegen hat dir Herr Takebayashi eine Heirat vorgeschlagen, als er eine geeignete Kandidatin im Auge hatte.«

Kikutani hörte mit gesenktem Kopf zu. Frau Takebayashi bereitete einen zweiten Aufguß und schenkte den beiden Tee ein.

»Du solltest noch einmal darüber nachdenken«, forderte ihn Kiyoura mit milder Stimme auf, nachdem er einen Schluck genommen hatte.

Frau Takebayashi sprach davon, daß sie die Urne am hundertsten Trauertag nach Shinshu überführen wolle, um sie dort im Familientempel beizusetzen. Kiyoura berichtete ihr daraufhin, daß die Vereinigung der Bewährungshelfer den

Verstorbenen für einen Verdienstorden vorschlagen wolle. Außerdem erwähnte er, daß er sich nun wiederum Kikutani kümmere. Kikutani bedankte sich anschließend bei Frau Takebayashi für ihre fürsorgliche Betreuung.

»Bitte kommen Sie vorbei, wann immer Sie Lust haben, und fühlen Sie sich ganz wie zu Hause. Ich fürchte, mir stehen einsame Tage bevor. Über ein bißchen Gesellschaft wäre ich ganz froh«, sagte sie mit Tränen in den Augen. Dann schien ihr etwas eingefallen zu sein, denn sie stand auf und ging ins Nebenzimmer. Kurz darauf kam sie mit einem zusammengefalteten Kimono zurück.

»Bitte nehmen Sie ihn als Andenken an meinen Mann. Heutzutage trägt man zwar kaum noch Kimonos, er wird Ihnen also nicht viel nutzen, aber trotzdem ...«

Sie wickelte den Kimono in ein Tragtuch und legte das Bündel vor Kikutani hin. Er nahm es mit einer Verbeugung an sich.

Nachdem er vor der Urne noch einmal andächtig stehengeblieben war, verließ er mit Kiyoura das Haus.

»Versprechen Sie mir, auch wirklich zu kommen«, rief Frau Takebayashi Kikutani hinterher, der bereits im Wagen saß. Er nickte.

Kiyoura fuhr los.

»Sie ist wahrlich ein Schatz«, murmelte er, ohne den Blick von der Straße zu wenden. »Ihr Mann soll in früheren Jahren ein ziemlicher Weiberheld gewesen sein und eine Menge Scherereien deswegen gehabt haben, aber sie hat es immer wieder ausgebügelt. Wahrscheinlich ist sie deshalb auch so mitfühlend, weil sie selbst einiges durchgemacht hat.«

Kikutani saß still auf dem Beifahrersitz, das Bündel mit dem Kimono im Schoß.

Mitte Dezember fiel der erste Schnee. An diesem Tag hatte Kikutani frei und besuchte Kiyoura.

Sie saßen im Sprechzimmer, und sobald Kikutani mit seiner

üblichen Berichterstattung fertig war, wechselte Kiyoura das Thema: »Frau Takebayashi rief mich gestern an und bat mich, dich zu fragen, wie du inzwischen über das Heiraten denkst. Sie betonte, daß es auch ein letzter Wunsch ihres verstorbenen Mannes gewesen sei. Womöglich hast du deine Meinung ja geändert ...«, sagte er und forschte in Kikutanis Gesicht.

Kikutani schaute betreten nach unten und sagte zunächst gar nichts. Dann hob er den Blick.

»Halten Sie es denn für besser, wenn ich wieder heirate?«

»Das liegt ganz und gar bei dir. Ich will mich da nicht einmischen.«

Kiyoura lehnte sich in den Sessel zurück und schlug die Beine übereinander.

»Ehrlich gesagt, habe ich ziemliche Angst davor. Ich habe so lange allein gelebt und kann mir überhaupt nicht vorstellen, wie es ist, jemanden um mich zu haben.«

Kikutani seufzte. Nach seiner Tat hatte er über ein Jahrzehnt in einer Einzelzelle zugebracht, und auch jetzt, da er wieder auf freiem Fuß war, hatte sich in dieser Hinsicht nichts geändert. Er war sich nicht sicher, ob er mit jemandem auf engstem Baum zusammenleben könnte, geschweige denn, das Bett teilen.

»Ich habe gehört, du hast ein Aquarium.«

Kikutani schaute verdutzt auf. Wie kam Kiyoura plötzlich darauf?

»Als du Herrn Takebayashi davon erzähltest, kam er auf die Idee, daß eine richtige Lebensgemeinschaft besser für dich wäre. Das hat er mir gesagt. Wenn du allein lebst, bist du zwar unabhängig, aber auf der anderen Seite auch sehr einsam. Und je älter du wirst, um so belastender wird dieses Gefühl von Verlassenheit. Herr Takebayashi meinte, du hättest dir die Fische bloß angeschafft, weil du dir Gesellschaft wünschst.«

Kiyouras Züge entspannten sich.

Über Kikutanis Gesicht huschte der Anflug eines Lächelns.

»Wär doch nicht übel, statt der Kärpflinge eine Frau im

Hause«, witzelte Kiyoura und steckte Kikutani mit seinem Lachen an.

Seitdem es kälter geworden war, fraßen seine Fische kaum noch etwas. Sie rührten die Wasserflöhe, die er ins Becken streute, so gut wie nicht mehr an und verharrten reglos im Algendickicht.

Nach einer Weile des Schweigens blickte Kikutani zu Kiyoura: »Er hat gemeint, die Frau würde keinen Anstoß an meiner Vergangenheit nehmen, aber wieso?«

Kiyoura überlegte einen Moment, bevor er antwortete:

»Sie war schon mal verheiratet. Ihr Mann war ein Säufer und noch dazu ein Spieler. Er verpraßte sein gesamtes Gehalt, und wenn das nicht reichte, versetzte er Wertsachen von seiner Frau. Wenn sie ihn dann zur Rede stellte, wurde er gewalttätig. Einmal trat er ihr in den Bauch, als sie schwanger war, und sie erlitt daraufhin eine Fehlgeburt. Trotzdem hielt sie immer noch zu ihm, bis er schließlich im besoffenen Zustand von einem Auto überfahren wurde. Seitdem lebt sie als Witwe allein. Sie selbst hat also ein ziemlich hartes Leben hinter sich, und es hat sie sicher sehr berührt, als Takebayashi ihr von deinem Schicksal erzählte. Doch vor allem, denke ich, hat sie bei euren kurzen Begegnungen Gefallen an dir gefunden.«

Die Geschichte dieser Frau hörte sich zwar traurig an, war aber nicht außergewöhnlich. Es erklärte noch längst nicht, weshalb sie gewillt sein sollte, ihn zu heiraten.

»Hat sie vielleicht Mitleid mit mir?«

»Auch das könnte ein Grund sein. Sie hat wohl so was Ähnliches gesagt, daß sie dein Schicksal bedaure.«

Kiyouras Blick verfolgte die Rauchschwaden seiner Zigarette.

»Wenn diese Frau mich tatsächlich als Ehemann in Betracht zieht ...«

Es war ihm so herausgerutscht, doch er bereute seine Worte nicht. Wenn alle anderen der Meinung waren, daß es ihm guttäte, weshalb sollte er sich dagegen sträuben? Es wurde langsam Zeit, ein neues Leben zu beginnen, beschwor er sich selbst.

»Prima. Wenn das so ist, dann werde ich mich gleich mit der Frau in Verbindung setzen ...«, sagte Kiyoura mit feierlicher Miene und nickte dazu.

Kikutani stand auf und verabschiedete sich. Die Schneeflocken hatten sich unbemerkt in einen Schneeregen verwandelt. Kikutani schlug seinen Mantelkragen hoch und lief in Richtung Einkaufspassage.

Drei Tage später fand er eine Nachricht von Kiyoura im Postkasten. Der Briefbogen war in seiner eigenwilligen Handschrift randvoll mit Kuli beschrieben.

Er habe inzwischen mit der Frau gesprochen, und sie habe auf ihn ebenfalls einen vertrauenswürdigen, bescheidenen Eindruck gemacht. Sie wisse tatsächlich über Kikutanis Vergangenheit Bescheid, habe jedoch nichts dagegen, seine Frau zu werden. Sowohl Frau Takebayashi als auch ihr Sohn und ihre Schwiegertochter würden sich für Frau Orihara verbürgen. Auch das Bewährungsamt sei mit der Eheschließung einverstanden.

Der Brief endete mit dem Vorschlag, Kikutani möge sich an seinem nächsten freien Nachmittag bei Frau Takebayashi einfinden, um sich mit Frau Orihara persönlich zu treffen. Es sei jedoch keine steife Angelegenheit wie bei einer arrangierten Heirat, sondern es solle eine ganz lockere Unterhaltung werden.

Kikutani legte den Brief auf das Tischchen und aß zu Abend.

Er versuchte sich die Frau ins Gedächtnis zu rufen. Ihr Gesicht hatte er nur ganz flüchtig gesehen, als sie den Tee servierte und er sich mit einer knappen Verbeugung bei ihr bedankte. An mehr konnte er sich nicht erinnern.

Statt Kärpflinge eine Frau – Kiyouras Bemerkung kam ihm in den Sinn, und er mußte erneut darüber lächeln. Amüsiert betrachtete er seine Fische im Bassin, die ihm zu diesem Rendezvous verholfen hatten.

Zwei Tage später streifte er sein neu gekauftes Oberhemd über, band sich die Krawatte um und verließ das Apartment. Draußen war es bewölkt und kalt. Anders als bei seinen vorigen Besuchen, blieb er diesmal zögernd vor Takebayashis Eingangstür stehen und rief schüchtern ins Haus, daß er da sei. Gleich darauf hörte er Schritte im Korridor. Frau Takebayashi erschien am Eingang und bat ihn freundlich herein.

»Ich habe schon auf Sie gewartet«, sagte sie gutgelaunt.

Er folgte ihr ins Wohnzimmer, wo er sich zunächst vor dem Tisch mit der Urne niederließ, um Weihrauch anzuzünden und eine kurze Andacht zu halten.

Dann forderte ihn Frau Takebayashi auf, am Teetisch Platz zu nehmen, und verließ das Zimmer. Vermutlich sagte sie der Frau Bescheid. Er saß stocksteif auf seinem Sitzkissen. Kurz darauf vernahm er Schritte im Flur. Die Tür wurde aufgeschoben, und Frau Takebayashi trat in Begleitung der Frau ins Zimmer, die ein Tablett mit Tee und Süßigkeiten trug.

Frau Takebayashi setzte sich ihm gegenüber, während die Frau ihnen Tee einschenkte.

Er bedankte sich mit einem stillen Nicken.

»Das ist Toyoko Orihara«, erklärte Frau Takebayashi.

Die Frau kniete sich nieder, die Hände artig auf die Tatamis gelegt, und verneigte sich vor ihm. Kikutani erwiderte ihre Begrüßung. Der Raum war ziemlich überheizt, und er fing an zu schwitzen.

»Ich lasse Sie jetzt beide allein. Unterhalten Sie sich gemütlich«, forderte Frau Takebayashi sie unumwunden auf, erhob sich und schob die Tür hinter sich zu. Kikutani griff nervös nach seiner Teetasse. Die Anwesenheit der Frau, die schräg vor ihm saß, machte ihn beklommen.

Sie brach das Schweigen.

Er reagierte einsilbig mit »ja« und schaute sie an. Doch ihre Gesichtszüge verschwammen vor seinen Augen, wie in Nebel getaucht. Mit niedergeschlagenem Blick beantwortete er ihre Fragen: Was für eine Arbeit er verrichten würde; wie lange er täglich arbeiten müsse; ob er für sich selbst kochen würde.

Er spürte den Blick der Frau auf sein Profil gerichtet, doch jedesmal, wenn er sich zu ihr drehte, gelang es ihm nicht, sie richtig zu betrachten.

Nach einer kurzen Pause des Schweigens fuhr sie fort:

»Ich habe gehört, Sie haben Kärpflinge zu Hause.«

»Ja«, sagte Kikutani verlegen.

»Die sind bestimmt putzig.«

»So kann man es auch ausdrücken. Sie halten sich ja auch nur im Wasser auf. ..«, brummte er leise, worauf die Frau kicherte.

Er fühlte, wie die Anspannung etwas nachließ. Er fand seine Bemerkung selber komisch und lächelte zurück. Ihr zierliches Gesicht war bis auf ein dezentes Lippenrot ganz unauffällig geschminkt. Er entdeckte Fältchen an ihren Augenwinkeln und graue Haare an den Schläfen. Daß sie nicht mehr jung war, beruhigte ihn regelrecht. Jetzt redete er mit ihr, erzählte ihr von Takebayashi, wobei er sie hin und wieder anschaute. Die Frau erwähnte daraufhin, mit welcher Fürsorge Frau Takebayashi und die Familie ihres Sohnes sich um sie kümmerten und daß sie sogar die Hälfte ihrer Monatsmiete übernahmen. Nach etwa einer halben Stunde näherten sich Schritte im Flur. Die Tür wurde aufgeschoben, und Frau Takebayashi trat ins Zimmer.

»Na, haben Sie sich nett unterhalten?« erkundigte sie sich und nahm ihnen gegenüber Platz.

Die beiden nickten wortlos.

»Das freut mich. Dann können wir also zur Sache kommen, nicht wahr?« sagte sie und schaute fragend zu Toyoko.

»Meinetwegen gern, wie ich schon sagte. Es hängt ganz von Herrn Kikutani ab ...«, sagte sie entgegen ihrem schüchtern gesenkten Blick mit forscher Stimme.

»Und Sie, Herr Kikutani?«

Frau Takebayashis Augen lächelten, als wäre sie sich seiner Einwilligung bereits gewiß.

»Nun«, hauchte er verlegen, »ich würde vorher gern noch etwas wissen ...«

»Und das wäre?« fragte sie mit leichtem Stirnrunzeln zurück.

Er rutschte nervös auf seinem Kissen hin und her.

»Ich bin mir nicht sicher, was genau Herr Takebayashi über mich erzählt hat«, brachte er stockend hervor. »Ich hoffe, sie ist sich bei ihrer Absicht, mich heiraten zu wollen, darüber im klaren, daß ich keine gewöhnliche Vergangenheit habe.«

»Aber natürlich weiß sie das. Mein Mann hat ihr alles erzählt: daß Sie lange im Gefängnis saßen und auch weshalb.«

»Aha.« Kikutani spürte, wie er vor Scham errötete.

»Also, was denken Sie, Herr Kikutani?«

Sie sah ihn forschend an.

»Ja«, erwiderte er und wischte sich den Schweiß von der Stirn. »Sofern Frau Orihara noch will ...«

Er fühlte sich nicht sonderlich angezogen von dieser Frau, war ihr jedoch zutiefst dafür dankbar, daß sie ihn trotz seiner Vergangenheit heiraten wollte. Außerdem sah er sich durch all die Liebenswürdigkeit regelrecht genötigt, dem inständigen Drängen nachzugeben.

»Wie schön. Mein seliger Mann wäre auch sehr glücklich darüber«, rief Frau Takebayashi erfreut aus und warf einen Blick zum Familienaltar.

Toyoko schenkte ihnen Tee nach.

»Ich habe meine Schuldigkeit getan. Jetzt liegt es an Ihnen, sich über Weiteres zu verständigen. Ich werde Herrn Kiyoura Ihre Entscheidung mitteilen, wenn es Ihnen recht ist. Ach, ich freu mich so, wirklich.«

Sichtlich erleichtert nahm sie einen Schluck Tee. Toyoko erhob sich und verließ das Zimmer, um kurz darauf mit Notizblock und Kuli zurückzukommen. Sie tauschten beide Adressen aus, und sie schrieb ihm außerdem ihre Telefonnummer auf.

»Ich sollte eigentlich wieder in den Laden zurück ...«, wandte sich Toyoko an die Hausherrin.

»Aber was denn. Mach dir einen schönen Feierabend. Wie wär's, wenn du mit Herrn Kikutani ein wenig ausgehst?« redete ihr Frau Takebayashi zu.

»Ich muß mich jetzt auch auf den Weg machen«, erklärte Kikutani und erhob sich von seinem Sitzkissen.

»Ach so? Na, dann verabredet ihr euch eben«, sagte Frau Takebayashi und nickte.

Kikutani kniete erneut zum Gebet vor der Urne nieder, bevor er sich verabschiedete und auf den Flur trat. Toyoko folgte Frau Takebayashi, die ihn zur Tür begleitete, und verneigte sich, als er ging. Mit staksigen Schritten lief er die Straße entlang.

11

Mitten im Trubel des Jahreswechsels setzten Kiyoura und Frau Takebayashi die Gespräche über die bevorstehende Heirat fort. Sie arrangierten dann eine kleine Feier in Kiyouras bevorzugtem Chinarestaurant. Kiyoura, Frau Takebayashi und ihr Sohn waren die einzigen Gäste.

Das kleine Bankett war zugleich Trauungszeremonie und Hochzeitsfeier, und Kikutani war seinem Betreuer sehr dankbar dafür, daß er ihm eine formelle Vermählung erspart hatte. Auch Toyoko schien erleichtert über diese Regelung. Während des Essens kamen sie automatisch auf das künftige Leben des Brautpaars zu sprechen. Es wurde beschlossen, daß Toyoko bei Kikutani einzog.

Da er kaum Möbel besaß, würde sie ihre Habseligkeiten mitbringen. Sie würde auch weiterhin im Supermarkt arbeiten, aber früher Feierabend machen, um das Abendessen vorzubereiten. Als Doppelverdiener würden sie sich bald eine größere Wohnung leisten können. Es herrschte eine ausgelassene Stimmung, und Kikutani stimmte gelegentlich in das Gelächter mit ein. Nach geraumer Zeit wurde die Tafel aufgehoben. Kikutani wartete am Ausgang, während Kiyoura und Frau Takebayashis Sohn die Zeche bezahlten. Toyoko, die so lange neben Frau Takebayashi gestanden hatte, trat auf ihn zu.

»Ich warte morgen vor Ihrem Haus auf Sie, wenn Sie von der Arbeit kommen. Ich würde gern die Wohnung sehen«, flüsterte sie ihm zu.

Kikutani nickte mechanisch und schaute ihr nach, als sie wieder zu Frau Takebayashi zurückging. An diesem Abend füllte er einen Eimer mit Wasser, tat ein paar Spritzer Haushaltsreiniger hinein und fing an, die Wohnung zu putzen. Mit einem feuchten Lappen wischte er die Küchenregale, Holzpfeiler und Türen ab. Danach schrubbte er die Tatamis. Sein Mobiliar, das lediglich aus einem Fernsehgerät und dem Heizlüfter bestand, wurde ebenfalls gründlich gesäubert.

Am nächsten Morgen nach dem Frühstück sprengte er zum Abschluß den Estrich in der Diele, bevor er die Wohnung verließ.

Selbst im Hühnerstall, wo ihn sonst seine Arbeit ablenkte, fand er diesmal keine Ruhe. Er hätte nicht im Traum daran gedacht, sich wieder zu verheiraten, und nun war er mir nichts, dir nichts in die Sache hineingeschlittert. Alles ergab sich wie von selbst, als würde er sich einem Strom überlassen, der ihn davontrug. Wenn Toyoko seine Wohnung besichtigen wollte, konnte das nur bedeuten, daß sie demnächst bei ihm einzog. Er war hin und her gerissen zwischen Angst und Erwartung, wie das Leben zu zweit sich wohl gestalten würde.

Auf der Heimfahrt überkam ihn ein banges Gefühl. Wie sollte er sich ihr gegenüber verhalten, wenn sie zu ihm in die Wohnung kam? Schließlich hatten sie auf dem gestrigen Bankett ihre Trauung vollzogen, und womöglich benahm sie sich jetzt wie seine Ehefrau. Er würde irgendwie darauf reagieren müssen, fühlte sich aber noch nicht bereit. Er brauchte einfach ein bißchen Zeit.

Aus dem Bahnhof kommend, lief er durch die Einkaufspassage. Zum Jahresende herrschte überall reger Betrieb. Auch der Fußgängerstrom bewegte sich hektischer als sonst. Als er um die Ecke bog, sah er hinten an der Gasse, die zu seinem Haus führte, eine Gestalt warten. Sein Herz begann zu klopfen, als er sich ihr näherte. Toyoko, die einen dunkelblauen Mantel trug, verneigte sich, als sie ihn erkannte.

»Guten Abend«, begrüßte er sie mit belegter Stimme. »Hier

entlang bitte.« Er führte sie zu seinem Haus und stieg mit ihr die Treppe hoch.

Nachdem er die Wohnungstür aufgeschlossen hatte, bat er sie einzutreten. Er legte die leere Lunchbox in die Spüle und schaltete den Heizlüfter an. Toyoko, die immer noch in der Diele stand, zog sich schließlich die Schuhe aus und trat ins Zimmer. Ihren Mantel und den Beutel legte sie in einer Ecke ab.

»Ziemlich eng hier«, entschuldigte er sich und zog verlegen den Kopf ein.

Sie tat so, als hätte sie es nicht gehört, und warf einen Blick in die Küche, um Spüle und Kochutensilien zu begutachten. Er besaß nur das Nötigste, und sie staunte über seine dürftige Ausstattung, die ihr fast peinlich war.

»Sie haben sicher Hunger, nicht wahr?« fragte sie ihn.

»Ja. Normalerweise würde ich jetzt ...«

»Das habe ich mir gedacht. Deshalb habe ich fertiggekochten Reis mitgebracht und Rindfleisch besorgt. Ich werde uns Sukiyaki machen.«

Sie holte den Beutel und packte in der Küche die Eisenpfanne und das Gemüse aus, wusch die Lauchzwiebeln und hackte sie klein. Kikutani saß an dem flachen Tischchen und sah ihr dabei zu.

Toyoko zündete den Gasherd an und wischte die Tischplatte sauber. Dann stellte sie Geschirr und einen Untersatz darauf und verschwand wieder in die Küche. Kikutani waren die gleich gemusterten, aber unterschiedlich großen Reisschalen sowie die Eßstäbchen völlig neu; sie mußte sie mitgebracht haben.

Der Geruch von Essen breitete sich im Zimmer aus.

Sie stellte die brutzelnde Pfanne auf den Untersatz und setzte sich ihm gegenüber. Dann entfernte sie die Frischhaltefolie von der Reisschüssel und füllte ihm eine Schale voll.

Er nahm die Schale in die Hand und probierte einen Bissen von dem Sukiyaki.

»Und wie schmeckt es?«

»Köstlich«, lobte er.

Nach seiner Entlassung hatte er zwar mehrmals in einer Restaurantkette Rindfleischgerichte mit Reis gegessen, doch kein Sukiyaki. Die Zwiebeln und der Tofu waren vom Aroma des Fleisches durchzogen, und auch der Reis schmeckte vorzüglich.

»Ein bißchen zuwenig Reis, tut mir leid«, entschuldigte sie sich.

Sie gab ihm einen Nachschlag und füllte das Teekännchen mit heißem Wasser aus dem Kessel auf. Als er satt war, legte er die Stäbchen beiseite und verneigte sich.

»Danke, es hat wunderbar geschmeckt.«

Sie lächelte.

»Es war bestimmt nicht einfach für Sie, sich jeden Abend selbst Essen zu machen. Ich kenne das. Selbst ich finde es lästig, mich nach der Arbeit noch hinzustellen und zu kochen. Und allein essen macht auch keinen Spaß. Heute habe ich es nach langer Zeit mal wieder richtig genossen.«

Sie griff nach dem Teebecher. Während des Essens hatte er sich ziemlich locker gefühlt, doch als sie sich jetzt beim Teetrinken gegenübersaßen, merkte er, wie die Spannung zurückkehrte. Ihm wurde bewußt, daß sie unter sich waren, und er genierte sich, sie anzuschauen.

Als er Anstalten machte, den Tisch abzuräumen, hielt sie ihn zurück und tat es selbst. Während sie das Geschirr spülte, schaltete er aus lauter Nervosität den Fernseher ein, drehte den Ton leise und setzte sich vor den Bildschirm.

Kurz darauf kam Toyoko ins Zimmer zurück, setzte sich ans Eßtischchen und schaute sich um.

»Übrigens, für den Umzug hat mein Chef mir angeboten, daß ich morgen seinen Wagen benutzen kann. Wäre Ihnen das recht?«

Mit dem Chef meinte sie wohl Takebayashis Sohn.

Kikutani fühlte sich überrumpelt, willigte jedoch ein.

»Ehrlich? Dann werde ich morgen mit meinen Sachen hier eintrudeln. Könnten Sie bitte dem Hausmeister Bescheid sagen, daß er mir die Tür aufschließt?«

Sie sprach völlig gelassen.

»Nicht nötig, ich habe noch einen Zweitschlüssel. Den können Sie haben.«

Hastig stand er auf und schob die Tür des Wandschranks auf. Dort fischte er einen Ersatzschlüssel aus einem Karton und legte ihn auf den Tisch. Nachdem sie den Schlüssel eingesteckt hatte, griff sie sich ihren Mantel und schlüpfte in die Schuhe.

»Also dann bis morgen. Ich werde uns ein Abendessen zubereiten.«

Ihre Augen strahlten, als sie ihm zulächelte. Es war das erste Mal an diesem Abend, daß sie ihm wie ein weibliches Wesen erschien.

Er nickte stumm. Sie schloß die Tür hinter sich. Draußen raschelte es. Vermutlich zog sie sich gerade ihren Mantel über. Er hörte, wie sie die Treppe hinunterging. Für eine Weile blieb er wie angewurzelt stehen.

Als er am folgenden Tag von der Arbeit nach Hause kam, schloß er zaudernd die Tür auf. Wo ihm sonst immer Kälte entgegenschlug, empfing ihn heute gemütliche Wärme, und es duftete nach Essen. In der Diele standen fein säuberlich Paare von Damenschuhen und Sandalen aufgereiht.

Toyoko hatte ihn wohl kommen hören und trat aus der Küche.

»Willkommen daheim. Draußen ist es sicher kalt, nicht wahr? «

Sie nahm ihm die Lunchbox ab und ging damit in die Küche zurück. Nachdem er sich die Schuhe ausgezogen hatte, schaute er sich staunend um. An der zuvor kahlen Wand standen jetzt ein Kleiderschrank und eine Geschirrvitrine. In einer Ecke neben dem Fenster befand sich eine Frisierkommode, und anstelle des Eßtischchens gab es einen elektrisch beheizten Kotatsu, der bereits für das Abendessen gedeckt war. An den Fenstern hingen rotgestreifte Gardinen. Das ganze Zimmer erstrahlte in neuem Glanz, als wären die Glühbirnen ausgewechselt worden.

Toyoko brachte Teller und Schüsseln mit kleinen Gerichten und setzte sich nieder, um ihm Bier einzuschenken. Er trank einen Schluck und griff nach den Eßstäbchen. Für ihn war es der reinste Festschmaus: gedünstetes Gemüse, Tofu im Feuertopf und in Sojasauce gekochter Hering. Beim Essen erzählte sie ihm, daß sie einige alte Sachen wie Fernseher, Radio und Heizgerät ausrangiert und nur das Nötigste mitgebracht habe. Er nickte dazu und ließ seinen Blick erneut im Zimmer umherschweifen. Nach dem Essen setzte er sich vor den Fernseher. Kurz darauf brachte Toyoko ihm Waschschüssel und Seife und schickte ihn damit ins öffentliche Badehaus. Nach seiner Entlassung hatte er die Gepflogenheit aus dem Gefängnis, zweimal wöchentlich zu baden, beibehalten, aber inzwischen ging er im Turnus von zwei Tagen ins Sentô. Er erhob sich und verließ die Wohnung.

Das Badehaus erschien ihm freundlicher und heller als sonst, als er wohlig ins heiße Wasser tauchte. Zufrieden stellte er fest, daß sein Leben mit einem Schlag viel reicher geworden war.

Nach einer Weile stieg er aus dem Becken und wusch sich, diesmal sorgfältiger als sonst. Dann ließ er sich wieder ins Wasser gleiten. Zu Hause angekommen, erblickte er zwei ausgerollte Futons: seinen und ihren daneben. Toyoko, bereits im Pyjama, saß gemütlich am Fußende und schaute fern. Das Deckenlicht war gelöscht; nur die kleine Nachtlampe neben seinem Futon brannte. Nachdem er die Badeutensilien in der Küche verstaut hatte, putzte er sich die Zähne. Dann zog er seinen Schlafkimono an, den sie ihm gereicht hatte.

»Morgen müssen wir wieder früh raus«, sagte sie. »Gehen wir schlafen?«

Er nickte und legte sich auf den Rücken. Sie schaltete den

Fernseher und den Heizlüfter aus und schlüpfte ebenfalls unter die Decke.

»Soll das Lämpchen anbleiben?« fragte sie ihn und schaute zu ihm hinüber.

»Mir egal ...«, brummte er, noch immer an die Decke starrend.

»Nun, ich mache das Licht immer aus, wenn ich schlafe«, sagte sie und langte zu dem Schalter, um ihn auszuknipsen.

Er schloß die Augen. Ein Hauch von Parfum schwebte in der Luft. Es konnte kaum glauben, daß neben ihm ein menschliches Wesen lag und leise atmete, noch dazu eine Frau.

Eigentlich war es ja ihre Hochzeitsnacht, in der sich das Brautpaar körperlich zu vereinigen pflegte. Aber wie sollte er die Sache anstellen? Mit Emiko hatte es sich ganz natürlich ergeben, doch diese Frau war ihm immer noch fremd. Er zögerte, seine Hand nach ihr auszustrecken. Ihm würde es vorerst genügen, neben ihr einzuschlafen und am nächsten Morgen neben ihr aufzuwachen. Mit der Zeit würden sie sich schon aneinander gewöhnen, und irgendwann stellte sich die Lust auf Sex ein.

Es war ganz still im Zimmer, doch er wußte genau, daß Toyoko noch nicht schlief. Er öffnete kurz die Augen, schloß sie aber gleich wieder.

»Frierst du nicht?« fragte sie ihn schließlich. Er spürte, daß sie im Dunkeln zu ihm schaute.

»Nein.« Seine Stimme klang heiser.

»Willst du nicht zu mir kommen?« flüsterte sie in leicht kokettem Ton.

Als er sich aufrichtete, rückte sie ein Stück beiseite und hob ihre Decke. Kikutani schlüpfte zu ihr hinüber. Seite an Seite, konnte er die Wärme ihres Körpers durch den Pyjama spüren. Ihr Gesicht lag dicht an seinem. Sein Herz fing an zu klopfen, und seine Kehle wurde ganz trocken. Er nahm ihren Kopf und zog ihn zu sich heran. Ihr Atem streifte seine Brust. Er küßte sie, ganz zaghaft.

Leise stöhnend erwiderte sie seinen Kuß und schmiegte sich enger an ihn. Er knöpfte ihre Pyjamajacke auf und umfaßte die sanften Hügel ihrer Brüste. Dann vergrub er sein Gesicht darin und leckte ihre Brustwarzen. Ihr Körper spannte sich. Sie bäumte sich stöhnend auf. Emikos Busen war viel üppiger gewesen, und ihr hochgewachsener, schlanker Körper hatte sich geschmeidiger gewunden. Im Vergleich zu ihr wirkte Toyoko klein und kompakt, und ihre Hand, die seine Schulter packte, besaß erstaunlich viel Kraft. Seine Augen hatte sich an die Dunkelheit gewöhnt. In dem schwachen Lichtschimmer, der durch die Vorhänge drang, konnte er Toyokos Gesicht erkennen. Ihre Lider waren geschlossen. Ihr Stöhnen wurde lauter, woraufhin er seine Hand langsam tiefer gleiten ließ.

Am nächsten Morgen erwachte er von dem Geräusch fließenden Wassers. Ihr Futon war bereits weggeräumt, und der Heizlüfter spendete eine angenehme Wärme. Als er aufstand und zur Toilette ging, sah sie von ihrem Abwasch kurz auf und hauchte ihm ein »Guten Morgen« zu.

Kurz darauf war sein Futon ebenfalls im Wandschrank verstaut. Sie war schon wieder in der Küche beschäftigt. Er entledigte sich seines Schlafkimonos und schlüpfte in seine Hosen, bevor er sich an den Kotatsu setzte, um mit ihr zu frühstücken.

Sie genierte sich offenbar ein wenig, als sie ihm gegenübersaß, denn sie warf ihm immer nur flüchtige Blicke zu und schaute gleich wieder verschämt zur Seite. Schweigend aß er weiter. Er spürte ihren Blick, während sie ihm das Lunchpaket überreichte. »Bis später«, verabschiedete er sich und verließ die Wohnung. Sein neues Leben hatte begonnen.

Am Silvesterabend machte Toyoko das traditionelle Gericht aus Buchweizennudeln, und am Neujahrstag gab es Reisklößchensuppe.

Am nächsten Tag besuchten sie gemeinsam Kiyoura und Frau Takebayashi, um ihnen festliche Grüße zu überbringen.

Anschließend gingen sie zu einem nahe liegenden Schrein, wo sie eine kurze Andacht hielten und einen Glücksbringer in Form eines Pfeils kauften.

Toyoko mußte am Nachmittag bereits wieder arbeiten, während er noch bis zum 4. Januar frei hatte. Mittlerweile duzte sie ihn. Akiyama war erfreut, als er von der Heirat erfuhr, und überreichte Kikutani ein Kuvert mit Geld, von dem er sich selbst etwas Passendes kaufen sollte. Da Kikutani die Neuigkeit vor Koinuma schlecht verheimlichen konnte, weihte er ihn ebenfalls ein.

»Ach so, kein Wunder. Deshalb siehst du in letzter Zeit so gepflegt aus«, grinste er spitzbübisch. Toyoko erwies sich weiterhin als tüchtige Hausfrau. Sie machte jeden Tag sauber, und wenn sie frei hatte, erledigte sie die Wäsche und hängte die Futons zum Lüften aus. Der Kühlschrank, den sie mitgebracht hatte, war immer voll mit Lebensmitteln aus dem Sonderangebot und Bier.

Kikutani entdeckte die Vorzüge seines Ehelebens: Die Wohnung war schon geheizt, wenn er nach Hause kam, und auch das Essen stand fertig auf dem Tisch. Morgens konnte er fast eine Stunde länger schlafen, und in der Mittagspause genoß er die abwechslungsreichen Speisen in seiner Lunchbox.

Nachts im Bett verhielt sich Toyoko inzwischen ziemlich hemmungslos. Manchmal kroch sie zu ihm unter die Decke oder zog ihn am Arm zu sich hinüber. Wenn er dann mit ihr schlief, klammerte sie sich wie wild an ihn und stöhnte und schrie vor Lust, als müßte sie sterben. Nachdem er sich von ihr gelöst hatte, kuschelte sie sich behaglich in ihr Bett und schlummerte tief und fest ein.

Er ging zu seinen regelmäßigen Terminen bei Kiyoura, der sich jedesmal nach seinem Eheleben erkundigte. Kikutani erwiderte dann kurz und knapp, daß er zufrieden sei. Zu der Zeit, als die bittere Kälte nachließ, zeigte auch der Eiermarkt, der seine Talsohle erreicht hatte, erste Anzeichen einer Erholung. Durch die Konkurse der marktführenden Unternehmen erwies sich die von den Behörden angeordnete Produktionskontrolle nun endlich als wirksam: Angebot und Nachfrage pendelten sich allmählich wieder ein. Außerdem stand die Saison bevor, in der die Verarbeitung von Eierprodukten für die Sommergeschenke einsetzte, so daß auch auf dem Sektor die Nachfrage steigen würde – ein weiterer Hoffnungsschimmer für den konjunkturellen Aufschwung.

»Die Wogen glätten sich. Dem Chef fällt bestimmt ein Stein vom Herzen«, rief Koinuma euphorisch.

Die Tage verliefen friedlich. Die jungen Kärpflinge waren inzwischen so weit gewachsen, daß sie sich von den großen Fischen kaum noch unterschieden. Seit Anfang März tummelten sie sich nun ebenfalls munter im Becken. Toyoko fütterte sie und wechselte nach seiner Anleitung auch hin und wieder das Wasser. Abends saß er beim gewohnten Sake vor dem Fernseher, während sie ihm entweder dabei Gesellschaft leistete oder Kreuzworträtsel in Illustrierten löste. Sie trug ein Goldkettchen um den Hals, dessen magnetische Wirkung angeblich bei Schulterverspannungen helfen sollte.

Eines Abends Ende März sprach sie ihn beim Fernsehen an:

»Würdest du mit mir demnächst in meine Heimat fahren?«

Der Ort lag in der Präfektur Tochigi, und Toyokos Mutter lebte dort mit ihrem Sohn und ihrer Schwiegertochter. Normalerweise pflegte Toyoko mit ihrer Familie das Neujahrsfest zu verbringen. Doch wegen der Hochzeit hatte sie diesmal abgesagt. Jetzt hatte ihr Bruder sie eingeladen, mit ihrem Ehemann zu Besuch zu kommen. Kikutani wußte zwar bereits von Frau Takebayashi, daß Toyoko Verwandte hatte, doch er hatte eigentlich keine große Lust, sie kennenzulernen.

»Ich werde schon mitkommen, aber was hast du ihnen über mich erzählt?« brummte er mürrisch.

»Natürlich habe ich nicht gesagt, daß du im Knast gesessen hast. Sie wissen nur, daß ich jemanden geheiratet habe, der auf einer Hühnerfarm arbeitet«, sagte sie unverblümt.

Er zuckte zusammen, als er zum ersten Mal das Wort »Knast« aus ihrem Munde vernahm. Obwohl er damit gerechnet hatte, daß sie es nicht weitererzählen würde, klang das ausgesprochene Wort schrecklich. Andererseits, ermahnte er sich selbst, sollte er nicht so zimperlich sein. Er hatte keinen Grund, über sie zu klagen. Schließlich hatten sie die Ehe mit ihrem Wissen um seine Vergangenheit geschlossen, und er durfte sich nicht über derartige Lappalien aufregen.

Es war doch ganz natürlich, daß der Bruder sie nach Hause einlud, auch um der Mutter willen. Und für ihn als Ehemann gehörte es sich nun einmal, sich der Familie vorzustellen.

»Müssen wir denn unbedingt über Nacht dort bleiben?«

Er schaute sie prüfend an. Eigens einen Tag frei nehmen wollte er nicht, denn er fehlte nie auf der Arbeit. Und abgesehen davon, mußte er sich nach den Bestimmungen des Bewährungsamtes richten.

»An einem Tag ist das nicht zu schaffen. Wenn du nicht so lange freinehmen kannst, dann müssen wir gleich nach Feierabend losfahren, dort übernachten und am nächsten Abend den letzten Zug zurück nehmen.«

Der Unmut war ihr anzumerken. Sie schien zu glauben, daß es mit seinem Arbeitsplatz zusammenhinge. Da diese Situation immer wieder auftreten würde, mußte er ihr jetzt wohl oder übel erklären, daß er immer noch unter Aufsicht des Bewährungsamtes stehe. Ihrem Blick ausweichend, sagte er mit leiser Stimme, daß er verpflichtet sei, sich bei seinem Betreuer abzumelden, wenn er wegfahren wolle. Sie sah ihn völlig perplex an. Damit schien sie nicht gerechnet zu haben. Unbehaglich wandte er seinen Blick ab und stierte auf den Bildschirm.

»Wie, du bist entlassen worden und trotzdem immer noch am Gängelband?«

Ihre Stimme klang verblüfft.

»Nicht gerade am Gängelband, ich muß eben nur die Genehmigung von Herrn Kiyoura einholen. Natürlich würde er mir gestatten, dort zu übernachten, wenn wir erst so spät ankommen.«

Er blinzelte sie erschöpft an.

»Na, dann mach das doch gefälligst.«

Kikutani antwortete auf ihre gereizte Bitte mit einem stummen Nicken. Am nächsten Abend ging er zum Übergangsheim und trug sein Anliegen vor.

»Kein Problem. Fahr nur«, willigte Kiyoura sofort ein.

Drei Tage später, am Vorabend seines freien Tages, beeilte sich Kikutani nach Dienstschluß mit der Heimfahrt, um Toyoko pünktlich auf dem Bahnsteig zu treffen. In Kitasenjû stiegen sie um und nahmen den Schnellzug einer privaten Eisenbahngesellschaft. Er fuhr zum ersten Mal mit dieser Linie und schaute an jeder Station neugierig aus dem Zugfenster.

Sie erreichten ihr Ziel kurz nach elf. Toyokos Bruder holte sie mit dem Wagen ab. Ihre Mutter und Schwägerin waren noch auf und hießen sie herzlich willkommen. Die alte Frau, die schon die Siebzig überschritten hatte, verneigte sich tief vor ihrem neuen Schwiegersohn und bat ihn, gut auf ihre Tochter aufzupassen. In ihren Augen schimmerten Tränen.

Kikutani und Toyoko schliefen in einem Anbau hinter dem Haus.

Am nächsten Tag fuhren sie mit dem Bruder zum Friedhof; der am Ortsrand lag. Nach einer Andacht vor dem Familiengrab besuchten sie weitere Verwandte. Das Dorf lag in einer landwirtschaftlichen Zone, wo Reis und Gemüse angebaut wurden. Toyokos Bruder und seine Frau bestritten damit ihren Lebensunterhalt und sorgten außerdem für die Mutter.

Alle waren so offen und freundlich zu Kikutani, daß er schließlich seine anfänglichen Vorbehalte aufgab und immer mehr auftaute. Bereitwillig trank er den Sake, der ihm beim frühzeitigen Essen angeboten wurde.

Danach brachte sie der Bruder zum Bahnhof zurück, wo sie den Zug nach Tokio nahmen. Trotz der kurzen Dauer hatte er die kleine Reise genossen, die ihm endlich einmal eine Abwechslung zu Tokio beschert hatte. Selbst mit Kiyouras Reiseerlaubnis wüßte er von sich aus keinen Ort, wo man ihn so warmherzig empfangen würde. Toyokos Heimatdorf schien ihm ein regelrechter Glücksquell zu sein. Und solange sie sein Geheimnis bewahrte, würde ihre Familie auch keinen Verdacht schöpfen. In Zukunft würde er sie mit Freuden begleiten, wenn sie dorthin wollte.

Doch etwas hatte seine Freude die ganze Zeit überschattet: Immer wenn er mit Toyoko alleine war, verflog ihre gute Laune im Nu. Sie war einsilbig und starrte geistesabwesend vor sich hin. Vielleicht empfand sie die Reise als zu überstürzt und war deshalb eingeschnappt. Er lehnte sich zurück. Der Schwips machte ihn schläfrig. Außer ihnen waren nur wenige Passagiere im Abteil.

»Hör mal«, sagte sie plötzlich. Kikutani öffnete die Augen.

»Ich habe begriffen, daß du nicht frei reisen kannst. Gibt es sonst noch was, das du nicht tun darfst?«

Als er ihren strengen Gesichtsausdruck sah, setzte er sich aufrecht. Ihre schlechte Laune hing also mit seinen Reisebeschränkungen zusammen.

»Eigentlich nicht ... Ich habe kein Wahlrecht, aber ansonsten ...«, wisperte er.

»Kein Wahlrecht?!«

Toyoko war sprachlos.

Sie schwiegen sich eine Weile an.

Er spürte ihren Blick auf seiner Wange und sagte schließlich:

»Ich unterliege zwar einigen Einschränkungen, die hindern mich jedoch nicht daran, ein normales Leben zu führen. Ich bin lediglich verpflichtet, mich zweimal im Monat bei meinem Bewährungshelfer blicken zu lassen, um ihm Bericht zu erstatten.«

Er schaute sie unsicher an.

»Das heißt also, du hast auch den alten Takebayashi nur aus

Pflicht besucht? Mir wurde nämlich nur gesagt, du würdest ab und zu dort vorbeischauen.«

Sie blickte skeptisch.

»So ein Gesprächstermin ist keine formelle Angelegenheit. Ich soll mich einfach nur blicken lassen.«

Er schaute weg.

»Aber wieso hast du all diese Verpflichtungen, obwohl du jetzt aus dem Gefängnis raus bist?«

Die Fragerei wurde ihm lästig. Er begriff nun endgültig, daß Takebayashi ihr nicht richtig erklärt hatte, was es mit der Bewährung im einzelnen auf sich hat.

»So sind nun mal die Vorschriften«, erwiderte er und schaute dabei aus dem Fenster. Seine Müdigkeit war verflogen; er fühlte sich wieder nüchtern.

»Und wie lange mußt du dich noch danach richten?« fragte sie nach einer kurzen Pause des Schweigens.

Er warf ihr einen flüchtigen Blick zu.

»Bis an mein Lebensende ...«

Im Dunkeln meinte er Felder zu erkennen, die sich entlang der Trasse erstreckten. In der Ferne schimmerten vereinzelte Lichter von Bauernhäusern, und das vorbeihuschende Licht im Vordergrund war offenbar ein Autoscheinwerfer.

Er lehnte sich in seinen Sitz zurück und schloß die Augen.

12

Toyokos Verhalten hatte sich merklich verändert. Beim Essen redete sie kaum, und wenn sie gemeinsam Fernsehen guckten, starrte sie mit abwesendem Blick auf den Bildschirm.

Er hatte angenommen, sie sei bereits vor ihrer Heirat über seine Situation voll ein Bilde gewesen, doch nun stellte sich heraus, daß sie lediglich wußte, daß er vor langer Zeit ein Verbrechen begangen hatte, aber nicht, daß er für immer unter Aufsicht stand.

Vielleicht bereute sie jetzt, ihn geheiratet zu haben, und überlegte sich sogar, ihn zu verlassen. Vor der Hochzeit hatte er geglaubt, nie eine Frau außer Emiko lieben zu können, doch jetzt, drei Monate später, merkte er, daß er sich getäuscht hatte. Toyoko war zwar nicht so hübsch wie Emiko, aber sie besaß Charakter. Obwohl sie zehn Jahre jünger war als er, vermittelte sie ihm in ihrer Besonnenheit das Gefühl, daß er sich ganz auf sie verlassen konnte.

Sie war sehr sinnlich beim Sex und geriet jedesmal in Ekstase, wenn er mit ihr schlief. Ihr starkes Begehren hatte seine Zuneigung geweckt. Inzwischen fand er ihren kleinen, drahtigen Körper anziehend und verspürte selbst oft ein heftiges Verlangen nach ihr. Ein Leben ohne Toyoko war die reinste Schreckensvision, wenn er an die trostlose Zeit davor dachte. In diesen Zustand wollte er keinesfalls zurück. Er konnte nur hoffen, daß Toyoko für seine Situation Verständnis aufbrachte und für immer bei ihm blieb. Jeden Abend, wenn er heimkehrte und die Tür aufschloß, lugte er ängstlich in die Wohnung, ob ihre Möbel noch dastanden. Doch sobald er sie in der Küche klappern hörte, atmete er erleichtert auf.

Nachts, wenn sie die Lampe neben ihrem Kopfkissen ausknipste, liebkoste er ihren Körper, um sie sexuell an sich zu binden.

Eines Abends Mitte April fand er sie in veränderter Stimmung vor. Der leere Blick war verschwunden; ihre Augen glänzten.

Als sie mit dem Abwasch nach dem Essen fertig war, kam sie ins Zimmer und setzte sich zu ihm.

»Ich muß mit dir sprechen.«

Kikutani, der gerade eine Zigarette geraucht und ferngesehen hatte, entnahm ihrem Gesichtsausdruck, daß sie ihm ihre Trennungsabsichten mitteilen wollte. Sie schaute ihn eindringlich an. Er schaltete den Fernscher aus und setzte sich aufrecht hin.

»Ich habe heute mit Herrn Kiyoura gesprochen«, sagte sie und fixierte ihn weiterhin.

Bestimmt war sie zu ihm gegangen, um vorab seine Einwilligung zur Scheidung einzuholen. Wie gemein von ihr, daß sie das nicht erst mit ihm als Ehemann besprochen hatte.

»Ich bat ihn, mir deine Situation genau zu erklären. Er sagte mir, daß jemand wie du, der zu lebenslänglicher Freiheitsstrafe verurteilt worden sei, für immer unter Aufsicht stehen würde. Jetzt verstehe ich, was du mit ›bis an mein Lebensende‹ gemeint hast.«

Kikutani starrte schweigend an die gegenüberliegende Wand.

»Doch es gibt die Möglichkeit, sich begnadigen zu lassen. Herr Kiyoura meinte, du wüßtest davon. Durch eine Begnadigung würde die Strafe aufgehoben werden, und du wärst dann nicht mehr an die Vorschriften gebunden. Du konntest frei herumreisen, würdest dein Wahlrecht wiedererlangen und müßtest dich nicht mehr bei deinem Bewährungshelfer melden. So hat er es jedenfalls dargestellt.«

»Das stimmt schon«, murmelte er, »aber ...«

»Ich habe ihn dann gefragt, wie du deine Begnadigung beantragen könntest, und er hat mir die erforderlichen Bedingungen genannt: Es muß sichergestellt sein, daß du nie wieder eine Straftat begehen wirst, daß du als gesellschaftliches Mitglied ein ordentliches Leben führst und so weiter. Kiyoura meint, du hättest alle Voraussetzungen dafür. Fünf Jahre nach deiner Freilassung könntest du einen Antrag stellen. Drei Jahre bist du nun schon draußen, also in zwei Jahren.«

Kikutani fiel ein Stein vom Herzen, daß sie kein Wort über Scheidung verlor. Andererseits wußte er nicht so recht, weshalb sie sich für seine Begnadigung derart ins Zeug legte.

»Ich habe von der Möglichkeit gehört, aber es soll sehr schwierig sein«, sagte er in gleichgültigem Ton.

Die Prozedur war in der Tat langwierig: Zuerst mußte der Bewährungshelfer einen Antrag beim Bewährungsamt stellen. Dessen Leiter wiederum reichte das Gnadengesuch über die entsprechende Abteilung des Justizministeriums beim Zentralgremium für Rehabilitation und Bewährung ein. Dann begannen gründliche Nachforschungen über den Antragsteller, und sämtliche Ergebnisse wurden verifiziert und genauestens dokumentiert. Erst wenn sich alle Punkte als einwandfrei herausgestellt hatten, konnte dem Gnadengesuch stattgegeben werden.

»Aber wenn es diese Regelung gibt, dann muß man doch auch Gebrauch davon machen können«, wandte Toyoko ein. »Der wichtigste Punkt, sagte Herr Kiyoura, sei die Reue des Betreffenden, daß er seine Tat zutiefst bedauert. Ich weiß, daß du das tust, aber du mußt dein Schuldgefühl auch zum Ausdruck bringen. Du bist ein sehr ernster, in sich gekehrter Mensch, und dir fällt es schwer, offen deine Empfindungen zu zeigen. Trotzdem solltest du dich darum bemühen, damit die von der Behörde sehen, daß du reumütig bist.«

Ihr Ton war bestimmend, fast autoritär.

Er spürte unweigerlich Tränen in sich hochsteigen. Sie wünschte sich, daß er gänzlich von seiner Strafe entbunden wurde, damit er ein Leben als freier Mensch führen konnte. Wahrscheinlich hatte sie tatsächlich kurzzeitig mit dem Gedanken gespielt, sich von ihm scheiden zu lassen. Aber nun, da sich die Möglichkeit einer Begnadigung auftat, schöpfte sie wieder neue Hoffnung, ihre Ehe zu vervollkommnen. Takebayashi hatte sich nicht geirrt: Sie war die ideale Partnerin für ihn. Das war ihm soeben endgültig klargeworden.

Er nickte mehrmals, ohne ein Wort zu sagen.

An seinem nächsten freien Tag ging er zum Gesprächstermin ins Übergangsheim. Kiyoura erwähnte, daß Toyoko ihn neulich aufgesucht hätte. »Sie ist ein energisches Frauenzimmer«, sagte er mit einem Lächeln im Blick. Kikutani verneigte sich verlegen und entschuldigte sich für ihre Aufdringlichkeit.

»Als dein Bewährungshelfer habe ich ihr von der Möglichkeit eines Gnadengesuchs erzählt. Sie war begeistert davon, doch du weißt, wie schwierig die Angelegenheit ist. In deinem Fall liegt das Problem nicht in der Lebensführung, sondern der Hauptpunkt bei der Sache ist, inwieweit du gegenüber deinen Opfern – deiner Frau und der alten Dame sowie deren Angehörigen – Reue empfindest. Ganz konkret würde das bedeuten, daß du den Hinterbliebenen gelegentlich reumütige Briefe schreibst und so oft wie möglich die Gräber der Toten besuchst, um für ihre Seelen zu beten. Aber ob sich das so einfach realisieren läßt? Als du das Grab der alten Mutter besuchen wolltest, war ich dagegen und sagte: ›Alles zu seiner Zeit‹. Der Auffassung bin ich nach wie vor. Es besteht immer noch die Gefahr, die Angehörigen zu provozieren, und deshalb kann ich das nicht gutheißen.«

Kiyoura verschränkte die Arme vor der Brust und schaute zu Kikutani, der mit hängendem Kopf vor ihm saß.

»Ich will damit die Hoffnungen deiner Frau nicht kaputtmachen, aber von allen Exhäftlingen auf Bewährung, die ich bisher betreut habe, hat es nur einer geschafft. Daran läßt sich erkennen, wie schwierig das ist.«

Kiyoura seufzte. Für Kikutani war das nur allzu selbstverständlich. Allein die vorzeitige Entlassung bei einer so schwerwiegenden Verurteilung wie der seinen sollte genügen, um zutiefst dankbar zu sein. Es erschien ihm fast anmaßend, darüber hinaus die vollständige Aufhebung der Strafe anzustreben. Zumal nur einem einzigen von Kiyouras unzähligen Schutzbefohlenen diese Begnadigung zuteil geworden war. Es schaffte also so gut wie keiner.

Toyoko setzte all ihre Hoffnungen in dieses kaum zu realisierende Projekt. Doch immerhin barg dieser Traum die Möglichkeit, selbst wenn er sich als Illusion entpuppte, seine Ehe zu retten.

»Das einzige, wozu ich dir raten kann, ist, Geduld zu haben. Du hast eine zuverlässige Partnerin und eine sichere Anstellung. Wenn dein Leben weiterhin in diesen geordneten Bahnen verläuft, bist du vielleicht – sagen wir – in zehn oder fünfzehn Jahren soweit, um ein Gnadengesuch in die Wege zu leiten. Wenn es dazu kommt, werde ich alles für dich tun, was in meiner Macht steht. Und bis dahin solltest du die Hoffnung nicht aufgeben.«

Seine Augen funkelten. Kikutani verließ das Übergangsheim und lief in Richtung Shinjuku. »Lebenslänglich« bedeutete ja eigentlich, für immer hinter Gitter gesperrt zu sein. Dennoch hatte man als Verurteilter die Möglichkeit, dank eines entsprechenden Gesetzes auf Bewährung freizukommen. In Anbetracht der Tatsache, daß er zwei Menschen das Leben geraubt hatte, war er mehr als zufrieden mit seiner Situation, die ihm gestattete, wieder ein Teil der Gesellschaft zu werden. Er durfte zwar nicht ohne weiteres reisen, konnte sich ansonsten aber frei bewegen, essen, was er wollte, und schlafen, wann er wollte. Eine noch größere Freiheit zu beanspruchen würde den Bogen überspannen.

Selbst seine zwei monatlichen Gesprächstermine bei Kiyoura waren ihm weniger Pflicht als Freude. Nein, über seine gegenwärtige Situation konnte er sich wahrlich nicht beklagen.

In Shinjuku wimmelte es von Menschen, die durch die Gegend bummelten und die milden Lüfte des Frühlings genossen.

Unbeschwert schlenderte er die Straße entlang, bis er zu einem Zigarettenkiosk kam, der über ein umfangreiches Sortiment an Marken verfügte. Er schaute sich die Auslage an und beschloß, sich eine Packung Importzigaretten zu leisten.

Am späten Nachmittag traf er zu Hause ein. Wie immer an seinen freien Tagen wusch er den Reis und schaltete kurz darauf den Reiskocher ein. Dann stellte er das Eßtischchen auf und deckte es mit Reisschalen und Stäbchen. In der Zwischenzeit, während der Reis garte, pflegte er Zeitung zu lesen. Als er das Klicken des sich ausschaltenden Reiskochers vernahm, schaute er auf die Uhr. Toyoko hätte längst daheim sein müssen. Etwas später beim Fernsehen hörte er sie zur Tür reinkommen.

»Ich bin da«, rief sie ihm zu, schlüpfte aus ihren Schuhen und verschwand eilig in der Küche.

Sie brachte einen Teller mit gekauften Frikadellen ins Wohnzimmer. Während des Essens schaute sich Kikutani die Nachrichten an. Als sie anschließend beim Tee saßen, sagte Toyoko: »Ich würde dich gern etwas fragen.«

»Was denn?« sagte er, ohne den Blick vorn Fernseher zu lösen.

»Es geht um deine frühere Frau und die alte Frau, die im Feuer umgekommen ist. Sind dir ihre posthumen Namen bekannt?«

Überrascht schaute er zu hinüber.

»Heute nachmittag habe ich etwas eher Schluß gemacht und bin auf dem Heimweg bei Herrn Kiyoura vorbeigegangen. Er hat mir gesagt, daß du heute auch schon einen Termin bei ihm hattest. Ich wollte ihn wegen deiner Begnadigung sprechen und erzählte ihm, daß wir als ersten Schritt zur Bekundung deiner Reue vorhätten, die Gräber der Opfer zu besuchen. Ich bat ihn um eine Reisegenehmigung. Er erwiderte dann das gleiche, was er dir bereits gesagt hatte: daß wir vorerst Abstand davon nehmen sollten, um nicht die Gefühle der Hinterbliebenen zu mißachten. Er meinte, wir dürften nichts überstürzen.«

Nach einer kurzen Pause fuhr sie fort: »Ich fragte ihn dann, was wir in der Zwischenzeit tun könnten. Er meinte, wir könnten statt am Grab auch bei uns zu Hause für das Seelenheil der Verstorbenen beten, indem wir einen kleinen Altar mit ihren Namenstäfelchen einrichten. Ich fragte ihn, wozu das gut sein sollte, da die Angehörigen deine Reuebekundung doch so gar nicht mitbekommen würden. Er entgegnete darauf, daß wir eben warten müßten, bis die Zeit reif dafür sei. Bis dahin sollten wir uns mit den Täfelchen begnügen. Ich habe ihm versichert, daß wir das tun würden. Und deshalb wollte ich von dir die posthumen Namen für die Täfelchen wissen.«

Er sagte nichts, als er ihren verbohrten Blick bemerkte.

Es machte ihm angst, daß plötzlich eine gewaltsame Macht in sein friedliches Dasein, das er mit knapper Not aufrechterhielt, einbrach. Offenbar war sie wild entschlossen, alles ans Licht zu zerren, was er lieber unter Verschluß halten wollte.

Er spürte, wie ihm das Blut aus dem Gesicht wich, und beschwor sich, ruhig zu bleiben. Wenn er jetzt nichts darauf sagte, würde sie wahrscheinlich merken, daß es ihn innerlich aufwühlte. Er mußte deshalb so harmlos wie möglich darauf antworten.

»Ich habe keine Ahnung.«

Mehr brachte er nicht über die Lippen.

»Ach, sieh an. Herr Kiyoura hatte schon vermutet, daß du sie eventuell gar nicht wüßtest. Wir können übrigens auch ihren wirklichen Namen nehmen. Deine Frau hieß doch Emiko, nicht? Und wie hieß die alte Dame?«

Woher kannte sie Emikos Namen? Kiyoura wußte zwar über seinen Fall genauestens Bescheid, aber Bewährungshelfer gaben eigentlich keine Einzelheiten über die Straftaten ihrer Schutzbefohlenen preis, nicht einmal den Ehefrauen. Hatte sie etwa in seinem Familienregister nachgeforscht? Den Namen von Mochizukis Mutter hatte er sich während der Verhöre und Verhandlungen unzählige Male anhören müssen. Er hatte sich tief in sein Gedächtnis eingebrannt. Kikutani wünschte sich nichts so sehr, wie diesen Namen zu vergessen. Er wollte nicht daran erinnert werden, geschweige denn ihn aussprechen. Bemüht, seine Gefühle im Zaum zu halten, schüttelte er den Kopf, um ihr zu bedeuten, daß er es nicht wußte, und wandte sein Gesicht ab. Er war den Tränen nahe, fühlte sich elend, vergewaltigt. Das Bedürfnis, laut aufzuschreien, sie möge ihn damit nicht quälen, drohte seine Brust zu zersprengen.

»Na gut, da kann man nichts machen«, sagte sie und nickte, als wollte sie sich selbst beschwichtigen.

Kikutani nahm eine Zigarette aus der Packung und zündete sie an. Er zitterte am ganzen Körper, und sein Kopf war leer.

Toyoko erhob sich, um den Tisch abzuräumen. Sie brachte das Geschirr in die Küche. Er hielt es kaum noch aus in der Wohnung. Am liebsten wäre er weggerannt, doch er vermochte sich nicht zu rühren, als wäre er an seinen Platz gekettet.

Toyoko jedenfalls schien nichts von seinem inneren Aufruhr zu bemerken. Nachdem er ihr gesagt hatte, er kenne weder den richtigen noch den posthumen Namen der alten Frau, hatte sie die Idee mit den Täfelchen offenbar aufgegeben. Doch er mußte in Zukunft auf der Hut sein, da er schwer einschätzen konnte, mit was sie als nächstes ankommen würde. Jedesmal, wenn sie das Thema anschneiden sollte, mußte er geschickt ausweichen, um nicht mit ihr in Konflikt zu geraten.

Seine momentane Situation stellte ihn zufrieden. Er hatte vielleicht noch zehn, wenn es hochkam, zwanzig Jahre zu leben, und die wollte er in Frieden verbringen. Er wandte sich wieder dem Bildschirm zu. Seine Finger zitterten immer noch, als er sich eine neue Zigarette anzündete.

Als Toyoko mit dem Abwasch fertig war, kam sie ins Zimmer zurück und blätterte eine Illustrierte durch, die sie auf den Tatamis aufgeschlagen hatte. Erleichtert stellte er fest, daß sie nicht mehr an ihr Vorhaben zu denken schien.

Nach einer Weile blickte sie auf und fragte:

»Magst du Sake trinken?«

Er nickte zustimmend, und sie ging in die Küche.

13

Am nächsten Tag auf der Arbeit wurde zum ersten Mal in diesem Jahr das Larvenpulver ausgestreut. Es war vor zehn Tagen, als die Fliegenplage schlagartig einsetzte, bestellt worden und jetzt eingetroffen.

Der Eiermarkt erholte sich zusehends, und Kikutani erfuhr von Koinuma, daß Akiyama bald einen dritten Mann für das Hühnerhaus einstellen wollte. Die voll beladenen weißen Containerlastwagen verließen nun wieder häufiger das Gelände, um ihre Fuhren abzuliefern. Es herrschte ein reger Verkehr.

Doch selbst wenn Kikutani damit beschäftigt war, die Insektizide auf dem Hühnerkot unter dem Stallboden zu verteilen, verfolgte ihn unablässig Toyokos penetranter Blick, mit dem sie ihn während ihrer lästigen Fragerei fixiert hatte. Seine Brust war dann so zugeschnürt, daß er das Gefühl hatte, keine Luft mehr zu bekommen. Kiyoura hatte sie zur Geduld ermahnt, doch Kikutani würde ihn bei Gelegenheit darum bitten, seiner Frau die Sache noch einmal ganz deutlich zu erläutern. Er sollte ihr klarmachen, daß eine Begnadigung äußerst selten vorkam. Man könne zwar davon träumen, dürfe aber nichts überstürzen, nur um die Sache mit aller Macht durchzusetzen.

Zweifellos war Kiyoura genau wie Toyoko überzeugt davon, daß Kikutani sein Verbrechen zutiefst bedauerte, weshalb er ihr ja auch den Vorschlag mit den Namenstäfelchen gemacht hatte. Und nun befürchtete Kikutani, daß beide die

Wahrheit über ihn entdecken könnten – daß er nämlich nicht im geringsten bereute, was er getan hatte.

Es war zum ersten Mal seit langem wieder ein schöner Tag, und im Sprühnebel des Insektenvertilgungsmittels schillerten kleine Regenbogen.

Abends auf dem Heimweg ging er beim Zierfischladen vorbei, um Futternachschub zu besorgen. Der Vorrat im Glas schwand zusehends, seitdem die herangewachsenen Kärpflinge größere Mengen vertilgten. Als er die Treppe hochstieg und seine Wohnungstür aufschloß, schlug ihm ein ungewohnter Geruch entgegen. Es roch nach Weihrauch und brennenden Kerzen.

»Willkommen daheim«, begrüßte ihn Toyoko, die aus der Küche kam, um ihm die Lunchbox abzunehmen.

Geistesabwesend zog Kikutani sich die Schuhe aus. Auf der mit einem weißen Tuch bedeckten Geschirrvitrine stand ein kleiner Ständer mit brennenden Miniaturkerzen und daneben ein Aschenbecher, aus dem feine Weihrauchschwaden emporstiegen. Auf dem improvisierten Altar befanden sich außerdem zwei mit Goldlettern beschriebene Namenstäfelchen – auf dem einen stand ›Emiko – Ruhe in Frieden‹, auf dem anderen ›Alte Frau – Ruhe in Frieden‹. Kikutani stand wie angewurzelt in der Diele und starrte mit verzerrtem Gesicht auf diese Namen. Toyoko kehrte ins Zimmer zurück.

»Die Utensilien habe ich in einem Laden für Devotionalien besorgt. Da ich den Namen der Mutter ja nicht wußte, habe ich statt dessen ›alte Frau‹ auf das eine Täfelchen schreiben lassen. Ich denke, wir sollten uns einen richtigen kleinen Altar anschaffen, aber vorerst dürfte das genügen.«

Sie trat vor die Vitrine und strich das weiße Tischtuch glatt.

Kikutani stand da wie versteinert. Das Licht der Kerzen strahlte ungewöhnlich hell, und die goldenen Schriftzüge auf den Täfelchen stachen ihm förmlich in die Augen.

»Morgen werden wir hier zusammen beten«, hörte er Toyoko sagen. »Nach dem Aufstehen und zum Feierabend. Wir werden Weihrauch anzünden und eine kurze Andacht halten. Wenn wir uns strikt daran halten, werden die von der Behörde schon merken, wie ernst es dir damit ist. Komm her und zünde selbst ein Räucherhütchen an.«

Kikutani fühlte, wie der Boden unter seinen Füßen wegglitt, als würde er gleich abheben und in der Luft schweben. Der Geruch wurde immer aufdringlicher. Sein Blick war auf das Täfelchen geheftet, und er konnte spüren, wie die Klinge des Messers in seiner Hand auf Emikos Rippen stieß. Vor seinen Augen zerbarst das brennende Haus, und aus dem Flammenmeer sprühte ein prachtvoller Funkenregen.

»Komm schon her und setz sich vor die Täfelchen«, sagte Toyoko energisch und packte ihn am Arm.

Sein Blut fing plötzlich an zu brodeln und schoß ihm zurück in den Kopf. Mit zornig funkelndem Blick stieß er ihre Hand weg.

»Was hast du denn«, stammelte Toyoko überrascht.

Er öffnete den Mund, brachte jedoch keinen Ton heraus. Seine Lippen bebten wie eigenständige Wesen. Toyoko fragte ihn erneut, was mit ihm los sei.

»Herr Kiyoura hat uns doch geraten, anstelle des Grabbesuchs die Täfelchen aufzustellen. Damit du deine Reue auch wirklich zum Ausdruck zeigen kannst ....«

»Ich empfinde aber keine Reue«, hätte er am liebsten geschrien. Daß er Emiko noch immer dafür haßte, daß sie ihn betrogen hatte. Daß er zwar das Grab der alten Mutter aufgesucht hatte, aber unfähig war, für ihre Seele zu beten, daß er die Räucherstäbchen weggeworfen hatte. Es hieß, er müsse im Hinblick auf sein Gnadengesuch gelegentlich Briefe an die Hinterbliebenen der Opfer schreiben, aber wie sollte er sich bei ihnen entschuldigen, wenn er nach wie vor nur blanken Haß für Mochizuki empfand.

Toyoko hatte von ihm verlangt, vor den Täfelchen zu beten, um Buße zu tun, aber er konnte das einfach nicht, nicht einmal zum Schein.

»Also, nun mach schon …«, wisperte Toyoko und sah ihn forschend an.

Das Zinnoberrot flammte vor ihm auf. Dieser verräucherte Raum mit den aufgestellten Täfelchen war nicht länger sein Zuhause.

Seine heftige Gefühlswallung steigerte sich zur Rage, die er kaum noch unter Kontrolle halten konnte. Er durfte nicht zulassen, daß jemand Fremdes ohne weiteres in seine Welt einbrach. Wie von Wechselfieber geschüttelt, bebte sein ganzer Körper, als er einen Schritt auf Toyoko zuging. »Geh!« wollte er schreien, doch seine Zunge klebte fest, und heraus kam nur ein schwaches Aufstöhnen.

»Geh!« ächzte er.

Toyoko wich zurück und blickte ihn gebannt an. Das Zinnoberrot wurde intensiver. Genau wie damals. Das Rot machte ihm angst, und er beschwor sich, nicht von der Stelle zu weichen. Aber je mehr er versuchte, das Rot zu verscheuchen, um so stärker wurde das Gefühl, dagegen machtlos zu sein. In seinem Kopf brodelte und zischte es: Unzählige kleine Bläschen explodierten. Seine Hand schnellte hervor und stieß Toyoko an der Schulter zurück. Sie kam ins Straucheln und fiel zu Boden. Drohend schritt er auf sie zu. In seinem Innern tobte es: »Das ist meine Wohnung, du hast hier nichts zu suchen«, schrie die Stimme in seiner Brust. Das erste Mal flackerte Angst in ihren Augen auf; und sie langte nach hinten, um die Tür zu öffnen.

»Raus! Raus!« schrie er röchelnd, stürmte hinaus und stieß sie mit voller Wucht. Toyokos aufgerissener Mund formte einen lautlosen Schrei, als sie rücklings ins Leere stürzte.

Mit hochgerutschtem Rock, der ihre Schenkel entblößte, stürzte sie die Treppe hinunter. Sie überschlug sich und knallte gegen die Stufenkanten, bis sie mit lautem Aufprall auf dem Asphalt landete. Er sah sie auf dem Rücken liegen. Das Zinnoberrot wurde greller und färbte die schwarze Eisentreppe. »Du warst es, die mir diese Täfelchen in die Wohnung geschleppt hat. Verschwinde gefälligst«, hallte es immer wieder in seinem Kopf. Er stand oben an der Treppe und schaute auf Toyokos Körper hinunter. Das Zinnoberrot verflüchtigte sich.

Im Schummerlicht der Straßenbeleuchtung bemerkte er einen Mann und eine Frau am Ende der Gasse. Waren es bloß Passanten oder Anwohner, die den Aufprall gehört hatten?

Sie machten ihn nervös. Am liebsten hätte er sie weggescheucht: »Das geht euch nichts an. Das ist allein eine Sache zwischen mir und Toyoko.« Es war ihm unangenehm, daß Toyokos Körper ihren Blicken ausgesetzt war, und er eilte barfuß die Treppe hinab. Als er auf den Betonweg trat, sah er ihr Gesicht. Die Augen waren aufgerissen, der Mund stand leicht offen.

»Du darfst mich nicht so reizen«, murmelte er. »Es ist nur soweit gekommen, weil du dieses überflüssige Zeug hier angeschleppt hast. Das hat mich zum Wahnsinn getrieben.«

Wütend über die Blicke der Schaulustigen hinter ihm, versuchte er Toyoko mit beiden Armen hochzuheben. Doch trotz ihrer kleinen Statur war sie schwer wie Blei.

Nach mehreren Versuchen gab er es auf. Statt dessen nahm er sie unter Aufbietung all seiner Kräfte huckepack. Sich am Geländer festhaltend, stapfte er die Treppe hinauf.

Als er seine Wohnung erreichte, ließ er sie auf die Tatamis gleiten. Keuchend bemerkte er, daß sein Zorn nachließ und sein Körper abkühlte.

Er setzte sich und steckte sich eine Zigarette an, die zwischen seinen zitternden Fingern hin und her hüpfte.

Hin und wieder betrachtete er ihr Gesicht, während er verschnaufte. Ihre bis zu den Schenkeln entblößten Beine zuckten kurz und rührten sich dann nicht mehr. Auf ihrer rechten Kniescheibe war eine dunkelrote Schürfwunde sichtbar, vermutlich stammte sie von dem Aufprall auf den Stufen.

Es war von Anfang an zum Scheitern verurteilt: In dieser eigenwilligen, für andere undurchschaubaren Welt, die sein Refugium war, konnte er unmöglich mit ihr zusammenleben.

Entweder sie ging oder er selbst. Jedenfalls mußte er um jeden Preis in seine Einsamkeit zurück. Er zündete sich gerade eine neue Zigarette an, als er etwas Rotes erblickte. Aus Toyokos Ohr quoll Blut und tropfte von ihrem Ohrläppchen auf die Tatamis. Während er einen Zug von der Zigarette nahm, verfolgte er das Rinnsal, das bis zu der Stelle floß, wo ihre Halskette den Boden berührte. Eine böse Ahnung stieg in ihm auf. Er drückte die Zigarette im Aschenbecher aus und kniete sich neben sie. Seine Wange an ihre Nase haltend, stellte er fest, daß sie nicht mehr atmete. Erschrocken preßte er sein Ohr an ihre Brust: Ihr Herz hatte aufgehört zu schlagen.

Das Gesicht starr vor Angst, packte er sie bei den Schultern und schüttelte sie heftig. Doch daraufhin sickerte nur neues Blut aus ihrem Ohr, pulsierend wie Atemzüge. Er faßte ihre Hand, die bereits zu erkalten begann.

Kikutani hob sein Gesicht und betrachtete einen Moment ihren Körper. Wie konnte es dazu kommen? Welche Macht besaß das Zinnoberrot, das seine Hände und Füße unwillkürlich lenkte? Und weshalb, fragte er sich, war das Leben so zerbrechlich? War Toyokos Schädel zerschmettert? Offenbar hatte er ein neues Verbrechen begangen, indem er sie gewaltsam die Treppen hinuntergestoßen hatte. Eine unheimliche Macht hatte von ihm Besitz ergriffen und seine Handlung bestimmt.

Er streckte die Hand aus und berührte ihr Gesicht. Es fühlte sich kalt an, und er wußte, das sie bereits die Schwelle des Todes überschritten hatte. Tränen liefen ihm über die Wangen. »Mord aus Affekt« hieß es in der Urteilsbegründung. Es war tatsächlich ein Affekt – wie aus heiterem Himmel –, doch er hatte sie ganz bestimmt nicht vorsätzlich getötet. Es war nur seine Hand gewesen, die sie die Treppe hinuntergestoßen hatte. Es war eine Art Bestimmung – etwas, worauf er keinen Einfluß hatte.

Er erhob sich mit leerem Blick, trat mit nackten Füßen aus der Wohnung und taumelte die Treppe hinunter auf die Straße. Es war niemand zu sehen. Die beleuchteten Geschäfte verschwammen vor seinen tränenverhangenen Augen.

Wenn er im Gefängnis geblieben wäre und sein restliches Leben zwischen Zelle und Druckerei verbracht hätte, müßte er jetzt nicht verheult durch die Straßen laufen. Im Gefängnis konnte er sich in seine eigene Welt verkriechen, aber hier draußen gab es zu viele aufdringliche Menschen. Dafür war er nicht geschaffen.

Seine Füße trugen ihn zum Übergangsheim.

Er wollte Kiyoura sehen. Kiyoura hatte so viel für ihn getan, für seine Freilassung und für sein Leben danach. Und nun hatte er die Gutmütigkeit seines Betreuers verraten. Er hatte einen lebendigen Menschen in einen starren, kalten Leichnam verwandelt. Vielleicht vermochte Kiyoura ihm zu sagen, wie das geschehen konnte.

Er bog in die Gasse und blieb vor dem Eingang stehen. Tränen strömten ihm übers Gesicht. Er stieß die Tür auf und warf einen Blick durch das Schalterfenster. Kiyoura, der in einer Strickjacke am Schreibtisch saß, schaute herüber. Kikutani verneigte sich vor seinem Betreuer und blickte fast schmeichelnd zu ihm empor.